Michael Allen Dymmoch · Der Mann, der Katzen versteht

Entertainer

MICHAEL ALLEN
DYMMOCH

Der Mann, der Katzen versteht

KRIMINALROMAN

AUS DEM AMERIKANISCHEN
VON
PETER TORBERG

HAFFMANS VERLAG

Die Originalausgabe
»The Man Who Understood Cats«
erschien 1989 bei St. Martin's Press, New York.

Für Peter Brogno

Umschlagillustration von Ernst Kahl

Gesamtherstellung: Ebner Ulm
ISBN 3 251 30050 4

1

Die Arena lag unter dem Baldachin des Waldes im Dunkeln, obwohl der Mond sonderbar hell durchs Blätterdach schien – wie ein riesiges Glühwürmchen auf einem Wandteppich. Fahles Tageslicht, das sich in den unteren Blattetagen verfangen hatte und dort gefiltert und von der Hitze befreit worden war, glühte im Mondschein von den Blüten der Orchideen und den Fingern der Luftwurzler. Durch eine von schwarzen Robinienblüten duftende und von Jasmin geschwängerte Luft schlängelte sich sanft ein Pfad durchs Unterholz, wie C. S. Lewis' langsamer Weg in die Hölle. Alte Tarzan-Filmgeräusche erschallten und verklangen, und das glasglöckchenhelle Tropfen des Wassers durchdrang die Dunkelheit. Es gab keine Dornen. Keine Schlangen. Keine Insekten.

Caleb rannte.

Dinge der Nacht verstummten, als er vorbeilief. Winzige Wirbel in der flüssigen Luft strichen mit den Fingern eines Geliebten über seine feuchte Haut, und die mageren Grashalme am Waldboden glitten an seinen langen Schenkeln entlang. Kühle samtweiche Blätter peitschten seine nackten Schultern und hinterließen blutlose Striemen auf seiner Haut. Feuchter Humus polsterte seine bloßen Füße, und der Rhythmus seines Atems schien von den glatten Blattoberflächen widerzuhallen. Ebenso wie seine sanften Schrittgeräusche. Und sein Herzschlag.

Plötzlich brachte etwas Unheilvolles die Dschungelmusik aus dem Takt, und Calebs Freude wurde von etwas Unsichtbarem unterbrochen, das drohend und fern hinter ihm in der Dunkelheit durch das Gebüsch brach. Plötzlich fauchte ein Puma. Plötzlich brach Caleb in Schweiß aus, voller Panik und ganz außer Atem.

Seine Panik wuchs. Seine Herzschläge wurden zu Leerhüben einer Dampframme, der offene Pfad zu einem Gewirr aus blankliegenden Wurzeln. Niedrighängende Zweige griffen nach ihm. Der Pfad öffnete sich zu einer steilen Uferböschung, an deren Fuße flaches Wasser das grüngoldene Licht reflektierte. Seine Unentschlossenheit ließ ihn erstarren. Weglaufen oder sich stellen? Flußauf- oder -abwärts? Er machte kehrt, um sich dem Terror hinter sich zu stellen. Gelbe Zwillingsspiegelungen des Mondes linsten ihn aus dem schwarzen dschungelgemusterten Brokat an. Caleb kroch rückwärts auf die Böschung. Dann, als sich eine fließende Masse aus Dunkelheit aus dem dunkleren Schwarz des Dschungels löste, gab der Boden unter seinen Füßen nach, und er stürzte, überschlug sich, glitt in einem Erdrutsch aus feuchtem Lehm zum Flußufer hinunter.

Sein Verfolger stürzte sich in den flachen Fluß. Für einen kurzen Augenblick konnte man seine Umrisse vor dem Neonblitz wäßrigen Mondlichts erkennen. Der sich spiegelnde Mond zersplitterte, und die Scherben schnitten eine Katzensilhouette aus unheilvoller Dunkelheit zwischen Caleb und dem anderen Ufer. Caleb drückte sich gegen die Böschung in den weichen Lehm und preßte die Augen zusammen, als die Katze mit ihrem Schwanz das flache Wasser peitschte. Sie duckte sich noch tiefer. Als sie sprang, schrie sie, und als sie schrie, hallte ein zweiter Schrei wider. Er warf seine Arme nach oben und machte sich auf den Schlag gefaßt. Genau in diesem Augenblick warf sich eine zweite Katze – weiß im Mondlicht – auf die erste und riß den Angreifer zu Boden. Die ineinander verkrallten Körper trafen ihn so stark gegen die Brust, daß ihm ein Schrei entfuhr. Der Schock ließ ihm Atem in die Lunge fahren.

Dann löste sich die Schwere der Situation. Das bedrückende Gewicht, das ihn niederpreßte, veränderte sich, und eine aufgewühlte Masse aus Krallen und Nadelzähnen und kleinen bepelzten Körpern tobte in einem Yin-Yang aus Schwarz und Bernstein über seine Brust. Die Monsterklauen, die ihn schlugen, wurden zu seinem eigenen Herzschlag und dem Getrommel von winzigen Fersen und Ellbogen. Der Schrei, der ihm im Hals steckte, wurde tiefer und durch die Wut noch lauter.

»Verdammt, ihr Katzen!«

Caleb riß die Augen auf; für einen kurzen Moment wurden sie glasig vor Verwirrung. Als er sich aufsetzte, weiteten sich seine Augen vor Wut. Das bepelzte Gewirr auf seiner Brust löste sich auf, als zwei kleine Körper davonstoben. Er starrte an sich herab, erwartete Blut und blankes Fleisch zu sehen, fand aber statt dessen einen nackten Mann vor, der vor Schweiß glänzte, mäßig behaart, recht gut in Form für zweiundvierzig. Er drehte sich um und betrachtete sein Bild in dem Spiegel, der an der Schranktür neben seinem Bett hing. Ein langes, flaches Gesicht mit hohen Wangenknochen starrte zurück, mit blassen Augen und braunem Haar, das nicht mehr so dicht war wie früher.

Er sah sich um. Tageslicht verwandelte den Dschungel in einen Ficus, der an die Zimmerdecke stieß, einen großen Farn im Nordfenster, einen hängenden Philodendron und abstrakte Malerei. Die Uferböschung hatte sich in sein Bett verwandelt; das Unterholz in seidene, blattgemusterte Batiklaken und Orientteppiche. Zwei Hauskatzen, schwarz und orange, tigerten mit verminderter Wildheit in den gegenüberliegenden Zimmerecken hin und her.

Freud und Skinner.

Caleb zwang seinen Herzschlag auf ein normales Tempo zurück und starrte von Orange zu Schwarz. »Einer von euch Wilden muß raus«, sagte er wütend zu ihnen. Die Katzen betrachteten seine Feindseligkeit mit gut einstudierter Ungerührtheit. B. F. Skinner sprang wieder aufs Bett, so als wollte er sagen: Meinst du mich?

Caleb lachte und kraulte die Katze am Unterkiefer. »Sobald ich jemanden dazu überreden kann, einen von euch zu nehmen.«

2

Er sprang aus dem übergroßen Bett auf den Parkettfußboden und drückte sich an der üppigen Dieffenbachie vorbei, die ihm den Blick auf den See versperrte, um vom Balkon aus den Morgen zu begutachten. Die ersten Schimmer des Tageslichts schoben sich zwischen die Wolken, die sich über dem Wasser türmten, und färbten sie in den Farben dieser Epoche – Pastellrosa und Lavendel. Hohe Luftfeuchtigkeit, erkennbar als dünner Nebel, der die entfernten Ufer verschleierte, versprach, den Tag unerträglich werden zu lassen, aber zu dieser frühen Stunde war die Luft noch kühl und berauschte ihn.

Caleb kam sich vor, als stünde er im Mittelpunkt des Universums. Chicago war der Nabel der Welt, nicht die Osterinsel. Das Herz im Herzen des Landes. Drogen- und Luftfahrtzentrum der Nation.

Er lief jeden Morgen, an sechs Tagen in der Woche, fünf Meilen, wenn das Wetter es zuließ. Wenn es draußen zu heiß oder zu kalt war, lief oder schwamm er im Fitneßclub. Normalerweise hielt er sich am Seeufer nordwärts und lief durch den Lincoln Park. Manchmal fuhr er nach Evanston und lief über den Campus der Northwestern University; gelegentlich folgte er dem Green Bay Trail bis nach Ravinia in Highland Park. An diesem Morgen lief er südwärts am Seeufer entlang, versuchte seinen Verstand auf die Gegenwart zu konzentrieren und an nichts anderes zu denken als das perfekte Setzen eines jeden Schrittes. Zen und die Kunst des Joggens. Eigentlich Zen aus zweiter Hand; wie die meisten Amerikaner hatte er weder Zeit noch Geduld für richtiges Zen. Er hielt am Ohio Street Beach an, um zu stretchen und einen flachen Stein übers Wasser hüpfen zu lassen. Er trottete durch den Olive Park bis zum Ende des Navy-Piers und zurück. Weiter südlich stretchte er wieder, während er die Flotte der Segelboote betrachtete, die kunstlos im grauen Hafenwasser aneinandergereiht lagen. Der Himmel hätte seinen Geliebten nach dem Farbkasten greifen lassen. Na ja. Der Schmerz war abgeklungen – selbst komplizierte Brüche der Seele verheilten mit der Zeit – und hatte ihn ein wenig leer, ein wenig melancholisch zurückgelassen, Opfer eines alles durchdringenden Unbehagens. Depressiv zu werden wäre ganz einfach.

Natürlich war da noch die Frage: Warum? Aber es gab keinen

Grund. Die Clichés, die ihm in den Sinn kamen, waren anästhetischer Art: Wen die Götter lieben, den lassen sie jung sterben; Gott hat Seine Gründe usw. Vielleicht hatte Er die. Vielleicht ist der offensichtlichste davon, uns dazu zu bringen, das Leben zu lieben.

Du wirst rührselig, Jack, sagte er bei sich, wie wär's denn mit folgendem – Arzt, heile dich selbst.

Er sprintete über die Straße, wich dem einsetzenden Berufsverkehr aus und schüttelte die Stimmung ab, indem er sich quer durch den Grant Park bis an seine Grenzen trieb. Er lief fast bis zum Field Museum, bevor er sich wieder nach Norden wandte. Einer der Vorteile eines fitten Körpers war, daß man ihn unter Kontrolle hatte.

B. F. Skinner beobachtete ihn beim Rasieren und linste in die Dusche, als er das Wasser einstellte. Calebs Katzen waren weniger Katzen denn Symbionten. Er gab ihnen Raum, Impfungen, fütterte sie regelmäßig und erhielt im Gegenzug Gesellschaft und eine Art ästhetische Erfahrung. Nicht nur, daß sie schön und amüsant waren, ihre Formen ansprechend, ihr Verhalten faszinierend; sie verkörperten die gleiche Balance und Grazie wie gewisse Kunstwerke – kein Wunder, daß die Ägypter sie verehrten. Darin verbarg sich keine Logik, keine Möglichkeit, es jemandem zu erklären, der kein Katzenliebhaber ist.

Das Duschen glich einem Ritual. Er trat unter das Wasser, seifte und wusch sich schnell ab, stand dann mit dem Rücken zum Wasserstrom und konzentrierte sich auf den Sinneseindruck, wie warme Finger aus Wasser seinen Nacken massierten. Langsam drehte er das Wasser so heiß, wie er es ertragen konnte, wiegte sich von einem Bein aufs andere, dann vor und zurück, so daß die Finger über Schultern, Rücken und Gesäß und dann die Beine hinauf und hinunter spielten. Er drehte die Temperatur ein wenig herunter, bevor er sich umdrehte. Als er schließlich aus der Dusche stieg, prickelte seine Haut. Er begutachtete sich beim Abtrocknen und fand wenig, womit er unzufrieden sein mußte.

Wieder in seinem Schlafzimmer, wählte er einen teuren Anzug

aus einem Schrank voller teurer Anzüge und passender Schlipse, Hemden und Schuhe. Er hatte eine Menge Geld und Zeit in seine Garderobe investiert und darauf geachtet, jeden einzelnen Anzug der besonderen Gefühle, der feinen Unterschiede wegen zu kaufen, die er auslöste und ihn anders als alle anderen Anzüge machten. Er war so oft zum Anprobieren zurückgekehrt, wie es notwendig war, um sicherzugehen, daß jeder einzelne davon so gut paßte wie eine zweite Haut. Er wählte instinktiv einen hellgrauen Anzug aus Sommerwolle, das richtige Gewicht für dieses Wetter, die richtige Farbe für seine Patienten. Bei seiner Klientel war ein ausgesuchter Geschmack von entscheidendem Überlebenswert.

Er trat ins Wohnzimmer und bemerkte – mit beinahe unterbewußter Befriedigung – den moosigen Halt des Bidjar Herati unter den Schuhen. Die einzelnen Bestandteile seiner Umgebung – das Ölporträt über dem Kamin, die Wand aus Walnuß-Bücherregalen, die Stereoanlage – bereiteten ihm Wohlbehagen und Freude, obwohl er jetzt nur flüchtig Notiz davon nahm. Bevor er die Wohnung verließ, prüfte er sein Bild in einem goldgerahmten Spiegel neben der Tür und tätschelte Sigmund Freud, der auf einer danebenstehenden Sessellehne saß. Dann aktivierte er die Alarmanlage und trat hinaus.

Er nahm den Jaguar, damit er mittags im Krankenhaus haltmachen konnte, ohne Zeit damit zu vergeuden, ein Taxi erwischen zu müssen. Obwohl er ihn auf der kurzen Fahrt zwischen den Garagen nicht aus dem dritten Gang herausbekam, bereiteten ihm Aussehen und Gefühl des metallicblauen Wagens dasselbe Vergnügen, das er bei seinen Katzen empfand, und er freute sich an dessen Kraft wie ein Löwenbändiger.

In der Grant-Park-Garage parkte er ihn auf seinem üblichen Platz – neben dem Wagen des Aufsehers – und schloß ihn ab. Er gab Matt die Schlüssel und einen Fünfer und fragte: »Was macht die Familie?« Während er zuhörte, wie der Mann sich bedankte und von Prüfungen erzählte, die Hiob aufgebracht hätten, wußte Caleb, daß Matts Dankbarkeit mehr der Frage als dem Geld galt. Für zwei Minuten Anteilnahme würde Matt den Wagen so aufmerksam bewachen, wie er es für fünfzig Dollar getan hätte. Caleb fragte sich, wo die Manipulation anfing. War das, was er mit Worten tat, anders als das, was andere mit Geld taten? Welchen Schaden richtete das an? Und dennoch, kann denn ein Mann klar sehen, wenn er den Blick auf seine eigenen Interessen gerichtet hat?

Caleb ging zu dem Gebäude auf der North Michigan Avenue, in dem seine Praxis lag, und nahm die Treppe in den zweiten Stock. Als er die Tür aufschloß, las er automatisch das Schild darauf – NORTH MICHIGAN AVENUE ASSOCIATES – und bemerkte, daß das Radio im Hausflur auf Fahrstuhlmusik eingestellt war.

Die geschlossenen Türen zu den Privatpraxen der Ärzte befanden sich an den gegenüberliegenden Seiten des Wartezimmers, das in sanften Farben und mit bequemen Möbeln ausgestattet war, einer Vielzahl von Pflanzen, Fenstern mit Blick auf den Grant Park, Kunstdrucken an der Wand und einem Aquarium voller tropischer Fische. Ein L-förmiger Empfangstisch neben dem Eingang trennte die Patienten psychologisch von der Empfangsdame und hielt die Ruheloseren davon ab, mit dem Kopierer oder dem Computer zu spielen.

Mrs. Sleighton, die Empfangsdame, goß die Pflanzen, und sie beeilte sich, das Radio auf eine kaum hörbare Lautstärke zurückzudrehen, als Caleb durch die Tür trat. Irene – so nannte Caleb sie, wenn er an sie dachte, obwohl er darum bemüht war, ihre Beziehung auf formeller Ebene zu halten – war Ende Vierzig und heftig oder mütterlich, je nachdem. Weil sie fröhlich, pünktlich und außergewöhnlich diskret war und sich nicht im Büro die Nägel feilte oder Kaugummi kaute, neigte Caleb dazu, ihre Vorliebe für Boulevardzeitungen und Muzak zu übergehen.

Sie sagte: »Guten Morgen, Dr. Caleb.«

»Guten Morgen, Mrs. Sleighton.« Er sah sich um. »Hat Mr. Finley abgesagt?«

»Nein. Das ist gar nicht seine Art, oder?«

Nein, das war es nicht, Caleb stimmte ihr zu. Allan war stets pünktlich. Als Caleb sein Praxiszimmer betrat, drehte Irene die widerliche Muzak lauter und griff nach dem ›Star‹.

Das Mobiliar in Calebs Büro ähnelte dem im Empfangszimmer. Der Tür gegenüber stand ein großer Tisch mit bequemen Stühlen zu beiden Seiten; die Wand dahinter war mit Regalen voller beeindruckender dicker Wälzer und Einbauschränken bedeckt. Rechter Hand bot eine Fensterzeile von der Gesprächsecke mit Couch, Sesseln und Tischen mit Aschenbechern und Designer-Papiertaschentüchern aus einen unbezahlbaren Blick auf den Grant Park. An der Wand gegenüber den Fenstern fanden sich eine Uhr und eine Katzenlithographie von Jason Rogue. Caleb setzte sich in einen der Sessel und verlor die Zeit aus den Augen, während er die Aussicht genoß und über die befreiende und beengende Natur von Gewohnheiten grübelte. Bis die Gegensprechanlage auf seinem Schreibtisch summte. Er ging durchs Zimmer und drückte auf einen Knopf.

Irenes Stimme kam aus dem Apparat. »Mrs. Gates ist hier, Doktor.«

»Danke. Hat Mr. Finley angerufen?«

»Nein. Soll ich anrufen und einen neuen Termin vereinbaren?«

»Bitte. Wenn Sie ihn nicht zu Hause erreichen, versuchen Sie es in seinem Büro, aber wenn er dort nicht ist, sagen Sie nicht, wer angerufen hat.« Er schaltete die Gegensprechanlage ab und lächelte, als Mrs. Gates hereinkam.

»Guten Morgen, Dorothy . . .«

Drei Fünfzig-Minuten-Stunden später waren Calebs Augen vor Langeweile beinahe glasig geworden, während sein dritter Patient vor sich hin redete. Der Mann war ein selbsternannter VIP, Präsident einer kleinen Produktionsfirma, der ein Patent geerbt hatte, das ihm schneller Geld einbrachte, als er es ausgeben konnte. Er war ein Mann, der immer recht hatte, und er konnte nicht begreifen, warum er von den »Beautiful People« Chicagos geschnitten wurde. Caleb hörte sich seine Sorgen mit halbem Ohr an, bemerkte Widersprüche und Ungereimtheiten und merkte sich Details, um später noch einmal darauf zurückzukommen. Das meiste hatte er allerdings schon mal gehört. Darauf zu warten, daß der Mann zur *Sache* kam, stellte Calebs Ausdauer auf eine harte Probe. Caleb hätte ihn unerträglich gefunden, wenn sein Elend weniger offensichtlich oder seine Verteidigung weniger durchsichtig gewesen wäre.

Caleb hatte ihn als Hundemensch diagnostiziert. Er neigte dazu, jeden entweder als Hunde- oder Katzenmensch einzustufen; er hatte sogar darüber nachgedacht, zu diesem Thema einen Artikel zu schreiben. Erstere waren jene, für die gesellschaftliche Anerkennung Lebenszweck war. Hundemenschen konnten ohne die ständige Bestätigung, geliebt und bewundert zu werden, nicht funktionieren. Sie waren Kreaturen, die jeden Moment mit Geräuschen oder Aktivitäten ausfüllen und jeden, den sie trafen, zum Freund machen mußten. Katzenmenschen hingegen waren anspruchsvoller. Unabhängiger. Selbstbeherrschter. Sie kümmerten sich weniger um die öffentliche Meinung. Er war Katzenmenschen begegnet, denen er nach mehreren Jahren der Bekanntschaft nicht mehr als ein Hallo oder Guten Morgen entlocken konnte. Bei manchen Menschen, wie bei manchen Katzen, war das das Beste, was man sich erhoffen konnte. Alles in allem fand er Katzenmenschen interessanter.

»... und dann hatte sie den Nerv – ich weiß nicht, warum ich diese Schlampe geheiratet habe – mir zu sagen, ich langweile sie.«

»Was genau haben Sie sich davon versprochen, zu mir zu kommen?«

»Genau das, was ich kriege. Ich sage immer, ich unterstütze einen der teuersten Psychiater am North Shore.«

»Ich würde sagen, Sie bekommen recht wenig für Ihre Investition.«

Das erwischte ihn kalt. »Schmeißen Sie mich raus?«

»Ich sage Ihnen nur, daß ich Ihnen kein Rezept für Ihre Sorgen verschreiben kann.«

»Wie kommen Sie darauf, daß ich ...«

Caleb wartete.

»Man sagt, wer mit dem meisten Spielzeug stirbt, gewinnt.«

Caleb zog eine Augenbraue hoch.

»Was *will* ich denn wissen?«

Caleb nickte und warf einen Blick auf seine Schreibtischuhr. »Daran arbeiten wir das nächste Mal. In der Zwischenzeit möchte ich, daß Sie darüber nachdenken, welche Veränderungen Sie an sich selbst vornehmen wollen. Nur an Ihnen selbst. Sie können niemand anders ändern.«

»Nicht genug, daß ich Ihnen ein Vermögen zahle, ich soll auch noch arbeiten?«

Erwischt! Caleb stand lächelnd auf. »Sie bezahlen mich dafür, daß ich Sie zum Arbeiten bringe.«

Der VIP nickte, als er aufstand, und Caleb begleitete ihn hinaus. Als er die äußere Praxistür hinter dem Mann geschlossen hatte, wandte er sich fragend an Irene.

»Mr. Questor hat abgesagt. Er sagte, sein Großvater sei gestorben.«

»Das ist der vierte Großvater in sechs Monaten. Rufen Sie lieber seinen Bewährungshelfer an. Und schicken Sie ihm eine Rechnung für den versäumten Termin.«

»In Ordnung. Und Mrs. Reston hat angerufen. Ein Notfall. Sie *muß* Sie sprechen.«

Er lächelte sarkastisch. »Wenn es sich wirklich um einen Notfall handelt, dann kann ihr Dr. Fenwick helfen. Haben Sie Mr. Finley erreicht?«

»Nein. Jemand von seinem Büro sagte, er sei heute nicht zur Arbeit erschienen. Sie nehmen an, daß er morgen dasein wird. Ich habe eine Nachricht auf seinem Anrufbeantworter zu Hause hinterlassen.«

»Danke. Der nächste Termin ist um eins?«

»Ja. *Ms.* Goodwin.«

Caleb ließ die angedeutete Mißbilligung durchgehen, weil er wußte, daß Ms. Goodwin sie nie hören würde. »Ich bin bis dahin zurück.«

Er telefonierte vom Auto aus mit seinem Telefonservice. Normalerweise leiteten sie Anrufe von Patienten an Irene weiter, aber er prüfte es vorsichtshalber nach. Er sagte: »Hier spricht Dr. Caleb. Haben Sie eine Nachricht für mich von einem Mr. Finley?« Nein. »Und eine Nachricht für einen Mr. Finley von Dr. Caleb?« Nachrichten waren früher schon auf diese Weise vertauscht worden, aber diesmal nicht, wie es schien. Das war sehr merkwürdig. In drei Jahren hatte Allan nicht einen einzigen Termin versäumt.

Spontan änderte Caleb seine Pläne für den Mittag. Statt ostwärts auf der Superior Street zu fahren, fuhr er weiter nordwärts auf den Lake Shore Drive.

3

Thinnes fuhr immer. Als Dienstälterer hätte er Crowne dazu verdonnern können, aber er traute Crownes Urteilsvermögen und seinem Urvertrauen in die Bremsen nicht. Und Thinnes zog es vor, die Dinge unter Kontrolle zu haben.

Sie fuhren südwärts auf der Lincoln Avenue. Er ließ seine Augen wandern, bemerkte Dinge, für deren Beachtung er nicht länger bezahlt wurde – ein Auto, das in einer Feuerwehreinfahrt parkte, eine abgelaufene Plakette, Verkehrssünder. Die Routine hast du immer noch drin, dachte er. Heute entsprach seine Stimmung dem Wetter. Es sah so aus, als sei der halbe Lake Michigan verdunstet und hinge nun über der Stadt wie ein Höhepunkt, der nicht kommen wollte. Seine Haut, Nerven und Muskeln, selbst seine Wahrnehmung schienen überspannt. Er wußte, er war nicht richtig bei der Sache. Er fühlte sich, als habe er zu lange geschlafen oder sei gleich nach dem Einnicken wieder aufgewacht; alles erschien ihm leicht verschwommen. Er wünschte sich, er hätte letzte Nacht weniger getrunken, aber Himmel, er hatte doch nur drei Biere gehabt! Er hatte nicht gut geschlafen.

Mit achtunddreißig hatte er zu viele Morde gesehen. Zu viele verrückte Zwischenfälle. Zu viel von der Chicagoer Politik. Seine Ansichten waren so grau geworden wie die Industrieluft über der Stadt, seine Hoffnungen so dürr wie sein magerer Körper. Das Bedürfnis, jedesmal einen wasserdichten, *abgeschlossenen* Fall zu schaffen, für jeden, den er getroffen hatte, einen Bogen für das Strafregister auszufüllen, war mehr als eine Gewohnheit, war zur Besessenheit geworden. Und das erschöpfte ihn. Das Ausgebrannter-Bulle-Syndrom. Die Midlife-crisis. Es nervte. Er wünschte, er könne in seinem Kopf einen Schalter umlegen und alles abstellen.

Du bist ein Cliché, Thinnes, sagte er sich, als er in die Webster Avenue einbog, das Grant Hospital zur Linken sah, ohne es wirklich wahrzunehmen, und automatisch langsamer wurde, um die in Doppelreihe geparkten Autos und die Fußgänger zu passieren. Er nahm einen der beiden Styroporbecher vom Armaturenbrett und beobachtete seinen Partner, wie der ihn beobachtete. Crowne war klug genug, nicht zu reden, bevor Thinnes nicht seinen Kaffee gehabt hatte. Der dienstjüngere Kriminalbeamte war neunundzwanzig; Größe, Gewicht, Aussehen und Intelligenz waren durchschnittlich. Nur sein Zynismus war überdurchschnittlich. Aber war das nicht bei allen Bullen so?

Thinnes schüttete den Kaffee runter. Er war zu heiß, und Thinnes schluckte schnell, um ihn aus dem Mund zu kriegen. Es brannte den ganzen Weg hinab. Er stellte den Becher wieder aufs Armaturenbrett und zwang sich zu sagen: »Um was geht's?«

Crowne zog das Notizbuch aus seiner Brusttasche und schlug es auf. »2123 Cleveland Avenue, Apartment 3-B. Untersuchung eines Todes. Ein gewisser A. Finley; männlich, weiß, möglicherweise Selbstmord.« Er klappte das Buch zu. »Man hat uns gesagt, wir sollen Gas geben, Bendix ist schon da, und die wollen die Bullen wieder auf der Straße. Es dürfte wohl ein klarer Fall sein.«

Thinnes hielt den Blick auf die Straße gerichtet. Die Cleveland Avenue war an der nächsten Ecke. »Hast du uns freiwillig gemeldet?« Selbst ohne ihn direkt anzuschauen, konnte er Crownes Verärgerung sehen.

»Wenn du morgens pünktlich kommen würdest«, sagte Crowne, »dann könntest du uns ja freiwillig für das melden, was *du* unter leichter Arbeit verstehst.«

Thinnes schwieg, aber Crowne wollte das Thema nicht einfach fallenlassen. »Wie kommst du damit durch? Evanger wird es erfahren müssen.«

Thinnes hielt an der Ampel zur Cleveland Avenue. »Ich hab einen Partner, der mich deckt.«

»Aha.«

Thinnes warf einen Blick zur Seite und bemerkte, daß Crowne längst nicht mehr nur verärgert war. »Es geht doch nur um Evangers Beförderung«, sagte Thinnes. »Wenn du da nachhelfen willst, bringst du ihm einfach einen Haufen guter Verhaftungen und putzt dir immer schön die Nase – dann läßt er dir alles durchgehen.«

Er bog rechts ab. Cleveland war eine ruhige, baumgesäumte Straße. Einen Block weiter sahen sie einen Streifenwagen und den Kleinlaster der Spurensicherung. 2123 war ein modernes dreigeschossiges Apartmenthaus in einer Gegend mit exklusiven sanierten Yuppie-Wohnungen. Thinnes parkte ihren Zivilstreifenwagen in zweiter Reihe vor der Haustür und ließ so viel Platz, daß die Autos gerade noch vorbeikommen konnten, falls keiner auf dem freien Platz vor dem Hydranten parkte. Sie nahmen ihre Becher vom Armaturenbrett und betraten das Gebäude.

Der Kaffee fing an zu wirken, bis sich der Aufzug im zweiten Stock öffnete. Als Thinnes in den Hausflur vor Finleys Wohnung trat, fühlte er sich wacher. Er ließ seinen Blick wandern und nahm die Details in sich auf – als letztes die vertraute Belegschaft. Er nickte, als er den beiden uniformierten Streifenbeamten seine Dienstmarke zeigte. Er bemerkte, daß dem Polizisten die Wampe über den Gürtel hing und er mit der sorglosen Autorität dastand, wie sie nur alte Streifenpolizisten haben. Bei seiner Kollegin war diese Haltung wegen ihrer kürzeren Dienstzeit noch nicht so stark ausgeprägt. Sie ließ ihre Faust auf der Hüfte ruhen, neben der Waffe, aber ganz lässig und aus Gewohnheit. Thinnes beobachtete diese Dinge, wie ein Berufskraftfahrer die Verkehrszeichen registriert – ohne sie groß zu bemerken.

A. Finleys L-förmiges Vorderzimmer war teuer eingerichtet – das übliche Yuppie-Dekor –, aber von einer oberflächlichen Glattheit, die auf mangelnde Phantasie hindeutete, so als ob Finley die Möbel direkt aus dem Schaufenster gekauft hätte. Es gab nahezu keine persönlichen Gegenstände. Die einzigen Dinge, die nicht perfekt zueinander paßten, fanden sich im Eßzimmer: ein sehr geschäftsmäßig wirkender Büroschreibtisch und eine blutbespritzte Lithographie an der Wand links davon. Am äußersten linken Rand des Tisches lagen ein Scheckbuch, ein Briefmarkenheftchen und ein ordentlicher Stapel adressierter, zugeklebter Briefumschläge. Finley selbst lag zusammengesunken auf dem Fußboden neben dem Tisch, ein Revolver Kaliber .38 und ein goldener Stift gerade außerhalb der Reichweite seiner leeren Hand.

Irgendwas an der ganzen Szene wirkte falsch, und Thinnes versuchte herauszufinden, was es war. Es war nicht einfach die Tatsache des Todes – offensichtlich Selbstmord – oder die Leiche mit dem halb weggeblasenen Kopf oder der ungeheuerliche Sprühnebel aus Blut und Hirnmasse an Wand und Bild.

Der Leichnam wurde von einem pickelgesichtigen Jungen der Spurensicherung fotografiert, der von Bendix, dem Dienstälteren, beaufsichtigt wurde. Bendix entdeckte Thinnes und sagte zu seinem Kollegen: »Himmel! Die haben Thinnes geschickt. Wir können schon mal unsere Essensbestellungen aufgeben.« Bendix war um die Fünfzig, hatte schütteres Haar, war körperlich aus der Form geraten, von Geburt an unsensibel und berufsmäßig gutgelaunt. Er nickte Thinnes zu, doch es kam nicht von Herzen; dieselbe Geste Crowne gegenüber war freundlicher. Er deutete mit seinem Daumen auf Thinnes. »Warum haben sie den denn geschickt?«

»Ist halt dein Glückstag«, antwortete ihm Crowne säuerlich. Er blieb dort stehen, von wo aus er die Leiche nicht anschauen mußte.

Als Thinnes näher trat, um einen genaueren Blick auf die Leiche zu werfen, ignorierte er Bendix. Er nippte nachdenklich an seinem Kaffee, während er die Leiche untersuchte, dann hockte er sich hin und zog einen Stift aus der Tasche, um die Waffe am Abzugsring aufzuheben und sie untersuchen zu können, ohne mögliche Fingerabdrücke zu zerstören. Er sah zu Bendix auf. »Ziemlich schweres Geschütz für einen Zivilisten, findest du nicht?«

Bendix zuckte mit den Schultern. Thinnes legte die Waffe wieder hin. »Lebte der Typ allein?«

»Dem Hauswart nach ja.«

Thinnes sah sich in dem Zimmer um. Abgesehen von dem blutigen Sprühmuster an der Wand war die Wohnung ungewöhnlich sauber und ordentlich. »Putzfrau?«

»Der Hauswart sagt nein. Zwanghafter Putzteufel.«

»Schwul?«

»Nicht gerade das, was man auf eine Wohnungsanfrage schreibt«, sagte Bendix. Thinnes warf ihm einen leicht angewiderten Blick zu. »Und wenn«, fügte Bendix hinzu, »dann war er diskret.« Er zog eine Zigarre aus der Tasche, zündete sie an, steckte das abgebrannte Streichholz sorgfältig in die Tasche und erzeugte einen giftigen Qualm.

Thinnes wies zur Tür. »Raus damit.«

Bendix ging zur Tür, blieb auf der Schwelle stehen, hielt die Zigarre auf den Hausflur und schnipste die Asche gegen die Wand, von wo aus sie nicht in die Wohnung geschleppt werden konnte. »Was macht das fürn Unterschied?« sagte er. »Der steife Brocken hat ne Waffe in der Hand, Schmauchspuren an den richtigen Stellen, und alle Türen waren von innen verschlossen. Warum stellen Sie Fragen, als ob es sich um einen Mord handeln würde?«

Thinnes ignorierte ihn und wandte sich an Bendix' Assistenten. »Haben Sie in den anderen Zimmern Bilder gemacht?« Der Techniker schüttelte den Kopf. »Tun Sie's.«

Als der Techniker den Raum verließ, zog Thinnes ein Paar Latexhandschuhe aus der Tasche, streifte sie über und begann, den Stapel Briefe durchzugehen. Sie waren an American Express, die Blessing Immobiliengesellschaft, Commonwealth Edison, North Michigan Avenue Associates, People's Northern Illinois Gas und Visa gerichtet. Rechnungen.

Bendix sagte: »Himmelherrgott, Thinnes, du bist schon zu lange dabei. Dir sind die Drähte durchgeschmort – du siehst überall Mord. Wenn er an einem Herzanfall gestorben wäre, dann würdest du wahrscheinlich versuchen zu erklären, daß ihn jemand zu Tode erschreckt hat.«

»Sieh dir das an, Bendix.« Thinnes deutete auf die ganze Szene. »Was siehst du?«

Bendix sah sich die Leiche an. »Nur ein armes Schwein, das sich das Hirn weggepustet hat.«

Thinnes schüttelte den Kopf. Müde sagte er: »Wer hat die Einzelheiten?«

Bendix wies mit dem Daumen auf den Flur hinter sich. »Die Streife.«

Thinnes versuchte gar nicht erst, seine Verärgerung zu verbergen. »Wer von ihnen?«

»Die Hübsche. Du drehst langsam durch, Thinnes. Du brauchst mal sechs Monate in Neuseeland oder sonstwo, wo es keine Morde gibt.«

»Stört es dich nicht, daß wir nicht einen Hinweis darauf haben, daß er suizidgefährdet war? Keine Nachricht, kein Motiv. Nichts.«

»Der Typ bringt sich um, er ist verrückt. Verrückte *brauchen* kein Motiv. Und wenn *du* eins brauchst, wie wär's mit: Seine Geliebte hat ihn verlassen, oder seine Aktien sind in den Keller gegangen, oder die Wäscherei hat seine Unterhosen zu sehr gestärkt?«

Thinnes hörte nicht zu. »Ray«, sagte er zu Crowne, »sieh nach, was die Bullen an Information haben, und schick sie wieder an die Arbeit.« Als Thinnes das Zimmer verließ und dem Techniker folgte, konnte er Bendix Crowne fragen hören: »Wie hältst du das nur aus?«

»Willst du vielleicht wetten, daß er sich irrt?«

Das Schlafzimmer sah funkelnagelneu aus. Unbenutzt. Wie ein Dekorationsstück bei Wickes oder Homemakers. Alles paßte zu gut zusammen, um stückweise gekauft worden zu sein. Von jedem eins: maskuline Schlafzimmergarnitur mit Vorhängen und Tagesdecke in passendem Muster. Der dichte schokoladenbraune Teppich zeigte noch Spuren des Staubsaugers. Thinnes' Blick war so konzentriert, als könne er irgendeinen Hinweis oder ein Motiv aus seinem Versteck locken. Er sah zum Techniker hinüber, der mit den Schultern zuckte, als wenn er sagen wollte: Was soll ich denn fotografieren?

»Nur ein paar Bilder als Beleg«, sagte Thinnes zu ihm. Als der Techniker die Kommode fotografiert hatte, ging Thinnes sie durch. Er fand, was man dort erwarten würde – Socken, Hemden und Unterhosen, nur daß sie säuberlicher gefaltet waren, als wenn sie frisch aus der Fabrik gekommen wären. Er sah hinter dem farblich passenden Hungerkünstler-Kaufhaus-Stilleben und dem Spiegel über der Kommode nach. Nicht mal Spinnweben. Der einzige persönliche Gegenstand in dem Zimmer war ein gerahmtes Foto von Finley, der seine Arme um eine Frau gelegt hatte, bei der es sich wohl um seine Schwester handeln mußte.

Als der Techniker das Bett fotografiert hatte, zog Thinnes es ab, fand aber nur saubere Laken. Unter dem Bett war nichts außer weiteren Staubsaugerspuren. Der Schrank hatte Schiebetüren. Thinnes öffnete die eine, dann die andere Seite und trat zurück, damit der Techniker den Inhalt ablichten konnte. Unterer Bereich der Hochpreiskategorie, nicht Perry Ellis, aber für Thinnes schon jenseits des Erschwinglichen. Finley schien für jede Gelegenheit einen Anzug zu haben. Keines der Hemden sah so aus, als sei es seit der letzten Wäsche getragen worden. Die Schuhe waren teuer, sorgfältig geputzt und standen wie Soldaten in Reih und Glied, was den Techniker zu der Bemerkung veranlaßte: »Dieser Typ war doch nicht echt.« Thinnes ging jeden Schuh und die Taschen eines jeden Kleidungsstücks durch, fand aber nichts. Nicht mal Flusen.

Der Putzschrank zwischen Schlafzimmer und Bad war ein Wunder. Auf den schmalen Ablagen fand sich jedes Reinigungsprodukt, das es in der Stadt zu kaufen gab. Unter den Fächern hingen an Haken Bürsten und Lappen, Mops und Eimer und Gummihandschuhe. Da fanden sich Mop und Besen, und ein Stand- und ein rollbarer Staubsauger füllten den Bodenraum aus. Thinnes drückte auf den Staubbeutel des Standsaugers. Er war leer. Als er den Deckel des anderen öffnete, überraschte es ihn nicht, einen leeren Staubbeutel vorzufinden.

Halb erwartete er, einen Papierstreifen auf dem Toilettensitz vorzufinden – das Klo war sauberer als im teuersten Hotel, in dem er je gewesen war. Auf dem Spiegel fand sich nicht ein Fleck, auf dem Waschbecken nicht ein Spritzer. In der Bürste fand sich ein einzelnes Haar – rot wie das des Opfers. Der Abfalleimer war geleert und ausgewaschen worden. Im Wäschekorb lag ein Satz Wäsche, benutzt, aber nicht dreckig, soweit er das sehen konnte. Nachdem der Techniker den offenen Arzneischrank fotografiert hatte, ging Thinnes ihn durch: Zahnpasta, vom Ende her ausgedrückt und aufgerollt, Maalox, Excedrin, ein Rasierer mit jungfräulicher Klinge und nicht der geringsten Spur von Seifendreck, Rasierschaum und After-shave, Deodorant – das Übliche, und ein halbvolles Rezeptröhrchen mit kürbisorangefarbenen Kapseln. Thinnes las die Einzelheiten auf dem Etikett und sagte dem Techniker: »Wenn Sie das eingepudert und aufgeschrieben haben, kontrollieren Sie mal, ob da auch drin ist, was draufsteht.«

Als Thinnes mit dem Techniker zurück ins Eßzimmer kam, war Bendix hinaus auf den Gang getreten, und Crowne sah sich ziellos um.

»Und?« fragte Thinnes fordernd.

Crowne warf einen Blick auf seine Notizen. »Dem Beamten zufolge unterschrieb der Hauswart gegen zehn Uhr eine UPS-Lieferung für diesen Typen, dann schloß er die Wohnung auf, um das Päckchen reinzulegen, damit es keiner klauen konnte. Als er die Tür öffnete und das Blut sah, ließ er das Päckchen fallen, rannte sofort aus der Wohnung und rief die Polizei. Sagte, er habe Finley nicht persönlich gekannt, aber er sei ein guter Mieter gewesen – habe seine Miete bezahlt und keinen Lärm gemacht oder sich beschwert. Ende der Geschichte.«

Thinnes wies auf weitere Stellen hin, die der Techniker ablichten sollte, dann ging er in die Küche. Crowne folgte ihm und sah sich unbeteiligt um, während Thinnes das Zimmer untersuchte. Es war so sauber, daß man es als steril bezeichnen konnte, und wies zueinander passende Geräte und wenig Schnickschnack auf. Der Kühlschrank schien vor kurzem geputzt worden zu sein und enthielt nur ungeöffnete Packungen mit verderblichen Lebensmitteln und heimisches Bier. Da es so wenig zu sehen gab, kamen sie schnell zum Ende und gingen wieder ins Eßzimmer. Thinnes ging vor und drehte sich beim Gehen zu Crowne um: »Das war kein Selbstmord.«

Crowne erstarrte unmerklich und blickte an Thinnes vorbei in das Eßzimmer. Thinnes drehte sich wieder um und sah einen großen Mann, der mit einem merkwürdigen traurigen Gesichtsausdruck auf die Wand über Finley und den blutbespritzten Abdruck starrte.

»Wer sind Sie?« wollte Thinnes wissen.

Der Blick des Mannes fiel auf die sterblichen Überreste Finleys, und er antwortete, ohne aufzusehen: »Ich war Allans Therapeut ...« Er sah Thinnes erkennbar bestürzt an. »Und ich stimme Ihnen zu. Er war nicht suizidgefährdet.«

Thinnes musterte ihn. Ein großer Mann, sehr fit, eins achtundachtzig bis eins neunzig, sanftes Gesicht, dünner werdendes, braunes Haar und sanfte blaue Augen, ein Mann, der – würde er dick – häßlich wäre, weil das Fett die männlichen Züge seines Gesichtes und seiner Figur verwischen würde. Sein Anzug war maßgeschneidert und stellte eine derart deutliche, wenn auch zurückhaltende Zurschaustellung seines Einkommens dar, daß Thinnes überrascht war, daß er nicht auch noch Schmuck trug. Er schien gelassen, aber – Thinnes hatte in dieser Hinsicht keine Vorurteile – er *war* ein großer Mann, und Körpergröße brachte Vorteile im Leben und in Auseinandersetzungen mit sich, Vorteile, deren weiterer Nutzen oft verborgen blieb.

»Wie sind Sie hier reingekommen?« wollte Thinnes wissen. »Bendix!« rief er und sagte dann zu dem Eindringling: »Zeigen Sie mir mal einen Ausweis.«

Der Mann nahm seine Brieftasche und zog seinen Führerschein heraus. Thinnes warf einen Blick darauf, las JAMES A. CALEB und gab ihn Crowne, der die Einzelheiten notierte.

Bendix betrat mit einer nicht mehr brennenden Zigarre im Mund das Zimmer. »Ja?«

Thinnes deutete auf Caleb. »Warum hast du *den* reingelassen?«

»Ist er nicht ...? Ich hab gedacht, das ist der neue Revierpsychiater.«

Thinnes wandte sich an Caleb. »Haben Sie hier irgendwas berührt?«

Caleb schien verwirrt. »Ich ... äh ... weiß nicht.«

»Würden Sie draußen im Gang warten?«

Caleb nickte und trat an Bendix vorbei, der sich langsam zurückzog.

Thinnes sagte: »Hiergeblieben, Bendix.« Bendix blieb stehen. »Wo ist dein Fingerabdruckmann?«

»Ich hab ihn Kaffee holen geschickt.« Bendix zog Streichhölzer aus der Tasche, um seine Zigarre wieder anzuzünden, sah dann zu Thinnes hinüber und besann sich eines Besseren.

»Dann wirst *du* deine Trickkiste holen und mit dem Abdrucknehmen anfangen.«

»Zwei zu eins, daß sie alle vom Opfer stammen.«

Thinnes war geneigt, ihm zuzustimmen. Jeder, der klug genug war, einen Mord wie einen Selbstmord aussehen zu lassen, würde die Fingerabdrücke des Opfers nicht zerstören oder seine eigenen hinterlassen. In diesem Fall lag die einzige Hoffnung darin begründet, daß es eine ungeheure Zahl von Dingen gab, die man übersehen konnte. Mit etwas Glück hatte der Mörder eins davon übersehen. Thinnes wies mit dem Daumen zum Gang. »Fang mit den Fingerabdrücken von dem Psychiater an.«

Als Bendix gegangen war und Thinnes versuchte, seine Gedanken wieder dorthin zurückzubringen, wo sie vor der Unterbrechung gewesen waren, verkündete Crowne leise: »Der Leichenbeschauer ist da.«

Zum Schluß befragten sie Dr. Caleb im Hausbüro, einem vollgestopften Kabuff gleich neben der Hauswartswohnung im Erdgeschoß.

»Erzählen Sie mir von Allan Finley, Dr. Caleb.«

»Er war Wirtschaftsprüfer, ein sehr beherrschter, akribischer Mann mit einer Leidenschaft für Ordnung, die ihm bei seiner Arbeit sehr zugute kam. Er bevorzugte es, wenn die Dinge schwarz und weiß waren, unzweideutig, alle identisch ausgerichtet. Und er mochte Rätsel, vor allen Dingen mathematische. Alles mit einer eindeutigen Lösung. Menschliche Beziehungen in ihrer Zweideutigkeit frustrierten ihn. Er war nicht suizidgefährdet.«

»Könnte denn die Zweideutigkeit nicht zuviel für ihn geworden sein?«

»Wenn, dann hätte er es mir gesagt.«

»Hatte er irgendwelche Feinde?«

»Nicht daß ich wüßte.«

»Weswegen genau kam er zu Ihnen?«

»Ich nehme an, unter diesen Umständen hätte er nichts dagegen, wenn ich es Ihnen sage. Meine Diagnose war eine milde Form von zwanghaft-obsessiver Störung. Allans überwältigender Drang nach Ordnung und Sauberkeit beeinträchtigte sein Leben und seine Beziehungen. Ich half ihm dabei, etwas gelassener zu werden.«

»Nahm er Medikamente?«

»Tofranil-PM, fünfundsiebzig Milligramm täglich, einzunehmen vor dem Schlafengehen. Für einen Erwachsenen ist das die Mindestdosis.«

Thinnes sah in seinem Notizbuch nach. Caleb konnte das Etikett von Finleys Rezeptröhrchen abgelesen haben. Andererseits hatte er, wie man auf dem Etikett erkennen konnte, das Rezept selbst ausgestellt. Thinnes sagte: »Was bewirkt es?«

»Es handelt sich um ein trizyklisches Antidepressivum.«

»Ich dachte, Sie hätten gesagt, er sei nicht depressiv gewesen.«

»Ich sagte, er war nicht suizidgefährdet. Man nimmt an, daß eine zwanghaft-obsessive Störung aus einem chemischen Mißverhältnis im Hirn resultiert, das dem Leidenden große Angstgefühle bereitet, wenn er nicht gewisse Verhaltensmuster wiederholt, manchmal stundenlang. Tofranil scheint das Gleichgewicht wiederherzustellen und dem Kranken zu erlauben, sich von seinem Zwang zu befreien.«

»Nach seiner Wohnung zu urteilen, würde ich sagen, daß er immer noch einen ziemlichen Putzzwang hatte.«

»Das Medikament verändert nicht die grundlegende Persönlichkeit. Allan war ein sehr anspruchsvoller Mann.«

»War er schwul?«

»Nein.«

»Freundinnen?«

Caleb antwortete langsam. Er versucht, diplomatisch zu antworten, vermutete Thinnes. »Eine. Er kannte sie schon eine Zeitlang von der Arbeit und versuchte gerade, sie näher kennenzulernen.«

»Schlief er mit ihr?«

»Er wollte, aber er sagte, es sei noch nicht soweit.«

Das würde das Fehlen weiblicher Spuren in der Wohnung erklären, dachte Thinnes. »Wie heißt die Dame?«

»Alicia Baynes.«

»Wo arbeitete Finley?«

»Wilson, Reynolds and Close, eine Buchhaltungsfirma.«

»Was ist mit den Arbeitskollegen?«

»Miss Baynes ist eine von ihnen«, sagte Caleb. »Er respektierte ihre Fähigkeiten, aber er meinte, ihr fehle es an Selbstvertrauen – im Beruf zumindest. Als Frau schien sie sich nicht in Zweifel zu stellen.«

Thinnes nickte; Crowne schrieb eilig mit. Caleb fuhr fort. »Allans Beziehung zu Marshall Close, seinem Chef, war rein beruflicher Art. Er ist in letzter Zeit bei einigen Gelegenheiten zu Close nach Hause eingeladen worden. Close baute ihn für eine Partnerschaft auf.«

»Was ist mit Wilson und Reynolds?«

»Close hat Wilson vor fünf oder sechs Jahren ausbezahlt. Reynolds ist seit zehn Jahren tot.«

»Fahren Sie fort.«

»Allan erwähnte, daß er die Büroleiterin – ihr Name fällt mir nicht ein – für unsicher hielt, aber seit die Gerüchte über die Partnerschaft die Runde machten, sei sie recht servil gewesen.«

»Was?« fragte Crowne.

Thinnes übersetzte. »Sie hat sich eingeschleimt.«

Crowne nickte und schrieb weiter.

Wegen seines Problems hatte Finley recht zurückgezogen gelebt, hatte bis vor kurzem niemanden an sich herankommen lassen. Als Ergebnis davon hatte er eine Art Außenseiterstellung den Mitarbeitern von WR&C gegenüber eingenommen. Caleb gab einen kurzen Überblick über jeden von Finleys Kollegen, basierend auf dem, was Finley im Laufe der Jahre über sie gesagt hatte. »Vielleicht habe ich was vergessen«, fügte er hinzu. »Ich werde heute nachmittag Allans Akte durchgehen und Sie anrufen, wenn ich noch irgend etwas finde, was wichtig sein könnte.«

»Vielleicht könnte ich bei Ihnen in der Praxis vorbeikommen und mich selber umschauen«, schlug Thinnes vor.

»Nicht ohne einen Gerichtsbeschluß.«

Caleb sagte dies leise. Thinnes konnte keinerlei Haltung in diesen Worten erkennen. Keine Verachtung. Keine Furcht. Darüber gab es nichts zu verhandeln. Es gab keine Möglichkeit zu erkennen, ob er die Rechte seines Patienten schützte oder seinen Hintern retten wollte. Und ohne einen möglichen Fall gab es nicht mal die Chance eines Schneeballs in der Hölle, einen Gerichtsbeschluß zu erwirken.

Thinnes entschied, es anders zu versuchen. »Erzählen Sie mir von Finleys Arbeit.«

»Das einzige Gebiet, auf dem sich Allans Zwanghaftigkeit bezahlt machte, war seine Arbeit. Sie verlangte Diskretion, fehlerlose Akkuratesse und eine pingelige Detailgenauigkeit.«

»Hat er jemals irgendwelche Klienten erwähnt?«

»Nur einmal. Er bemerkte, daß einer der Drucke in meiner Praxis von der Margolis Gallery stammte, und erwähnte, daß die Galerie ein Kunde sei.«

»Und was tat er zum Spaß? Wie verbrachte er seine Freizeit? War er Jungfrau? Hatte er irgendwelche Laster?« Finley schien so merkwürdig vage, daß Thinnes gern bereit gewesen wäre zu glauben, daß er gar nicht existiert hatte, wenn sie da nicht eine Leiche gehabt hätten.

»Menschen mit zwanghaft-obsessiver Störung haben meist kein Privatleben«, sagte Caleb. »Ihre Obsessionen beanspruchen derart viel von ihrer Zeit, daß sie keine Beziehungen oder Interessen entwickeln können, nicht mal Hobbys. Oft können sie nicht lesen oder zum Essen ausgehen oder reisen oder sich entspannen.«

Thinnes wartete ab. Caleb schien seltsam distanziert zu dem, was er sagte. Thinnes fragte sich, ob er oft Patienten verlor. Und ob er immer so unbewegt blieb. Aber vielleicht war er nur sehr gut darin, Sachen für sich zu behalten.

»Die Ironie bei dem Ganzen ist«, sagte Caleb, »daß er endlich dabei war, seinen persönlichen Dämon unter Kontrolle zu bekommen, und gerade damit anfing, zum Leben erweckt zu werden.«

Thinnes beschloß zu versuchen, Caleb ein wenig aufzurütteln, ihm eine Reaktion zu entlocken. Er zwinkerte Crowne zu und sagte zu Caleb: »Sie müssen Finley schon sehr gemocht haben, um Hausbesuche zu machen.« Bevor der Arzt darauf antworten konnte, fragte Thinnes Crowne: »Ist es nicht ein wenig sonderbar, daß ein erstklassiger Nervendoktor sich so für einen Patienten interessiert?«

»So sonderbar wie Clark Street, Ecke Diversy Parkway.«

Caleb erstarrte bei dieser groben Anspielung auf das Schwulencenter der Stadt, schien dann aber den Trick zu durchschauen und entspannte sich.

»Hatten Sie jemals Patienten, die Sie nicht leiden konnten, Doktor?«

»Ich versuche diejenigen, bei denen ich glaube, nicht mit ihnen arbeiten zu können, dazu zu ermutigen, sich einen anderen Therapeuten zu suchen.«

»Hatten Sie jemals einen, der da nicht mitspielte?«

»Einmal.«

»Was haben Sie deswegen unternommen?«

»Ich habe ihm das Dreifache berechnet.«

»Und er hat gezahlt?«

»Ja.«

»Warum?«

»Warum kampieren die Menschen tagelang, um Karten für Auftritte zu ergattern von ungehobelten Kerlen ohne Talent, die ihr Publikum offensichtlich verachten?«

Thinnes schüttelte den Kopf.

»Kann ich gehen?« fragte Caleb mit einer Ungeduld in der Stimme, die Thinnes für gespielt hielt.

»Geben Sie uns Ihre Telefonnummer? Für den Fall, daß wir noch etwas brauchen.«

Es war zu einfach, dachte Thinnes, nachdem der Arzt gegangen war. Calebs Interesse für irgendeinen unwichtigen Patienten war zu verdächtig. Oder vielleicht einfach nur merkwürdig. Hieß es nicht immer, daß Irrenärzte im Allgemeinen mindestens so bekloppt sind wie ihre Patienten? Und dann noch so ein gut situierter Doktor. Ein Reichen-Arzt, der durch Tausend-Dollar-Anzüge und Wohnadresse in bester Lage von der Wirklichkeit abgeschirmt war. Wenn er nicht an den Ort des Verbrechens zurückgekehrt war – welchen Verbrechens? Vielleicht *hatte* Finley sich selbst umgebracht! –, was zum Teufel wollte er dann hier? Thinnes seufzte. Rhonda, seine Frau, begriff nie, warum er ihr nie bei ihren Puzzles half. Das Leben ist eh schon ein Puzzle. Eigentlich noch eher als das Chaos in einer Puzzlefabrik nach einem Tornado. Tausende von Puzzles. Und alle Teile durcheinandergeraten.

4

Die Büros von Wilson, Reynolds & Close waren typische topmoderne Buchhalterbüros, die darauf abzielten, die Leute einzulullen. Der Name stand in Goldbuchstaben auf dem verglasten Eingang. Die Teppiche waren weich, das Mobiliar teuer, das Licht gedämpft. Thinnes zeigte seine Marke der Empfangsdame, die daraufhin den Hörer abnahm.

Marshall Closes inneres Büro verströmte die gleiche Aura von Geld und Erfolg wie das Vorzimmer, wies aber all die kleinen Spuren von Komfort auf, wie sie kennzeichnend sind für die Privilegien des Oberbosses. Gewandt und vertrauenerweckend stand Close auf, um Crowne und Thinnes die Hand zu schütteln und ihnen einen Platz anzubieten.

Close setzte sich. »Was kann ich für Sie tun, meine Herren?« fragte er, als sie Platz genommen hatten.

Männlich, weiß, dachte Thinnes, etwa eins achtundsiebzig, um die achtzig Kilo. Schwarzes Haar, graue Schläfen. Blaue Augen. Etwa um die Fünfzig. »Wir untersuchen den Tod von Allan Finley«, sagte er. »Was können Sie uns über ihn sagen?«

»Wir haben es in den Nachrichten gehört. Eine furchtbare Tragödie! Ich kann es nicht fassen.« Thinnes nickte; Crowne machte sich bereit, alle relevanten Angaben in sein Notizbuch zu schreiben. »Er war eine Person von höchster Integrität. Ich könnte zahllose Beispiele nennen – aber das würde gegen unser Geheimhaltungsgebot verstoßen. Lassen Sie mich nur soviel sagen: Von all meinen Angestellten war Allan der prinzipientreueste.«

»Hatte er in letzter Zeit Unregelmäßigkeiten in den Büchern eines seiner Klienten gefunden?«

Es gelang Close, empört zu wirken. »Nicht daß ich wüßte. Worauf wollen Sie hinaus? Was haben irgendwelche hypothetischen Unregelmäßigkeiten mit Allans Tod zu tun?«

»Ich versuche herauszufinden, warum er gestorben ist«, sagte Thinnes, »und ich werde dabei keine Möglichkeit unbeachtet lassen. War er in letzter Zeit deprimiert? Haben Sie in seinem Verhalten irgendeine Veränderung bemerkt?«

»Eigentlich war er in letzter Zeit fröhlicher als sonst. Ich wollte ihn zum Partner machen. Er war hoch erfreut.«

»Wußten Sie, daß er in psychiatrischer Behandlung war?«

»Nein, aber das erklärt eine Menge.«

»Hätten Sie ihn auch dann für eine Partnerschaft in Erwägung gezogen, wenn Sie es gewußt hätten?«

»Inspektor, meine Firma führt die Geschäfts- und Privatkonten von einigen der erfolgreichsten Persönlichkeiten auf der Welt. Sie wären überrascht darüber, wie viele von ihnen beim Psychiater sind.«

»Wessen Bücher bearbeitete er am Donnerstag?«

»Das dürfte Margolis Enterprises in Marina City gewesen sein. Ich glaube, er ist den ganzen Tag dort gewesen.«

»Ist er danach zurückgekommen?«

»Nein.«

»Sind Ihnen jemals irgendwelche Unregelmäßigkeiten in Margolis' Büchern aufgefallen?«

»Natürlich nicht!« Close dachte nach und fügte hinzu: »Ein paar kleinere Fehler ab und an. Nicht jeder, der an ihnen gearbeitet hat, besitzt Allans Akkuratesse.«

Die Angestellten bestätigten Thinnes' Vermutung, daß es eine Schwester gab. Adriana Finley war in den Akten als diejenige Person vermerkt, die im Notfall zu benachrichtigen war. Sie lebte in New York City.

Finleys Schreibtisch befand sich in einem riesigen Raum, der durch Stellwände aus schallschluckendem Material in identische Kabinen eingeteilt war. Die Deckenverkleidung wechselte zwischen mit Plastikgrillen verdeckter Neonbeleuchtung und Akustikpaneelen ab. Der Fußboden war mit einem weichen Teppichboden ausgelegt. Jeder der etwa ein Dutzend Angestellten der Firma hatte eine Kabine mit Schreibtisch, zwei Stühlen, einem Desktopcomputer und einem Telefon, und jeder schien sich viel Mühe gegeben zu haben, den Raum persönlich zu gestalten.

Außer Finley. Dessen Schreibtisch war so aufgeräumt wie seine Wohnung. Nur das Walnußholz-Namensschild mit den geschnitzten, goldfarbenen Buchstaben ließ darauf schließen, daß der Schreibtisch überhaupt jemandem gehört hatte. Thinnes fand in den Schubladen oder auf dem Tisch nichts von Interesse, mit Ausnahme des Terminkalenders, den er beschlagnahmte und quittierte, nachdem er der Büroleiterin erlaubt hatte, die anstehenden Termine zu notieren.

Bettina Calder war eine große, schlanke Farbige Mitte vierzig, die über Finleys Tod zutiefst verstört zu sein schien. Thinnes erinnerte sich an Calebs Äußerungen, als er sie befragte.

»War er gut?«

»Allan war nahezu überqualifiziert.«

»Hatte er irgendwelche Feinde?«

»Nicht daß ich wüßte. Ich würde nicht behaupten, daß ihn alle mochten, aber ich glaube nicht, daß ihn irgend jemand *nicht* mochte. Ms. Baynes kennt ihn wohl am besten. Ähm ...«, zögerte sie. »Sie hat sich heute krank gemeldet.«

»Können Sie mir ihre Privatanschrift und Telefonnummer geben?«

»Aber sicher.«

»Noch etwas, Ms. Calder. War Finley Rechts- oder Linkshänder?«

»Linkshänder, glaube ich.«

Die anderen Befragungen verliefen ähnlich. Crowne schrieb die Einzelheiten auf. Thinnes stellte die Fragen und verglich alles mit Dr. Calebs Einschätzungen, wobei er sich fragte, wieviel von dem, was Caleb gesagt hatte, ehrlich war. Finley hatte wohl zu Lebzeiten bei niemandem größere Gefühle wecken können. Sein Tod schien bei anderen vor allem das Gefühl ausgelöst zu haben: Dies kann doch nicht jemandem zugestoßen sein, den ich kenne.

»Bedrückt? Ganz im Gegenteil. In den letzten paar Wochen war er optimistischer, als ich ihn je gesehen habe.«

»Und war er Rechts- oder Linkshänder?«

»Ehrlich gesagt bin ich mir nicht sicher.«

»Es gab ein paar, die eifersüchtig waren, aber ich glaube nicht, daß er Feinde hatte.«

»War er Rechtshänder?«

»Nein, ich glaube, er war wohl Linkshänder.«

»Ich kann nicht behaupten, daß wir Freunde waren. Er war sehr zurückgezogen – nett, aber es war schwer, an ihn ranzukommen.«

»War er Links- oder Rechtshänder?«

»Ich bin sicher, er war Linkshänder.«

». . . ungeheuer vielseitig. Er konnte fast alles, jede Arbeit.«

»War er Rechts- oder Linkshänder?«

»Linkshänder.«

Linkshändig, so das allgemeine Votum.

Alicia Baynes wohnte in der Wayne Avenue, nördlich der Addison Street. Das Gebäude war größer als das Finleys, ähnelte ihm aber in Aussehen und Preis. Thinnes fand die Namenstafel und drückte auf den Knopf neben ihrem Eintrag. Er wartete. Niemand antwortete.

»Krank, hmm?« sagte Crowne. Er drückte auf den Knopf, auf dem HAUSVERWALTUNG stand.

Nach einer Weile erschien ein Mann, der eher wie ein Hausmeister aussah als wie ein Hausverwalter. Er trug Jeans und ein ärmelloses T-Shirt, das seine Tätowierungen freigab. Er öffnete vorsichtig die Tür. »Ja?«

Crowne zeigte ihm sein Abzeichen. »Wir hätten gern mit einer Ihrer Mieterinnen gesprochen. Baynes.«

»Sie ist nicht da.«

»Das wissen wir. Wissen Sie, wo sie ist?«

»Was hat sie angestellt?«

»Wir hätten ihr nur gern ein paar Fragen gestellt«, sagte Thinnes.

Der Verwalter zuckte mit den Schultern. »Ich will keinen Ärger mit der Polizei.« Thinnes nickte. »Sie sagte, sie sei übers Wochenende fort, um ihre Familie zu besuchen. Sagte, wenn irgendwer von der Firma anruft, soll ich sagen, sie sei zum Arzt gegangen. Wollte Montag wieder zurück sein.«

»Ja«, sagte Crowne.

Thinnes sagte: »Was können Sie uns über Miss Baynes sagen?«

Der Verwalter zuckte mit den Schultern. »Nicht viel. Nicht mein Typ.« Als er darauf keine Reaktion erhielt, fügte er hinzu: »Zahlt ihre Miete pünktlich, schüttet kein Bratfett in den Ausguß. Keine Haustiere.«

5

Als Thinnes und Crowne zurück ins Büro fuhren, hatte sich die berüchtigte Luftfeuchtigkeit der Stadt zu einer ernsthaften Bewölkung verdichtet, die mit Regen drohte. Sie zogen ihre Jacken aus, bevor sie in den Wagen stiegen, aber selbst mit laufender Air-condition waren ihre Hemden bald durchnäßt.

Thinnes plante voraus, während er fuhr. »Ich werde New York anrufen und mal sehen, ob ich jemanden dazu bringen kann, der Schwester die Nachricht persönlich zu überbringen.

Und ihr ein paar Fragen zu stellen. Du telefonierst rum und schaust nach, ob er irgendwem Geld schuldete.«

Crowne machte sich eine Notiz, und Thinnes fragte: »Machst du eigentlich irgendwann mal was ganz spontan?«

Gerüchten zufolge war Crowne trotz eines lausigen Ergebnisses im Test wegen seiner politischen Kontakte Kriminalbeamter geworden. Er hatte kein besonderes Talent bei der Spurensuche und nichts von der angeborenen Neugier, die einen großen Polizisten ausmacht. Aber als Ausgleich dafür, daß er die langweilige Routinearbeit übernahm, hatte Thinnes ihm ein paar hilfreiche Grundregeln des Verhörens beigebracht – das übliche Wer-Was-Wo-Wann-Wie-und-Warum der Polizeiarbeit, so daß er bei den Dienstprotokollen ganz passabel abschnitt. Sie arbeiteten gut zusammen, obwohl sie nach der Arbeit nie zusammen ausgingen. Unterschiedliches Alter; unterschiedliche Ziele. Und Crowne war immer noch Junggeselle.

Crowne überhörte die Bemerkung. »Du wirst noch eine Staatsaffäre draus machen.« Er stellte das nicht als Frage.

Sie kamen die Western Avenue hoch. Thinnes hatte Grün und fuhr über die Kreuzung, um die Belmont-Avenue-Einfahrt zu dem Parkplatz zu benutzen, der das moderne, zweigeschossige dunkle Ziegelgebäude flankierte – Hauptquartier des sechsten Reviers, des Polizeidistrikts neunzehn und Sitz des Ersten Kommunalbezirksgerichts des Cook County. Thinnes konnte in der Nähe des Eingangs keinen Parkplatz finden und war gezwungen, den Wagen in der hintersten nordwestlichen Ecke des Polizeiparkplatzes abzustellen, in dessen Nähe die Autonarren ihre neuen oder überholten Klassiker auf jeweils zwei Plätzen abstellten, um Dellen zu vermeiden. Er packte Finleys Scheckheft und Terminkalender und das UPS-Päckchen ein, alles mit schwarzem Graphitpuder verdreckt und sorgfältig in numerierten Plastikbeuteln verpackt; Crowne nahm ihre Jacken. Sie traten durch die Glastüren des Gebäudes in die kühle Höhle der Eingangshalle und nickten dem wachhabenden Sergeant hinter der rechteckigen Steineinfassung zu, die die Rezeption darstellte.

Das Dienstzimmer des Reviers lag im ersten Stock, ein großes, rechteckiges Zimmer mit der üblichen industriellen Deckenbeleuchtung, gelb gestrichenen Zementblockwänden und einem rotgekachelten Fußboden. In Nord-Süd-Richtung ausgerichtete Tisch- und Stuhlreihen füllten die Mitte des Raumes aus. Auf jedem Tisch stand ein Telefon, auf manchen alte mechanische Schreibmaschinen. Auf einem kleinen Tisch an einer Seite standen eine Hundertliter-Kaffeemaschine, Plastikbecher, Zucker und Kaffeeweißer. Die drei Außenwände des Raums waren durch Türen, mit Lamellenjalousien verhängten Spiegelfenstern mit Blick in die Verhörräume, durch die man von innen nicht durchsehen konnte, und durch die Türen zu kleineren Büros durchbrochen – an der Nordwand die Büros des Reviervorstehers und der Abteilung für Eigentumsdelikte, Karschs Büro an der Ostwand, Gewaltverbrechen an der Südwand. Die Rezeption der Revierwache nahm die ganze westliche Wand ein.

Die Kriminalbeamten Viernes und Swann arbeiteten an den beiden Schreibtischen, die dem Büro Gewaltverbrechen – dem Büro von Lieutenant Evanger – am nächsten waren, als Thinnes und Crowne hereinkamen und ihre Jacken an die Reihe von Kleiderhaken neben der Tür hängten. Viernes, einer der drei Latinos in dem Revier, befragte auf spanisch eine Frau und tippte ihre Antworten auf ein Formular; Swann hing am Telefon. Crowne trug eine Limo und die ›Sun-Times‹ zu einem Tisch, wo er die Zeitung ausbreitete und sie überflog.

Thinnes legte den Kram, den er in der Hand hielt, neben Crowne und ging einen Kaffee holen. »Gott segne Karsch«, bemerkte er zu niemand Besonderes.

»Denkst du, er ist der einzige, der hier Kaffee kocht?« sagte Swann mit einem Grinsen, das seine Ähnlichkeit mit dem verstorbenen geschätzten Bürgermeister noch betonte.

»Alle anderen müssen arbeiten.«

Viernes gab seinen Senf dazu, ohne von der Schreibmaschine aufzublicken. »Wie lange braucht man, um seinen Doktor zu machen?«

»Doktor in Kaffeekochen?« fragte Swann.

Thinnes und Viernes lachten. Die Frau, die von Viernes befragt wurde, schien verwirrt. »Heh, Thinnes«, unterbrach Crowne, »unser Buchhalter hat's in die Abendausgabe geschafft.«

Thinnes trat näher und las über Crownes Schulter hinweg. Die Schlagzeile lautete: BUCHHALTER BEGEHT SELBSTMORD.

»Der Reporter muß sich mit Bendix unterhalten haben«, sagte Thinnes trocken.

Später, Crowne und Swann waren schon abgezogen, und Viernes hing am Telefon, zog Thinnes den Berichtbogen aus seiner Schreibmaschine, unterschrieb ihn und sagte zu niemand Besonderes: »Lesen Sie das Neueste.« Er ging hinüber und reichte den Bericht dem Sergeant an der Rezeption. Nachdem er sich noch einen Kaffee eingeschenkt hatte, klopfte er an Jeffrey Karschs Tür, die halb offenstand.

Karschs Stimme sagte: »Herein.« Thinnes stieß die Tür auf und trat ein.

Dr. Jeffrey Karsch, Ph. D., saß in der Dienstbekleidung seines Berufsstandes hinter dem Schreibtisch – in einem Anzug, den kein ehrlicher Polizist sich leisten konnte, einem frischen faltenfreien Hemd und mit einem anständigen Schlips. Er war Zivilist – obwohl man sich erzählte, er spiele gerne Bulle –, Teil eines Experiments, das darauf abzielte, die geistige Gesundheit der Polizeitruppe zu verbessern. Ausgehend von der Theorie, daß der Prophet zum Berg gehen muß, wenn der Berg schon nicht zum Propheten kommt, hatte die Polizei ein paar Psychologen direkt in einige der Hauptquartiere der Reviere gesetzt und sie den Dezernaten für Mord und Gewaltverbrechen zugeteilt, wo, wie man annahm, Polizisten und Verbrechensopfer am stärksten ihrer Dienste bedurften. Die Psychologen waren aus denjenigen ausgewählt worden, an die die Polizei bisher die Verwundeten, die noch laufen konnten, überwiesen hatte. Das Gesundheitsamt bezahlte die Rechnung. Karsch hatte ein Büro bekommen, weil der freiwerdende Raum im Revier Gegenstand eines Streits zwischen zwei rivalisierenden Lieutenants war. Der Commander war froh darüber gewesen, den Konflikt zu lösen, indem er das Büro einem neutralen Dritten zuwies. Karsch hatte es mit seinem eigenen

Geld ausgestattet. Die bequemen Sessel, die Pflanzen, Vorhänge und Bilder – eigentlich Poster von Hochhäusern – verliehen dem Büro einen zivilisierteren Eindruck als der schnörkellose Einsatzraum, an den es sich anschloß. Und um zu zeigen, daß er einfach nur ein ganz normaler Typ war, hatte Karsch das obligatorische Bild von sich und seiner Frau vor dem alten T-bird Cabrio, den er restauriert hatte und mit dem er an schönen Tagen zur Arbeit kam, aufgehängt.

Karsch hatte deutlich gemacht, daß er sich mit jedem, jederzeit, an jedem Ort treffen und alles unternehmen würde, was nötig war, um die Angelegenheit vertraulich zu behandeln. Nur er allein wußte, ob dies seinem Geschäft förderlich war. Thinnes kannte niemanden, der Karsch aufsuchte – oder, um es genau zu formulieren, er kannte niemanden, der zugeben würde, es nötig zu haben. Karschs Hauptaufgabe, abgesehen von der Kontrolle darüber, daß die Kaffeemaschine stets gefüllt war, schien darin zu bestehen, Fragen zu unklaren Motiven eines Verdächtigen zu beantworten.

»Sie müssen mir auf die Sprünge helfen«, sagte Thinnes. Karsch wartete und schaute interessiert. »Was bringt, abgesehen von Drogen und Depression, einen jungen Mann dazu, Selbstmord zu begehen?«

Karschs dunkle Augen wurden kleiner, während er nachdachte. »Psychotiker tun so was.«

Thinnes schüttelte den Kopf. Karsch wies auf einen Sessel, und Thinnes setzte sich.

»Unfälle sind wahrscheinlich die zweithäufigste Möglichkeit.«

»Unbeabsichtigter Selbstmord? Sie meinen, Irre, die es geil finden, sich halb zu strangulieren, und nicht immer rechtzeitig damit aufhören?«

Karsch nickte. »Und es gibt eine erstaunlich große Zahl – die man manchmal als Typus T bezeichnet –, die süchtig nach Aufregung sind und sich zum Spaß in gefährliche Situationen bringen. Manchmal verkalkulieren sie sich.«

»Russisch-Roulette-Spieler?«

»Hmm-hmm.«

»Was noch?«

»Verluste – Verlust eines geliebten Menschen, Verlust von Status oder Selbstachtung, Verlust der Gesundheit. Vergewaltigungsopfer – vor allen Dingen Opfer von körperlich erzwungenen oder auf Drogen zurückzuführenden homosexuellen Vergewaltigungen – bringen sich oft um, ebenso Bankrotteure.« Er hielt inne, um weiter nachzudenken. »Und Weiße-Kragen-Täter, die bei etwas erwischt werden, das höchstwahrscheinlich mit Ehrverlust oder Gefängnis endet. Menschen mit diagnostizierten unheilbaren Krankheiten bringen sich manchmal um, obwohl das nicht so oft vorkommt, wie man meint.«

»Zwanghafte?«

Karsch nickte. »Manchmal. Haben Sie irgendwas, was mich interessieren könnte?«

»Weiß ich noch nicht. Ich muß erst den Autopsiebericht abwarten.« Er stand auf. »Es könnte sich als ganz gewöhnlicher Selbstmord entpuppen.«

Thinnes war wieder im Dienstzimmer und dachte über Allan Finley nach, als Crowne zurückkam.

»Tust du mir einen Gefallen, Ray?«

»Welchen denn?«

Thinnes reichte Crowne Calebs Karte. »Häng dich an Dr. Caleb, wenn er heute nachmittag seine Praxis verläßt. Schau, ob du eine Vorstellung davon kriegst, was für ein Mensch er ist.«

»Meinst du etwa eine Überwachung? Die ganze Nacht?«

»Nein, nur bis er nach Hause fährt. Ich häng mich morgen früh an ihn dran.«

»Himmel! Was, wenn er nicht heimfährt?«

»Irgendwohin muß er ja gehen.«

»Ach ja? Warum willst du ihm denn nicht folgen? Was mich betrifft, ist diese ganze Mordidee Quatsch.«

»Meine Frau verläßt mich, wenn ich heute abend nicht zum Essen erscheine. Außerdem schuldest du mir das noch für die Nutte, die ich für dich geschnappt habe. Ich kriege immer noch Zunder wegen der blonden Haare.«

»Na ja, okay. Na gut, ich mach's – aber dann sind wir quitt.«
»Danke, Ray.«

6

Selbst für einen Mann, der darin geschult war, ungewöhnliche Ereignisse und Motive zu klären, war es ein komischer Tag gewesen. Stressig. Allans Tod brachte all die Gefühle zurück, von denen Caleb geglaubt hatte, sie hinter sich zu haben. Nicht der ungebrochene Schmerz, sondern die graue Depression und die paralysierende Wut. Diese wahnsinnige Verschwendung. Nüchtern registrierte Caleb die eigenen Angstsymptome. Er stellte – zu seinem ungeheuren Schrecken – fest, daß er sich Allan nicht bildlich klar vorstellen konnte. Nach drei Jahren wöchentlicher Konsultationen war der einzige lebhafte Eindruck der von den blutigen Überresten. Und die Ironie. So ein harmloser Mensch; so ein brutales Ende.

Caleb zwang seine Gedanken in andere Bahnen und bemerkte mit sardonischem Amüsement, wie er verdrängte, wenn ihm danach war. Nachdem sein letzter Patient gegangen war, vollzog er all die Beschwichtigungsrituale und durchforschte sein Gedächtnis und Finleys Akte nach Hinweisen auf die Tragödie. Aber Allan war entnervend unschuldig gewesen, und Caleb hätte – obwohl er die chaotischen und libidinösen Antriebe kannte, die hinter der Zwanghaftigkeit des Mannes steckten – vorhergesagt, daß er an Langeweile sterben würde. Nicht durch Selbstmord. Und sicher nicht durch Mord.

Allans Tod war Sache der Polizei. Die paar Augenblicke, in denen er den Beamten Thinnes beobachten konnte, hatten Caleb fasziniert und beeindruckt. Er hatte dessen ruhige Stimmung, das subtile Nervenzucken, die müden Züge im Gesicht bemerkt. Während er zusah, wie Thinnes mit dem Leichenbeschauer umging, meinte er, die verzögerten Reaktionen, die allgemeine Gereiztheit und den Widerwillen, Energien zu vergeuden, bemerkt zu haben, wie sie charakteristisch für eine Depression sind.

Aber da war auch eine scharfe Aufmerksamkeit, eine Schläue, ein schnell erwachendes Interesse an der Unterhaltung gewesen, wie bei einer Katze, die angesichts der Möglichkeiten eines Mauselochs wach wird. Wenn er der Langeweile widerstehen konnte, dann würde Thinnes dem Mörder von Allan schwierige Zeiten bereiten.

Caleb beschloß, Margaret zu konsultieren.

Sie wohnte in Evanston, westlich des Campus der Northwestern University, in einem riesigen alten Haus mit einem baumbeschatteten Vorderrasen und einem Garten hinterm Haus. Es gab Parkplätze in der Straße, und Caleb machte sich keine Sorgen, den Jaguar dort stehenzulassen. Er fiel nicht weiter auf. Als er die Stufen zu der geräumigen Veranda hochstieg, begrüßte ihn Margarets Golden Retriever mit einem Wedeln des ganzen Körpers. Caleb nahm sich einen Augenblick Zeit, den Hund zu tätscheln, und sagte dann: »Genug, Anna.«

Lisa, Margarets Tochter im Teenageralter, öffnete ihm die Tür und warf sich ihm entgegen wie ein überschwengliches Kleinkind. »Jack, *toll*, dich zu sehen!« Sie drückte ihn fest und lächelte ihn auf eine Art an, die die umfangreichen Metallarbeiten entblößte. »Du bleibst natürlich zum Abendessen.« Gleichsam als Nachgedanken fügte sie hinzu: »Mom ist im Arbeitszimmer.«

Das Arbeitszimmer, Margarets Büro außerhalb des Büros, war warm, klein und still, so eine Art hell erleuchteter Mutterschoß, mit bequemen Sesseln und fröhlichen Bildern. Margaret hatte es im Laufe der Jahre selber eingerichtet, so daß alles darin ihre Persönlichkeit widerspiegelte und ihr intensives Einfühlungsvermögen noch verstärkte. Nur Patienten, denen sie traute, und die ältesten Freunde wurden hereingelassen.

Margaret war schlank, dreiundfünfzig, mit klarem Blick – bildlich und wörtlich gesprochen – und im altmodischen Sinne des Wortes eine Dame. Obwohl sie über Schimpfwörter nicht schokkiert war, hatte Caleb selbst unter den verlockendsten Umständen niemals eines aus ihrem Munde gehört, und er hatte nie gesehen, konnte es sich eigentlich auch nicht vorstellen, daß sie Hosen trug. Ihr Kleid heute war aus Seide, schmeichelhaft, ohne auffallend zu sein, und kürzlich hatte sie sich ihre graugesprenkelten Haare schneiden lassen.

»Margaret, wie geht es dir?«

»Gut, danke. Kaffee?«

»Nein, danke. Du hast eine neue Frisur. Steht dir gut.«

»*Du* bemerkst so etwas. Setz dich und erzähl mir, was los ist.«

Er nahm einen der bequemen Sessel, und sie setzte sich ihm gegenüber. »Es war ein furchtbarer Tag heute. Ich bin heute morgen aus einem Traum aufgewacht, in dem ich von Pumas angegriffen wurde.«

»Gewinnt irgendein Aspekt deines Lebens die Oberhand über dich?«

»Nichts derart Freudianisches. Die Katzen stritten sich um den Besitz des Betts. Sie kämpfen andauernd.«

Sie lachte. »Warum wirst du nicht einfach eine los?«

»Das werde ich, wenn ich jemanden finde, dem ich zutraue, für sie zu sorgen.«

Sie lächelte und wartete.

»Zölibat ist die Hölle.«

»Ich weiß. Hast du dir überlegt, eine reine Freundschaft anzufangen?«

»In letzter Zeit nicht.«

»Wann hattest du die letzte Beziehung?«

Er lächelte sie kläglich an und zuckte selbsttadelnd mit den Schultern.

»Himmelherrgott, Jack, vor fünf Jahren?«

»Ich weiß. Ich bin immer noch nicht ganz damit fertig geworden.«

»Das hab ich schon mal gehört. Was gibt es denn heute so Besonderes?«

»Einer meiner Patienten ist tot aufgefunden worden.«

»O Jack, das tut mir leid. Ein guter Freund?«

»Nein, niemand Besonderes.«

»Und? Dir sind doch schon früher Patienten gestorben.«

»Nicht durch Mord. Er ist heute morgen nicht zu seinem Termin erschienen – das erste Mal. Also ging ich in der Mittagspause bei seiner Wohnung vorbei. Die Polizei war da ... ich hätte es beinahe verloren, Margaret.«

»Was, Jack?«

»Dieses subtile Verhaltensmuster, das wir Kontrolle nennen.«

»Was wäre denn geschehen, wenn du die Kontrolle verloren hättest?«

»Beim letzten Mal habe ich einen Mann umgebracht.«

Das beunruhigte sie nicht weiter. Die Geschichte hatte sie schon früher gehört. »Willst du darüber sprechen?«

»Nein. Das sind alte Geschichten.«

»Erzähl mir von deinem Patienten.«

»Er war ein netter, anständiger Kerl, ein integrer Mann. Und er ist tot. Ich nehme an, die Polizei hält es für einen Selbstmord, obwohl er nicht suizidgefährdet war. Sie haben ihn mit halb weggeschossenem Kopf in seiner Wohnung gefunden.«

7

Endlich regnete es. Der Verkehr war dicht und schleppend. Das Radio meldete fünfundfünfzig Minuten auf dem Kennedy Expressway bis zum Anschluß, ähnliche Verzögerungen auf dem Eisenhower Expressway, dem Dan Ryan Expressway und dem Lake Shore Drive. Thinnes nahm Seitenstraßen. Unter all dem visuellen Müll, der die Geschäftsstraßen verdreckte, entdeckte er eine Plakatwand: SAG ES MIT BLUMEN. Keine schlechte Idee. Er setzte den Blinker und fuhr nach Süden. Er hielt einen halben Block vom Blumenladen entfernt an einer roten Ampel, als der alte Streifenbullen-Autopilot ansprang.

Auf dem Parkplatz vor einem Schnapsladen gegenüber der Kreuzung standen mehrere Wagen. Vor allem einer stach ihm ins Auge, der, der vor der Glastür stand, mit laufendem Motor und offener Fahrertür.

Er zappelte vor Ungeduld. Während er auf Grün wartete, sah er sich nach einem blauweißen Streifenwagen um. Er starrte Dolche in die blöde Ampel. Immer noch rot. Seine Augen fuhren hin und her, von der Ampel zu dem Wagen zum Verkehr zur Straße. Durch die Glastür hindurch konnte er die Pantomime von etwas sehen, was *möglicherweise* ein Überfall war. Er griff nach seinem .38er, zog ihn halb aus dem Holster und ließ ihn wieder sinken.

Plötzlich verließ ein bewaffneter Mann den Laden und ging zu dem Wagen. Thinnes gab Gas und trat dann auf die Bremse, um dem Vordermann nicht aufzufahren. Die Ampel war noch nicht umgesprungen. Er drückte auf die Hupe. Der Bewaffnete hörte das und blieb stehen. Die Ampel sprang um. Der Wagen vor Thinnes fuhr weg. Er trat das Gaspedal durch und zielte auf den Schützen. Er drückte auf die Hupe und machte das Fernlicht an.

Statt wegzulaufen, zielte der Schütze sorgfältig und schoß, verfehlte Thinnes knapp, zersplitterte aber die Windschutzscheibe. Thinnes trat auf die Bremse und riß den Wagen nach rechts, um den Kerl nicht zu überfahren. Das Bremspedal ging bis auf den Boden. Der Wagen drehte sich seitwärts. Der Schütze feuerte erneut und wurde dann von der Wagenseite getroffen, als der Chevy auf dem nassen Belag außer Kontrolle geriet. Der Schütze segelte mitten auf den Parkplatz. Flog gegen den Wagen mit dem schwarzen Dach. Prallte ab. Thinnes trat wieder und wieder auf die Bremse, aber der Wagen drehte sich, bis Thinnes' Tür gegen den Kofferraum vom Wagen des Schützen knallte.

Als Thinnes seinen .38er zog, ließ er die Luft raus, die er während der ganzen Aktion angehalten hatte. Er konnte durch das Spinnennetz der zersplitterten Windschutzscheibe nichts sehen, die zerdrückte Tür nicht öffnen. Er rutschte über den Sitz, zur Beifahrertür hinaus und rannte, um den Schützen in Schach zu halten.

In diesem Augenblick rasten aus allen Richtungen kommend Streifenwagen mit laufendem Blaulicht und quietschenden Reifen auf den Parkplatz, und uniformierte Polizisten mit gezogenen Waffen schwärmten aus.

Thinnes spürte, wie ihn eine überwältigende Panik überkam, als die Streifen näher kamen. Er hob schnell seine Hände und verschob seine Waffe in der Hand, so daß er sie an der Trommel, nicht am Griff hielt. Er keuchte und schwitzte, als hätte er gerade den Chicago-Marathon hinter sich. »Ich bin Polizist.« Er versuchte seinen Adrenalinspiegel zu senken, indem er tief Luft holte. Zwei Polizisten zielten auf ihn, während ein dritter von hinten kam und ihm die Waffe abnahm. Der Polizist, der als erster eingetroffen war, griff nach unten und nahm dem bewußtlosen Schützen die Waffe ab, die dieser noch in Händen hielt.

Ein Mann kam vorsichtig aus dem Laden gerannt. »Das ist er nicht!« sagte er den Polizisten.

Thinnes sagte zu dem Bullen hinter sich: »Linke Innentasche.«

Der Streifenpolizist zog Thinnes' Dienstmarke heraus, warf einen Blick darauf und zeigte sie den anderen. Er wurde ruhiger. »Entschuldigung, Detective.«

Thinnes atmete langsam aus, als er die Arme runternahm. »Schon in Ordnung.«

Der Polizist gab Thinnes seine Waffe und Dienstmarke zurück, und Thinnes steckte sie ein. Er beugte sich herab, fühlte dem Schützen am Hals und war erleichtert, das Blut unter der Haut pulsieren zu spüren. Hinter sich konnte er irgendwo einen der Polizisten nach einer Ambulanz rufen hören. Er dachte an den Papierkram, der die nächsten paar Stunden des verhaftenden Polizisten verschlingen würde. Er wandte sich an den ersten Polizisten am Tatort und sagte: »Der Verdächtige schoß auf einen Polizisten, der dienstfrei hatte und am Tatort war, was dazu führte, daß dieser ins Schleudern kam und die Kontrolle über seinen Wagen verlor, den Verdächtigen anfuhr und ihn zu Boden riß. An dieser Stelle entwaffnete der erste am Tatort eintreffende Streifenpolizist, Officer . . .«, er sah auf das Namensschild des Mannes, ». . . Officer Selkirk, den Verdächtigen und verhaftete ihn. Gute Arbeit, Selkirk.«

Selkirk wollte protestieren, zuckte dann aber mit den Schultern. Es war noch lang bis Dienstschluß, konnte Thinnes ihn denken sehen, und die Verhaftung würde sich in seiner Akte gut machen.

Selkirks Partner lachte. »Dieses blöde Arschloch. Sechstausend dienstfreie Bullen rennen in der Stadt rum, und er muß seine Waffe ausgerechnet auf Dirty Harry richten.«

Thinnes trat an den Sprecher heran und deutete auf den Verdächtigen. »Dieser Scheißkerl wird leben!« Als er sich abwandte, fügte er hinzu: »Und Selkirk hat die Verhaftung vorgenommen.«

Später, als der Abschleppwagen sein Auto am Haken hatte und gerade damit wegfahren wollte, spürte Thinnes, wie die Anspannung von ihm wich, die Depression, die einsetzt, wenn der Adrenalinstoß vorüber ist. Zeit, nach Hause zu gehen.

Er ging zu den Bullen, die immer noch mit dem Ladenbesitzer sprachen. »Fahrt ihr Jungs zum Hauptquartier?«

»Wir nehmen Sie mit.«

»Danke. Sollte besser meinen Teil des Papierkrams hinter mich bringen.«

Thinnes wohnte in der Nähe des Campus der Northeastern Illinois University. Sauganash war eine ruhige North-Side-Gegend mit Einfamilienhäusern und einem Vorstadtflair. Es war kurz vor Mitternacht, als der blauweiße Streifenwagen in die Einfahrt fuhr und ihn vor dem zweigeschossigen Stein- und Fachwerkhaus absetzte. Das Licht auf der Veranda brannte noch. Rhondas Wagen stand nicht in der Einfahrt.

Er stieg aus und bedankte sich bei den Polizisten, und der Streifenwagen fuhr davon, als er zum Hauseingang trottete. Er sah auf die Uhr und schüttelte den Kopf. Als er hineinging, ließ er das Licht auf der Veranda brennen.

8

Thinnes stand in der Tür und besah sich den Raum. Mittelklassenküche mit der üblichen Ausstattung: Elektrogeräte, Eichenschränke und Wandverkleidung, weiße resopalbeschichtete Arbeitsplatte, helle Vorhänge und muntere Tapeten. Es war Morgen; der Tisch war für drei gedeckt, mit Platzdeckchen und einer einzelnen Rose in einer Vase. Rhondas Hand ließ sich auch an den eingetopften Kräutern und Zimmerpflanzen ablesen.

Rhonda.

Sie kochte, klapperte mit Töpfen und Tellern, ließ sie gegen den Wasserhahn knallen. Sie war groß, fast blond, siebenunddreißig und fit. Das Sonnenlicht, das schräg durchs Fenster über das Spülbecken fiel, betonte jede Linie und Falte in ihrem Gesicht und ließ sie müde oder grausam wirken. Oder unglücklich. Sie sah Thinnes nicht an, als er sich auf einen der Stühle an den Tisch setzte. Sie hatten ihre knappe morgendliche Begrüßung im Schlafzimmer hinter sich gebracht. Beide zögerten, mehr zu sagen, aus Angst, etwas Häßliches vom Zaun zu brechen.

Er verstand das. Sie waren Freunde in der High-School gewesen, vor der Revolution in den Sechzigern und lange bevor diese Art von Freundschaft zwischen Mann und Frau »in« war. Sie waren in jenen Tagen nicht politisch engagiert gewesen. Sie hatte nicht protestiert, als er einberufen wurde, als er sich entschied zu gehen – besser gesagt, sie hatte entschieden, nicht zu protestieren oder wegzulaufen. Aber in den Briefen an ihn war sie politisch geworden, aufgewacht, wie sie sich ausdrückte. Sie schloß sich der Protestbewegung an, obwohl sie nie *ihn* anklagte. Nach dem Krieg waren sie ein Liebespaar geworden, und als er Anwärter bei der Chicagoer Polizei wurde und Abendkurse über Strafvollzug besuchte, studierte sie und wurde Lehrerin. Sie hatten geheiratet. Thinnes' Gleichgültigkeit gegenüber Politik wich einer aktiven Abneigung, als er sich bis zum Kriminalbeamten hocharbeitete. Rhonda unterrichtete Drittkläßler und bemitleidete sich zusammen mit anderen Polizistenfrauen, während ihr Mann sich langsam zum Workaholic entwickelte. Sie hatte sich nicht früh oder oft genug beklagt. Sie ertrug sein brütendes Schweigen und die gelegentlichen Besäufnisse, während Thinnes ihr die Schrecken seines Jobs ersparte, die widerlichen Ereignisse, die Grausamkeiten. Sie habe seine Moral nicht untergraben wollen, sagte sie ihm später. Zu spät. Sein Schweigen war zu dem Zeitpunkt bereits zu einer Angewohnheit geworden, die zwischen ihnen stand wie schußsicheres Glas, und alle ihre Mühen, es zu zerschlagen, hatten die Mauer nur noch verstärkt. Thinnes konnte nicht anders. Manchmal schien es, als wenn nur die Gewohnheit sie zusammenhielt. Gewohnheit und

Rob, das einzige in ihrem Leben, worüber sie sich nicht stritten. Aber Rob war fast fünfzehn . . .

Thinnes betrachtete seinen Sohn, als der sich mit der ›Sun-Times‹ auf seinen Platz setzte und ihnen beiden ein nervöses Lächeln schenkte. Der Junge hatte Rhondas Haar und klare blaue Augen, Thinnes' dürren Körperbau, und es war klar zu sehen, daß er in Kürze groß werden würde.

Rhonda stellte vorsichtig einen Teller vor Thinnes, ohne ihn anzusehen oder zu sprechen. Auch Rob sah ihn nicht an. Nach dem ersten unsicheren Grinsen studierte er die Zeitung, als enthielte sie alle Geheimnisse des Universums.

Thinnes wagte sich vor: »Wann bist du letzte Nacht nach Hause gekommen, Liebes?«

Sie sah ihn gar nicht erst an. »Willst du es wirklich wissen?«

»Nein, ich hab nur gefragt, um ein Gespräch anzufangen.«

»Wenn du dagewesen wärst, als ich gegangen bin, dann hättest du mich sagen hören, wann ich zurück sein wollte.« Sie sah ihn wütend an. »Verdammt, wenn du dagewesen wärst, wär ich gar nicht ausgegangen. Wo warst *du?«*

Thinnes sah sie an, aber sie wandte den Blick ab. »Lange gearbeitet.«

Rhonda funkelte ihn an. »Lange gearbeitet! An einer Blondine, wette ich! Als ich um sieben anrief, hat dein Büro gesagt, du seist um fünf weg.«

»Dann haben sie's durcheinandergebracht. Da sind siebzig Leute, auf die sie achtgeben müssen, und ich sage nicht immer, wohin ich gehe.«

»Du Scheißkerl«, sagte sie und kam auf ihn zu.

Thinnes starrte auf seine Eier. Er würde sich nicht streiten. Es gab nichts zu streiten. Es gab keinen Sieger, selbst wenn sie ihm recht gab.

»Mom, schau dir lieber mal das an«, sagte Rob. Er schob die Zeitung über den Tisch zu der Stelle, wo sie über Thinnes stand und wartete, daß er reagierte.

»Versuch ja nicht, ihn davonkommen zu lassen, Rob.«

»Aber du solltest dir das ansehen!«

Die Dringlichkeit in seiner Stimme weckte ihre Aufmerksamkeit, und sie wandte sich abrupt ab und nahm die Zeitung mit auf das neutrale Gebiet jenseits des Herdes. Thinnes stocherte in den Eiern herum, während sie den Artikel überflog. Aus dem Augenwinkel konnte er sehen, wie sich ihre Wut beim Lesen steigerte. Sie warf die Zeitung neben seinen Teller. Er warf einen Blick darauf. Die Überschrift lautete: OFFICER SCHLÄGT ZU, KEINE CHANCE FÜR SCHÜTZEN.

»Wie ich sagte, hab lang gearbeitet.«

»Und du kannst dich nicht mal dazu herablassen, mir das zu sagen! Du läßt mich hier stehen und von irgendeiner –«

»Herrgott noch mal, Ronnie, wenn du mich nicht besser kennst, wozu wär das dann gut?« Er sah zu Rob, der die Zeitung genommen hatte und sie mit verzweifelter Konzentration las. »Rob sollte uns nicht streiten hören.«

Rhonda warf ihm einen Blick zu und sah dann zur Decke. »Du hast recht, John. Du hast fast immer recht.«

Thinnes sah zu ihr hoch, und als sie seinen Blick nicht erwidern wollte, schob er den Stuhl vom Tisch. Er trug seinen Teller zum Spülbecken und stand da, sah auf seine Hände und versuchte – durch einen grauen Nebel des Jammers – sich daran zu erinnern, was er mit ihnen hatte anstellen wollen. Er wollte sie auf Ronnies Schultern legen und sie drücken und sich entschuldigen, denn dies war der Zeitpunkt, wo sich – im Film – die einander fremd gewordenen Liebenden küssen und versöhnen. Er wußte, daß es sie nur noch wütender machen würde. Er ließ die Hände sinken.

Er sagte: »Gutes Frühstück, Liebes. Tut mir leid, aber ich habe keinen großen Hunger.«

Rhonda sagte nichts.

9

Crowne und Ferris saßen an Schreibtischen in der Nähe von Evangers Büro, und Karsch holte sich gerade Kaffee, als Thinnes eintrat. Crowne las einen Bericht, Ferris die ›Sun-Times‹; eine halbgerauchte Zigarette qualmte in dem Aschenbecher neben seiner Kaffeetasse.

Thinnes glaubte, daß es die Entfremdung war, die den katholisch erzogenen Ferris zynischer machte als die meisten Bullen. Und das Alter hatte seinen Schwerpunkt ebenso sinken lassen wie seine Erwartungen. Ferris war ein kleiner, braunhaariger, pausbäckiger Mann irischer Abstammung von der South Side – »verschmitzt« hatte Rhonda ihn genannt. Ein Mann, der sich ständig produzieren mußte, ein Meister der billigen Bemerkung. Evanger ertrug ihn, weil er die höchste Aufklärungsrate der Schicht hatte, aber es war ihnen allen klar, daß viele seiner Fälle vor Gericht nicht bestanden. Er arbeitete hart genug, um genügend Anhaltspunkte für eine mögliche Anklage zusammenzubekommen, kümmerte sich aber nicht um den anstrengenden Beweis, um daraus einen wasserdichten Fall zu machen. Reine Faulheit, hatte Thinnes vor langem entschieden.

»Heh, Thinnes, hast du deine Waffe verloren?« wollte Ferris wissen.

Thinnes hörte nur mit halbem Ohr zu. »Nein. Wieso?«

Ferris versenkte die Zigarette im Kaffeebecher und warf ihn in den Papierkorb neben seinem Schreibtisch. »Hab gehört, du knallst jetzt die Verbrecher mit deinem Wagen um.«

»Was?«

Ferris lachte. Thinnes ging auf, daß er veräppelt worden war.

»Wenn du sonst nichts zu tun hast . . .«

Crowne kümmerte sich nicht um Ferris und hielt Thinnes die Papiere, die er gerade gelesen hatte, unter die Nase. »Vorläufiger Autopsiebericht.« Er hielt inne, um etwas auf der Seite zu suchen. »Hier steht, Finley starb an ›einer Schußwunde in den Kopf‹ etwa zwölf bis fünfzehn Stunden, bevor der Hausmeister ihn gefunden hat. ›Keine anderen Spuren von Gewaltanwendung, keine Drogen, nichts erkennbar Pathologisches.‹ Seine Fingerabdrücke fanden sich auf der Waffe, und er hatte Schmauchspuren an der rechten Hand. Thinnes, hier gibt es keinen Fall.«

»Richtig. Und was hast du über Dr. Caleb herausgefunden?«

»Hast du was an den Ohren?«

Thinnes wartete. Dann griff Crowne nach seinem Notizbuch.

»Person fuhr nach Evanston, betrat ein Haus auf der Orrington Avenue, das einer gewissen Margaret Linsey gehört. Er wurde an der Tür von einer weiblichen Weißen begrüßt – «

»Freundin?«

»Das bezweifle ich. Sah mir zu jung aus. Und eine ältere Frau – ebenfalls weiß – brachte ihn wieder zur Tür. Sehr freundlich.

Könnte die Mutter der jüngeren gewesen sein. Na, jedenfalls aßen sie gemeinsam zu Abend – ich war etwa zwei Stunden dort. Er verließ das Haus um sechs Uhr achtundfünfzig und fuhr zum Northwestern Memorial Hospital – er fährt einen Jaguar, nebenbei bemerkt. Er blieb bis sieben Uhr fünfundvierzig dort, dann fuhr er zum Spaulding House auf der Wilson Avenue. Parkte auf dem Grundstück – «

»Was ist dieses Spaulding House?«

Crowne zuckte mit den Schultern. »Jedenfalls war er etwa viereinhalb Stunden drin. Dann fuhr er nach Hause. Wenn er letzte Nacht irgendwo war, dann nicht mit seinem Wagen. Ich habe heute morgen den Tachostand kontrolliert – nachdem ich gehört hatte, was passiert ist, dachte ich, du würdest nicht . . . Der Wagen ist nicht bewegt worden.«

Thinnes nahm den Autopsiebericht an sich. »Danke, Ray.« Er fing an zu lesen und sagte, ohne aufzublicken: »Finde raus, was es mit diesem Spaulding House auf sich hat, bitte.«

»Du verschwendest Steuergelder, Thinnes.«

Thinnes sah von dem Bericht auf, sagte aber nichts.

Crowne zuckte mit den Schultern, nahm den Telefonhörer ab und drückte auf einen Knopf. »Haben wir einen Drogenfahnder im Haus? Wir brauchen hier oben einen. Sagen Sie ihm, ich hätte einen heißen Tip.« Er lauschte einen Augenblick in den Hörer und sagte dann: »Danke.«

Der diensthabende Sergeant kam mit einer Telefonnachricht und einem Kaffeebecher zu Thinnes. »New York hat angerufen. Sie konnten die Schwester in der Finleysache nicht erreichen.« Thinnes sah zu ihm hoch. »Sie ist nicht im Land. Sie haben rausgefunden, daß sie die Art Job hat, wo sie dich anrufen, selbst wenn du mit Blinddarm im Krankenhaus liegst, also hat sie nur ungefähr gesagt, wohin sie in den Urlaub ist. Soll Montag in einer Woche wieder zurück sein. Die New Yorker Polizei hat bei der Hausbesitzerin die Nachricht hinterlassen, daß sie anrufen soll.« Er ließ den Zettel auf den Tisch vor Thinnes fallen und ging zur Kaffeemaschine.

Crowne lehnte sich mit seinem Stuhl gegen die Tischkante hinter ihm und verschränkte die Hände hinter dem Kopf. Er trat mit dem Fuß gegen Thinnes Stuhl. »Finley wird uns bleiben.«

Thinnes hob den Zettel auf und wedelte damit. »Sieht so aus, als wäre die Schwester schon mal aus dem Schneider.«

»Es sei denn, es war ein bezahlter Mord.«

»Das ist ein erschreckender Gedanke.« Thinnes zog die Brieftasche raus und suchte darin nach der Versicherungskarte, auf deren Rückseite die Telefonnummer stand, die er suchte. Er wählte die Nummer, und als jemand abhob, sagte er: »Mike? John Thinnes.«

Mike sagte: »Noch nicht fertig.«

»Und?«

»Gute Nachricht, die Windschutzscheibe ist drin. Und ich hab eine Tür.« Er zögerte.

Thinnes sagte: »Irgendwas stimmt nicht.«

»Wer hat letztens an dem Wagen rumgepfuscht?« Er klang verletzt.

»Was?«

»Billiger Bremsenjob ist genau so viel wert, wie du dafür bezahlst ...«

»Du hast die Bremsen gemacht. Letzten Monat«, unterbrach ihn Thinnes. »Guck in deinen Unterlagen nach.«

»Niemals!«

»Wovon zum Teufel redest du eigentlich?«

»Ablaßschraube war locker. Deshalb waren die Bremsen weg. Knochentrocken.«

Er meinte den Bremszylinder. Thinnes fragte nicht, ob er sich sicher sei. Bremsen waren nichts, wo Mike rumpfuschen würde. »Muß sich gelöst haben.«

»Quatsch!«

»Du hast nicht selbst an den Bremsen gearbeitet.«

»Nee. Aber meine Jungs ... Ich an deiner Stelle wär vorsichtig.«

»Ich werd dran denken. Was war die schlechte Nachricht?«

»Die Tür ist braun.«

»Dann lackier sie.«

»Ja, ja, ja. Da fällt mir ein: Der Bursche, den du mir geschickt hast, der ist in Ordnung.«

»Behältst du ein Auge auf dein Ersatzteillager?«

»Hab ihm gesagt, wenn ich ihn beim Klauen erwische, lasse ich ihm von Guido die Hände brechen.«

»Hat er dir geglaubt?«

Mike lachte. »So hat er wenigstens eine Entschuldigung, seinen Brüdern mit den klebrigen Fingern zu sagen, sie sollen verschwinden. Außerdem ist er zu beschäftigt, um in Schwierigkeiten zu geraten. Hab ihm die Aufsicht über die Karosseriewerkstatt gegeben.«

»Vielleicht hast du nicht zugehört, als ich dir gesagt habe, wo er vorher gearbeitet hat.«

»Doch, hab ich. Und er hat ›Klauen und Zerlegen‹ und ›Midnight Auto Parts‹ auf seine Bewerbung geschrieben. Aber ich schwör dir, der hat schon mehr über Karosseriearbeit vergessen, als die meisten je lernen werden. Und er hat eine feste Freundin, nette kleine Katholikin aus Guadalajara. Ich glaub, er wird sauber bleiben. Ich wette sogar, in fünf Jahren hat er drei Kinder und eine Hypothek und genug sauberes Geld auf der Bank, um mich auszubezahlen.«

Thinnes hörte, wie jemand im Hintergrund »Mike!« brüllte, und Mike ließ ihm keine Chance, auf die Vorhersagung zu reagieren. Er sagte: »Ich muß weg. Morgen. Nach acht«, und legte auf.

Thinnes legte den Hörer auf und ging den Überfall im Kopf noch mal durch. Er hatte nicht an die Bremsen gedacht, als er dem

Wagen an der Ampel beinahe hinten draufgefahren wäre. Aber jetzt, wo er darüber nachdachte, das Pedal war bis zum Boden durchgegangen, als er bremste, um den Schützen nicht zu überfahren. Die Bremsen waren also trocken gewesen. Eine lockere Ablaßschraube war wohl eher Nachlässigkeit als ... Als was? Versuchter Mord? Warum? Er hatte in letzter Zeit niemand Besonderes verhaftet, stand nicht auf der Zeugenliste gegen jemand Großes. Trotzdem ...

Er kippelte auf dem Stuhl und wandte sich an Ferris. »Ferris, wie hieß noch mal dieser Killer mit den Versicherungen?«

»Der, der es immer wie einen Unfall aussehen ließ?«

»Ja.«

»Russo.«

»Was ist aus dem geworden?«

»Sitzt lebenslang plus hundert Jahre in Menard. Warum?«

»Thinnes hat überlegt, ob er ihn nicht anheuern soll, um dich zu erledigen, Ferris«, sagte Crowne. Er dachte eine Minute nach und sagte dann zu Thinnes: »Ich hab vorhin nur nen Witz gemacht, von wegen Finley sei ein angeheuerter Mord gewesen. Und außerdem war Finleys Tod kein Unfall.«

»Ja«, sagte Thinnes. Mike hat nicht sorgfältig genug auf seine Leute geachtet, dachte er. Und er hat zuviel ferngesehen.

Fünf Minuten später ging Thinnes den Papierkram im Fall Finley durch. Ferris spielte mit seinem Telefon herum. Karsch stand in seiner Tür, Kaffeebecher in der Hand. Crowne stand an der Kaffeemaschine, als ein merkwürdig aussehender Mann mit rasiertem Schädel und in Klamotten von der Heilsarmee ins Dienstzimmer kam. Er hatte einen normalen Dienstausweis an seine Jacke geheftet. »Hat irgend jemand die Drogenfahndung gerufen?« fragte er.

»Heh, Crowne«, rief Ferris, »da fragt jemand nach dir.« Er wies auf Crownes Stuhl, und der Drogenfahnder schlenderte hinüber, um auf der Tischkante daneben Platz zu nehmen. Crowne kam mit zwei Plastikbechern zurückgeeilt. Er reichte einen davon seinem Besucher. »Abbot, stimmt's?«

»Ja.« Abbot wischte sich die Hand an der Hose ab und reichte sie Crowne. Sie gaben sich die Hand. »Was gibt's?«

Thinnes antwortete. »Habt ihr jemals das Spaulding House durchsucht?«

Abbot wandte sich an Thinnes. »Spaulding House. Spaulding House. Auf der Wilson Avenue?« Thinnes nickte. »Ähm, nein.«

»Sie meinen, es ist sauber?« fragte Crowne.

»Sozusagen.«

»Wie zu sagen?«

»Sie dealen nicht in der Nachbarschaft, und niemand hat sich beschwert.«

»Seit wann hält euch das ab, eine Durchsuchung vorzunehmen?«

»Sie haben wirklich keine Ahnung?«

»Klären Sie mich auf.«

»Dort gehen die Schwulen hin, um zu sterben. Die können bis zum Hals in Drogen stecken – interessiert keine Sau. Die sind eh schon alle tot.«

»Sie meinen, das ist ein Hospiz?« fragte Thinnes.

»Ja. Und sie dealen nicht auf der Straße, also lassen wir sie in Ruhe. Wir haben Besseres zu tun, als Leichen aufzumischen.«

»Er will damit sagen, daß es nicht einen Drogenfahnder gibt, der Mumm genug hat, da reinzugehen«, spöttelte Ferris.

Crowne sagte zu ihm: »Halts Maul!«

Ferris sah sich nach Munition um und erblickte Karsch. »Heh, Karsch, gibt es irgendeinen Idiotentest, den diese Typen machen müssen, um zur Drogenfahndung zu kommen?« Karsch schüttelte den Kopf, so als verblüffe ihn Ferris' Unreife. »Sieh dich doch an, Abbot«, fuhr Ferris fort. »Nicht mal Penner ziehen sich so abgefahren an wie Drogenfahnder. Wie könnt ihr euch nur ›geheim‹ schimpfen?«

Abbot schien nicht böse. »Habt ihr mich herbestellt, um mich zu beleidigen?«

»Nee«, sagte Ferris. Er zerknüllte seinen Kaffeebecher und ging hinüber, um Abbot das Endergebnis in die Hand zu drükken. »Wir haben dich herbestellt, um dir diese Auszeichnung zu überreichen: bestes Kostüm eines Geheimteams.«

»Scheiße«, sagte Abbot. Er warf mit dem Becher nach Ferris

und wandte sich dann an Crowne. »Was ist mit dem heißen Tip, den ihr habt?«

Thinnes antwortete. »Das nächste Mal, wenn einer dieser Clowns einen heißen Tip hat, dann sollen sie zu dir kommen.«

Lieutenant Evangers Tür öffnete sich, und Evanger streckte seinen Kopf heraus. »Thinnes, kommen Sie her, und bringen Sie alles mit, was Sie zu der Sache Finley haben.«

Evangers Büro war der Arbeitsplatz eines Mannes mit modernen Ideen, vom PC auf dem Schreibtisch bis zum Faxgerät daneben. Frau und Kinder auf dem Foto auf seinem Schreibtisch hätten Models für ›Ebony‹ sein können. Evanger selbst war ein Mann Mitte Fünfzig, ein hellhäutiger Schwarzer mit großer Adlernase und einem breiten ernsten Mund. Er trug sein gelocktes Haar säuberlich geschnitten und einen akkuraten Schnurrbart. Er hatte sich hochgearbeitet, und irgendwo unterwegs hatte er gelernt, sich wie ein Anwalt zu kleiden, und selbst im August trug er Anzug mit Weste. Ein Mann auf dem Weg nach oben, distinguiert und voller Ambitionen.

Thinnes hatte gerüchteweise gehört, daß Evangers Reputation sauberer war als er selbst, obwohl er auf Gerüchte nichts gab. Was *nicht* einfach nur ein Gerücht war, war die Neigung des Lieutenants zu lokaler Politik, obwohl er auch darin eine saubere Weste behielt.

Evanger nahm Thinnes den Bericht ab und wies auf einen Stuhl. Thinnes setzte sich. Evanger hob seinen Hintern auf den Tisch, warf einen Blick auf den Bericht und dann auf Thinnes.

»Um das gleich festzuhalten, die Abteilung legt keinen besonderen Wert auf unorthodoxe Methoden.«

»Notiert.« Thinnes hielt inne. »Um das festzuhalten.«

»Unter uns gesagt, das war eine starke Leistung gestern abend. Selbst wenn Sie sich die Verhaftung nicht als eigenen Verdienst anrechnen.«

»Soll das heißen, ich kriege einen Wagen, bis meiner aus der Werkstatt kommt?«

Evanger lachte. Er warf erneut einen Blick auf den Bericht. »Klartext in dieser Finleysache: Was gibt's hier?«

»Finley ist ermordet worden, aber ich kann es noch nicht beweisen.«

»Was *haben* Sie denn bis jetzt?«

»Die Psychologie ist total verquer.« Er hielt inne, um sich alles zurechtzulegen. »Es geht um einen Kerl, der so ein zwanghafter Putzteufel ist, daß man nicht mal ein Stäubchen oben auf den Türen findet – ich hab's überprüft –, und der verspritzt sein Hirn über seine Designerwände. Und das rechtshändig, wo ein halbes Dutzend Leute schwören, daß er Linkshänder war. Das ergibt keinen Sinn.«

Evanger griff nach dem Telefon und drückte auf mehrere Tasten. Er sagte ins Telefon: »Karsch, haben Sie mal eine Minute Zeit?« Er legte den Hörer auf und sah in den Bericht, bis Karsch eintrat.

Karsch sagte: »Lieutenant?«

»Haben Sie den Bericht über den Tod von Finley gelesen?« Karsch nickte. »Was halten Sie davon?«

»Eine interessante Situation.«

»Brauchen Sie einen Doktortitel, um mir das zu sagen?«

»Möglicherweise hat sich Finley umgebracht. Die Leute verhalten sich oft zwanghaft, um ihre unakzeptablen Impulse zu Gewalt oder Unordnung zu kontrollieren. Wenn diese Impulse die Kontrolle durchbrechen, kann der zwanghaft Veranlagte Dinge tun, die offenbar überhaupt nicht zusammenpassen.«

»Wie sich mit der rechten Hand erschießen, obwohl er Linkshänder war?«

»Nicht ganz. Aber ich würde sagen, ohne weitere Fakten gibt es keine Möglichkeit, Genaueres zu wissen. Und ohne Beweise gibt es nichts, was Sie unternehmen können, selbst wenn Sie sich sicher wären.«

Evanger nickte. »Das reicht. Thinnes, haben Sie *irgendwelche* Beweise?«

»Noch nicht, aber wenn ich nur lang genug rühre, wird schon was auftauchen.«

»Nun, legen Sie Ihren Bericht ab, und rühren Sie ihn auf kleiner Flamme. Wir haben genug Fälle anhängig, für die wir Beweise *haben*.«

Thinnes nickte. Als er ging, hörte er Karsch fragen: »Warum sagen Sie ihm nicht einfach, er soll die Sache vergessen?« und Evanger antworten: »Hat keinen Sinn. Macht der nicht. Er wird in seiner Freizeit daran arbeiten, wenn's sein muß.«

10

Thinnes lag neben Rhonda, sah ihr beim Schlafen zu und spürte Verlangen und Bedauern, die er nicht ausdrücken konnte. Eine ganze Weile schon hatte er das Gefühl gehabt, sie sei für ihn verloren. Er wußte, daß es besser war, nicht zu fragen oder sie zu beschuldigen – denn dann würde er sie auf der Stelle verlieren. Er fürchtete, wenn auch nicht allzusehr, sie habe sich einen Liebhaber gesucht. In gewisser Hinsicht war Rhonda die einzige Person auf der Welt, der Thinnes noch traute. Was sie sich gesucht hatte, war nahezu unmöglich zu bekämpfen: Sie hatte sich einen Karrierejob gesucht, den ersten Schritt zur Unabhängigkeit gemacht. Ein Gefühl von Unsicherheit nagte in seinem Innern.

Er streckte die Hand aus, um sie sanft an der Wange zu berühren, und sie wachte auf und zeigte ihm ein Lächeln, das verblaßte, als ihr wieder einfiel, wie die Dinge zwischen ihnen standen. Bevor er etwas sagen konnte, drehte sie sich auf den Rücken und starrte an die Decke. »Ich muß heute arbeiten. Drei Leute sind krankgeschrieben.«

Er zuckte mit den Schultern und resignierte. Er wünschte sich, sie würde immer noch unterrichten. Er hatte sich nicht bedroht gefühlt, als sie noch unterrichtete. Da hatte es sich in gewisser Weise um Frauenarbeit gehandelt, eigentlich keine richtige Arbeit, nicht Vollzeit. Die Männer, mit denen sie in Kontakt kam, waren meistens Schlappschwänze oder schon älter – keine Konkurrenz für einen halbwegs anständigen Ehemann, und überhaupt waren sie viel zu besorgt über den Eindruck, den es wohl machen würde, wenn sie anbändelten. Aber sie war so vernünftig gewesen, das Unterrichten aufzugeben, als sie ausgebrannt war.

Sie mochte das Büro, das sie jetzt leitete. Thinnes glaubte, sie mochte sogar die längere Arbeitszeit.

Er sagte: »Dann werden wir nächstes Wochenende also Dad besuchen gehen.«

»Du könntest allein gehen. Oder nimm Rob mit.«

Um dem Alten noch mehr Beweise dafür zu geben, daß er und Ronnie auseinandergerieten. Unter keinen Umständen. Er hatte schon ohnedies genug Sorgen.

»Rob hat schon etwas vor.« Er stützte seinen Kopf in die Hand und beobachtete ihre Reaktion, als er hinzufügte: »Ich muß Mittwoch abend arbeiten – Taschendiebkontrolle bei irgendeinem Gesellschaftsereignis. Also sind wir quitt.«

»Wollen wir tauschen?« sagte sie trocken. Sie warf die Decke zurück und streckte sich, um ihm einen flüchtigen Kuß zu geben, der jeden seiner Schritte hin zu einer echten Versöhnung unterband. Er krallte sich mit weißen Knöcheln an die Decke und sah zu, wie sie durchs Zimmer ging und im Bad verschwand.

11

Mikes Schuppen war ein umgebauter Autohandel auf der West Fullerton Avenue. Mike hatte den Verkaufsraum in eine Karosseriewerkstatt umgewandelt, die mit der Geschwindigkeit und Effizienz eines voll ausgerüsteten Zerlegers geklauter Wagen arbeitete. Und warum auch nicht? Die Hälfte von Mikes Angestellten waren Ex-Knackis. Er war *sehr* beliebt beim John-Howard-Rehabilitationsfond.

Klauen und schlampiges Arbeiten waren so ungefähr das einzige, was Mike nicht dulden konnte. Seine Toleranz hinsichtlich der Unterschiede in Rasse, Konfession, Arbeitslaufbahn und persönlicher Sauberkeit reichte so weit, daß er ihnen erlaubte, zwischen zwei Mietverträgen in der Werkstatt zu hausen, also war Thinnes nicht überrascht, die Werkstatt um sechs Uhr früh geöffnet vorzufinden; Kundenfreundlichkeit war eine von Mikes Verkaufsstärken. Thinnes *war* allerdings überrascht, als Mike selber mit der Rechnung aus dem Büro kam.

»Es ist Sonntag«, sagte Thinnes beim Händeschütteln.

Mike sagte: »Meine Frau ist im Moment nicht da«, so als ob das alles erklärte. Er reichte Thinnes die Rechnung.

Thinnes ging sie durch. Mike hatte ihm fünfzehn Dollar für das Wiederauffüllen und Einstellen der Bremsen berechnet. Wenn er sich seiner Sache sicherer gewesen wäre, hätte er das Doppelte genommen. Aber Thinnes stritt sich nicht deswegen. Selbst wenn man diesen einen fragwürdigen Punkt mitrechnete, war der Preis sehr anständig. Als er seine Brieftasche zückte, sagte Mike: »Russo.«

Thinnes schüttelte den Kopf. »Er sitzt in Menard. Außerdem, wenn er nicht mal hinter dem Bullen her war, der ihn hoppgenommen hat, warum sollte er sich da mit mir abgeben?«

Der Mechaniker schüttelte den Kopf, zog Thinnes die Rechnung aus der Hand und strich die fünfzehn Dollar durch, schrieb NICHT BERECHNET in die darüberliegende Reihe und zog fünfzehn Dollar von der Gesamtsumme ab. Er reichte Thinnes das Blatt zurück.

»Ich hab das nicht in Frage gestellt«, sagte Thinnes. Er zog Scheine hervor, um die neue Gesamtsumme damit zu bezahlen, und winkte ab, als Mike in die Tasche griff, um herauszugeben. Mike zuckte mit den Schultern und wies auf den Chevy. Die frisch lackierte Tür ließ den restlichen Wagen schäbig wirken.

Mike mußte wohl dasselbe gedacht haben. »Bring ihn vorbei, wenn du Zeit hast. Wir lackieren ihn.«

»Danke, mach ich.«

Mike nickte und sah kritisch zu, wie Thinnes den Wagen rückwärts aus der Werkstatt setzte.

Nicht berechnet. Das war, als ob Mike zugeben würde, daß einer seiner Jungs einen Fehler gemacht hatte. Komische Sache, das mit dem Zufall – einem Film kaufte man das nicht ab, aber in der Wirklichkeit kam es andauernd vor. Wenn er nicht dazu überredet worden wäre, zu diesem Maine-East-Spiel zu fahren, in seinem ersten Jahr in der High-School, dann hätte er Rhonda nicht getroffen, die noch nie zuvor in ihrem Leben bei einem Basketballspiel gewesen war. Und das eine Mal, wo einer von Mikes Jungs einen Bremsenjob versaute, mußte es ausgerechnet an einem Bullenauto sein.

12

Calebs blausilberner Jaguar kam aus der Tiefgarage und fuhr die Straße runter. Als er um die Ecke fuhr, entfernte sich Thinnes langsam mit seinem Chevy vom Straßenrand vor dem Gebäude.

Der Straßenverkehr war ruhig. Caleb fuhr nordwärts. Er fuhr konstante fünfundsechzig Meilen, blinkte beim Spurwechsel und wechselte sanft und oft, um die Geschwindigkeit zu halten. Thinnes schätzte, daß Caleb wohl eine halbe Meile voraus fuhr. Er war beeindruckt; die meisten Besitzer von Yuppie-Autos konnten nicht mal bis zur nächsten Ampel vorausdenken.

Also vielleicht hatte dieser Dr. Caleb doch was drauf. Vielleicht hatte er genug im Oberstübchen, Finley umzubringen. Aber warum sollte er? Es brauchte nicht viel Hirn, um ein Mörder zu sein. Und das einzige, was man tun mußte, um – meistens – damit durchzukommen, war, den Mund zu halten. Etwas – Thinnes war dankbar dafür –, woran die meisten Killer nicht dachten.

Er behielt Calebs Jaguar reflexartig im Auge. Jemanden im Auto zu verfolgen, hatte er schon derart lange gemacht, daß er es ganz automatisch tat – wie laufen. Es ließ ihm Raum zu denken.

Er fragte sich, wie es wohl wäre, einen Psychiater zu konsultieren. So wie der jährliche Check beim Arzt? Legten sie einen auf die Couch und fragten: »Na, wo tut's denn weh?« Machten sie so was wie Blut- und Urintests oder eine Art von Röntgenbild vom Hirn? Karsch hatte bei Gelegenheit seine Dienste angeboten, und Thinnes war versucht gewesen – einfach reinzugehen und zu reden –, aber irgendwas hielt ihn zurück. Nur so eine Ahnung wie die, daß Finley ermordet worden war. Irgendein Selbsterhaltungsinstinkt. Mit einem Irrenarzt über persönliche Probleme zu reden, hieß schließlich zugeben, daß man langsam die Nerven verlor – der Anfang vom Ende des aktiven Dienstes. *Niemand vertraut einem zerfaserten Seil sein Leben an.* Und er war sich ziemlich sicher, daß nur ein anderer Bulle die Probleme verstehen würde. Karsch war kein richtiger Bulle.

Caleb verließ die Straße an der Irving Park Road. Der Verkehr wurde dichter, und Thinnes mußte sich anstrengen, ihn auf der Straße im Blick zu behalten, ohne gesehen zu werden. An der Clark Street blinkte er nach rechts und bog zu Thinnes' Überraschung in den Friedhof ein, Graceland, der sich wie ein Park von der Irving Park Road zur Montrose Avenue zwischen der Hochbahnlinie Howard-North und der Clark Street erstreckt.

Thinnes fluchte. Der Friedhof umfaßt über zwanzig Blocks und bildet ein Wirrwarr aus miteinander verbundenen Straßen. Caleb mußte wohl bemerkt haben, daß er verfolgt wurde. Eine rote Ampel gab Thinnes eine Minute Zeit zum Nachdenken, aber abgesehen von der Erinnerung, daß Graceland nur einen Eingang hatte, fiel ihm nichts ein. Die Ampel sprang um. Die Wagen vor ihm fuhren los, und die hinter Thinnes fingen an zu hupen, während er dasaß und überlegte. Er zuckte mit den Schultern und bog durchs Tor ein. Calebs Jaguar war verschwunden; das einzige Fahrzeug in Sicht war der Wagen des Sicherheitsdienstes. Thinnes stellte sich auf den Parkplatz neben dem Büro der Einsegnungshalle und stieg aus.

Ein Sicherheitsposten in weißem Uniformhemd und schwarzer Hose stieg aus seinem Wagen und kam, um ihn in der Mitte der Einfahrt zu treffen. Er beäugte Thinnes, wie es ein Bulle tun würde, und fragte mit vorsichtiger Stimme: »Kann ich Ihnen helfen?«

Thinnes zeigte ihm sein Dienstabzeichen und sagte: »Ist Ihnen ein blaumetallicfarbener Jaguar aufgefallen?«

Die Wache nickte und grinste anzüglich. »Hat er ne Bank ausgeraubt?«

Thinnes verbarg seine Verärgerung. »Es handelt sich um einen wichtigen Zeugen bei einer Morduntersuchung.«

Das Grinsen verschwand. »Meine Fresse!«

»Sie könnten bei dieser Untersuchung behilflich sein.« Die Wache nickte eifrig. »Halten Sie ihn ein wenig auf, wenn er den Friedhof verläßt. Lassen Sie ihn nicht merken, daß er verfolgt wird, fragen Sie ihn, ob er hier drin irgendwelche Hunde gesehen hat. Oder sagen Sie ihm, Sie hätten ein Problem mit Graffiti gehabt, und fragen Sie, ob er irgendwelche Kids gesehen hat.«

»Klar. Und außerdem, er ist nach rechts abgebogen.«

Thinnes bedankte sich und ging zu seinem Wagen zurück.

Als er die sich dahinschlängelnde Zufahrtsstraße entlangschlich, kam ihm der Friedhof wie einer der städtischen Parks vor, friedlich und grün, und an den wenigen Stellen, wo die Landschaftsgärtner sich nicht ums Gras gekümmert hatten, fast verwildert. Der Friedhof war auch eine historische Fundgrube. Eine Liste seiner Bewohner las sich wie ein Chicagoer Stadtplan – nach den meisten waren Straßen benannt worden. Und dann waren da noch der Fahrstuhl-Otis, Pullman mit seinem Eisenbahnruhm und J. P. Getty. So früh am Morgen war der Friedhof nahezu menschenleer. Unter anderen Umständen wäre Thinnes gern ausgestiegen und hätte die Grabsteininschriften gelesen und in die Krypten geschaut, von denen viele aufwendige Schnitzereien oder eine ungewöhnliche Architektur und Bleiverglasungen aufwiesen. Er entdeckte Calebs Wagen im Schatten an der Ostseite geparkt. Thinnes fuhr daran vorbei und hielt an. Bevor er ausstieg, fischte er sein Fernglas aus dem Handschuhfach.

In der Entfernung konnte er Caleb sehen, der, wie zum Kirchgang gekleidet, vor der schwarzen Granitmasse von Lorado Tafts Statue *Der Kreuzzügler* stand, die die letzte Ruhestätte von Victor Lawson markiert. Caleb starrte die Statue an, bevor er ein Stück zurücktrat, sich bückte und dort einen Grabstein vom hohen Gras befreite. Er stand wieder auf und warf einen langen, ehrerbietigen Blick darauf, dann sah er sich um – nicht, um nach einem Verfolger zu schauen, da hätte Thinnes gewettet – und besah sich die Szenerie. Er schien jeden Baum rund um das Grab genau zu betrachten, so als versuche er, sie sich zu merken. Auf dieselbe Weise starrte er die nahe gelegenen Monumente an. Dann ging er langsam zu seinem Wagen und fuhr davon.

Thinnes rannte zu dem Lawson-Monument, das er schon auf Fotos gesehen hatte. Die Inschrift ließ ihn nun innehalten:

DIE WAHRHEIT ALLEIN TRÄGT DEN SIEG DAVON

Er ging um die Statue herum und las den Grabstein, den Caleb vom Gras befreit hatte. Die Inschrift, CHRISTOPHER MARGOLIS 1963–1988, war nicht das, was er erwartet hatte.

Es war leicht, dem blausilbernen Jaguar zu folgen, als der wieder auf die Sheridan Road bog und weiter in nördliche Richtung fuhr. Thinnes ließ sich in dem lichten Verkehr zurückfallen, um nicht gesehen zu werden, und folgte dem Doktor an der Art-déco-Fassade des Mundelein College und dem Südeingang zum Nordcampus der Loyola University vorbei, um den Calvary-Friedhof herum und nordwärts durch Evanston und den Campus der Northwestern University, vorbei am Dyche Stadion auf der Central Street. An der Green Bay Road hielt Caleb sich wieder nordwärts und bog schließlich auf den Parkplatz des Walker Brothers Original Pancake House im südlichen Wilmette.

Thinnes blieb im Wagen, kaute auf seinem Sandwich herum, das er als Mittagessen mitgenommen hatte, und erinnerte sich an die Zeiten, als er mit Rhonda hier gewesen war.

Als Teenager waren sie oft mit Freunden zu Konzerten in Ravinia gewesen, hatten auf dem Rasen gehockt und einen Joint kreisen lassen, während sie sich Zappa und Joplin und B.B. King anhörten. Manchmal hielten sie auf dem Hinweg bei den Walker Brothers. Ab und zu hatte er Rhonda dort sonntags zum Frühstück ausgeführt. Sie hatten stundenlang geredet und sich bei den mächtigen Apfel-Pancakes, die für zwei reichten, Zeit gelassen. In jenen Tagen hatten sie über alles mögliche reden können. Bevor er zur Polizei gegangen war. Bevor seine Arbeit sich zwischen sie gestellt hatte. Bevor er sich in das Schweigen seiner eigenen Ansichten zurückgezogen hatte. Im Laufe der Jahre waren ihre Unterhaltungen immer mehr an der Oberfläche ihres gemeinsamen Lebens entlanggetrieben. Irgendwann mal hatte sie aufgegeben, zu ihm durchzudringen. Der Gedanke ließ Thinnes schaudern.

Er brach einen der vier großen Kaffees an, schon lange kalt, die er bei McDonald's gekauft hatte, bevor er aufgebrochen war, und fragte sich, ob auch Caleb etwas für lange Gespräche bei Apfel-Pancakes übrig hatte. Er hoffte nicht und bezweifelte, daß die Geschäftsleitung das zulassen würde angesichts der Warteschlange, die sich um das Gebäude herumzog.

Thinnes hatte recht. Caleb kam kurz darauf mit einem Yuppiepärchen heraus, dessen Autokennzeichen Thinnes notierte. Caleb stieg in seinen Wagen, ohne sich umzuschauen, und war in kürzester Zeit zurück in der Stadt.

Als er die Wohnung wieder verließ, hätte Thinnes ihn beinahe nicht erkannt. Er trug ein unauffälliges Jackett und eine gewöhnliche Hose. Er kam zur Vordertür hinaus und ging zur Michigan Avenue, wo er in einen Bus der Linie 151 stieg.

Es gibt keine Möglichkeit, einen Bus unauffällig zu verfolgen. Thinnes war sicher, daß er ertappt werden würde. Dennoch folgte er dem Bus und suchte nach jedem Halt die Menge auf dem Gehweg nach der großen Statur des Doktors ab.

Caleb stieg in Lincoln Park aus und ging westwärts die Dickens Avenue entlang. Er hielt vor einem Dreifamilienhaus, um einem anderen Mann die Hand zu schütteln, und beide betraten sie das Gebäude. Thinnes parkte und stieg aus, um das Schild an der Tür zu lesen: VIETNAM-SELBSTHILFEGRUPPE, 1. STOCK, VETERANEN WILLKOMMEN.

13

Die Überschrift auf der Tafel lautete POSTTRAUMATISCHE STÖRUNG, und darunter stand eine Liste von Symptomen: Beklemmung, Albträume, unkontrollierbare Erinnerungsschübe, emotionale Anästhesie, Schlaflosigkeit, gesunkene Libido, Depression, Reizbarkeit, extreme Empfindlichkeit gegen Lärm, gesunkene Toleranz gegen Enttäuschung, Paranoia.

Der Gruppenleiter, ein Therapeut, war untersetzt und schwergewichtig, hatte glattes, dünner werdendes blondes Haar und einen lockigen roten Bart. Arthur. Er trug eine Drahtgestellbrille, die ihn wie eine Niete wirken ließ, aber er hatte Unterarme wie Popeye und einen Bizeps von einem halben Meter Umfang. Er trug Jeans und ein legeres Hemd mit offenem Kragen und die Ärmel bis zum Ellbogen aufgekrempelt.

Seine Klienten bildeten einen komischen Haufen: Ragman, der einsame Schwarze, hatte sein Lebtag den Boden dafür bereitet, in eine Anstalt eingeliefert zu werden. Vietnam hatte seinen Zustand nicht verbessert. Im Augenblick war er auf Bewährung draußen, nachdem er eine Zeitlang wegen tätlichen Angriffs in Joliet gesessen hatte: Er hatte einen Autofahrer, der ihn auf der Straße geschnitten hatte, mit einem Jagdmesser eine halbe Meile weit auf dem Stevenson Expressway verfolgt. Manchmal klammerte er sich während der Sitzungen an die Lehnen seines Sessels, als wolle er sich daran hindern, die Tat erneut zu begehen.

Ed, der freundliche, kahl werdende Buchhalter, litt nicht unter PTS, aber er hatte das Gefühl, es zu sollen, und litt deswegen unter ungeheuren Schuldgefühlen.

Maharis war wegen Unzurechnungsfähigkeit aus der Armee entlassen worden. Den Großteil seines Lebens war er – wie die meisten Schizophrenen – ein wenig unsicher über seine Grenzen gewesen. In Vietnam hatte er dann die Kontrolle verloren.

Erik erzählte mit einer Stimme, die so leise war, daß sie sich anstrengen mußten, sie zu hören, noch einmal seine Geschichte, davon, Grausamkeiten begehen zu *müssen.* Caleb nahm sachlich seine flache Stimme und seine Unruhe zur Kenntnis, die Anzeichen von Schlaflosigkeit, die Paranoia. Erik beharrte darauf, daß seine Handlungen unvermeidlich gewesen seien und daß jeder, der im Kampf gewesen war, dasselbe getan hatte. Dieses Argument hatten sie alle schon mal gehört.

»So war das nicht!« beharrte Ragman. Diese Diskussion war ebenfalls eine Wiederholung, und sie wurde langsam alt.

»Vielleicht war es bei ihm so«, sagte Ed beschwichtigend.

»Sag's ihnen, Jack. Sag ihnen, daß es nicht so war.«

»Ich kann nicht für ihn sprechen«, sagte Caleb. »In meiner Einheit war es nicht so, aber vielleicht in seiner.«

»So ein *Scheiß!*«

Maharis, der dank der Wunder der modernen Pharmakologie eine Phase relativer Klarheit durchmachte, sagte: »Wie war es denn bei *dir*, Jack? Du sitzt da, Woche für Woche, wie irgend so n fetter, glücklicher Buddha und sagst nichts. Was *machst* du eigentlich hier?«

Ja, was eigentlich? Caleb holte mehrmals tief Luft. Dies war schließlich eine Gruppentherapie, und er nahm daran teil. Und er hatte *wirklich* bewegungslos Sitzung für Sitzung dagesessen, verschlossen wie eine Sphinx. Wie eine Katze, deren kleine Größe sie verletzlich und deren Verletzlichkeit sie furchtsam machte. Caleb war sich seiner Verletzlichkeit bewußt. Er hatte Vietnam mit ein paar Narben und keinen neuen Komplexen verlassen. Die alten reichten schon. Er hielt sich ständig unter Kontrolle, um sicherzugehen, daß er die Aggression, zu der er fähig war, wie er wußte, nicht projizierte. Das war eine berufliche Angewohnheit. Aber es war mehr als das. Er war besessen, allein schon von der Möglichkeit, erneut die Kontrolle zu verlieren. Er wußte, daß Verdrängung die Ungeheuer des Es nur noch mächtiger und furchterregender machte, aber er konnte das Risiko nicht eingehen, sie, besser gesagt *eines* davon, wieder freizulassen. Er kannte den Namen seines Feindes, aber er konnte sich ihm nicht stellen. Seine Nemesis hieß Raserei.

Heute würden sie ihn nicht so leicht vom heißen Stuhl runterlassen. Arthur sagte: »Nun, Jack?« und wartete. Sie alle warteten. Sie alle waren von der Gruppe bei vergangenen Sitzungen ausgesessen worden. Sie alle wußten, daß ihr Schweigen ihm die Geschichte schon abpressen würde.

»Ich habe mal die Nerven verloren«, begann er, als lege er ein Geständnis ab. »Und einen Mann getötet. In Vietnam.«

Sie warteten. Arthur sagte: »Erzähl uns die Einzelheiten.«

»Ist das alles?« verlangte Ragman zu wissen. »Das ist dein *gro-*

ßes Geheimnis? Du bist im Krieg gewesen und hast einen *Kerl* umgebracht?« Ragman fing an zu lachen.

»Du verstehst nicht«, sagte Caleb zu ihm. »Ich hab den bewaffneten Kriegsdienst verweigert. Ich *bringe* keine Leute um. Das war falsch!«

Alle lachten sie, außer Arthur. Arthur beobachtete ihn wie eine große orangefarbene Katze, wie ein Psychiater. Er fragte: »Was hast du gefühlt, als du ihn umgebracht hast?«

Wie psychiatrisch! Ragmans Fragen trafen allerdings eher den Punkt. »Du warst Verweigerer; heißt das, daß du keine Waffe hattest? Womit hast du ihn umgebracht, mit den bloßen Händen?«

»Ich habe ihn mit einer Waffe umgebracht. Ich griff mir eine M-16 und hab ihn umgepustet.« Caleb sah Arthur an. »Ich fühlte eine grenzenlose Wut.«

Vielleicht konnten sie eher was mit unkontrollierbarer Raserei anfangen, vielleicht war da etwas in Calebs Tonfall. Sie lachten nicht.

Arthur nickte, als verstünde er. »Hast du dieses Gefühl seit Vietnam jemals wieder gehabt?«

»Nein.«

»Erlebst du jemals plötzliche Rückblenden?«

»Nein.«

»Albträume?«

Caleb zögerte. »Nicht soweit ich mich erinnern kann.« Er konnte sehen, daß Arthur nicht überzeugt war. Die anderen waren wie Kinder, die auf ein neues Videospiel glotzen.

»Gib uns doch mal ein paar Einzelheiten, Jack«, sagte Maharis. »War er einer von uns?«

Caleb spürte, daß man seinen Schrecken sah. »Einer von uns?«

»Ja, du weißt schon – ein Offizier oder so.«

»Er war ein Heckenschütze. Nordvietnamese, glaube ich.« Er dachte an die Endgültigkeit. Den Verlust. Diese Sinnlosigkeit! Der Heckenschütze war sehr jung gewesen. *Chris* war auch so jung gewesen! Er schaute sich um und sah Erik und Ragman und Maharis nach Einzelheiten gieren, und er spürte, wie seine Verärgerung wuchs und mörderische Formen annahm. Er sagte: »Was macht das für einen Unterschied? Er ist tot. Ich hab ihn umgebracht.« Er zählte bis fünfzehn und holte tief Luft. Er versuchte, sich klein und harmlos vorzukommen. Er versuchte, nette, hübsche Gedanken zu denken.

»Worüber plärrst du denn dann? Die sollten dir einen Orden verpassen.«

»Du hast immer noch Schuldgefühle«, sagte Arthur sanft.

Caleb zuckte mit den Schultern.

»Willst du dir nicht selbst verzeihen?«

»Das ist es nicht. Es macht mir angst, daß ich so ausflippen konnte.«

»Außer Kontrolle zu sein?«

Caleb nickte.

»Hast du immer alles unter Kontrolle?«

»Nur mein eigenes Verhalten.«

»Nur dein Verhalten?«

Caleb lächelte sarkastisch. Kein Wunder, daß ich Allan helfen konnte, dachte er. Wir waren uns in vielen Dingen so ähnlich. Dann erinnerte er sich daran, was mit Allan war, und sein Lächeln verging. Er sagte: »Nein.«

»Mal sehen, ob ich das richtig verstanden habe«, sagte Arthur. »Du hast einmal die Kontrolle verloren und einen Mann umgebracht, und jetzt hast du Angst, daß das wieder passieren könnte?«

»Ja.«

»Was würdest du einem Patienten in deiner Lage raten?«

Die anderen spitzten die Ohren. Caleb hatte ihnen nie gesagt, was er von Beruf war.

»Aber ich weiß nicht, wie man nur ein wenig wütend wird.«

»Wirst du nie gereizt oder verärgert?«

»Ich habe mich davon überzeugt, daß es nichts gibt, weswegen es sich lohnt, wirklich wütend zu werden.«

»Du hast mit Aids-Patienten zu tun.«

»Beruflich.«

Sie sprachen jetzt miteinander; die anderen hatten den Faden verloren. Arthur sagte: »Hast du mir nicht erzählt, daß du vor ein paar Jahren einen guten Freund verloren hast?« Caleb nickte. »Wie gehst du mit deiner Wut um?«

»Konversionsreaktion.«

Arthur wiegte seinen Kopf fragend zur Seite.

»Anderthalb Jahre Kopfschmerzen.«

»Was ist eine Konversionsreaktion?« wollte Ragman wissen.

Arthur sagte: »Jack?«

»Eine physische Krankheit oder Behinderung, die das Hirn erzeugt, um sich selbst von der Wirklichkeit abzulenken, die zu grauenhaft ist, um darüber nachzudenken, etwas zu Furchtbares oder Erschreckendes, um es zu konfrontieren oder sich daran zu erinnern.«

»Bist du Arzt?« fragte Maharis.

»Ja.«

»Und du kennst das Rezept, nicht wahr?« beharrte Arthur.

»Ja. Ich muß die Wut rauslassen und akzeptieren, was als nächstes geschieht.«

14

Thinnes verlor Caleb beinahe, als er von dem Treffen kam. Ein kleiner, blonder, dicker Mann fuhr den Psychiater in einem uralten Nova zu dessen Wohnung. Der Typ fuhr wie ein Irrer, war aber immer noch leichter zu verfolgen als ein Bus.

Caleb verließ eine halbe Stunde später in seinem Jaguar und gutgekleidet die Garage. Er fuhr nordwärts bis zur Addison Street. Während er dem Wagen durch den Sonntagnachmittagsverkehr folgte, war Thinnes dankbar dafür, daß die Cubs auswärts spielten. Caleb bog schließlich nordwärts auf die Wayne Avenue und erwischte den einzigen freien Parkplatz in der Straße. Das Gebäude, das er betrat, kam Thinnes bekannt vor. Thinnes fuhr an der Haustür vorbei und hielt neben einem Hydranten, von wo aus er seine Beute im Rückspiegel beobachten konnte, und er checkte die Adresse vorsichtshalber in seinem Notizbuch.

Nachdem Caleb durch die innere Sicherheitstür verschwunden war, ging Thinnes zu dem Haus und warf einen angewiderten Blick durch die Glastür in die nun leere Eingangshalle des Hauses, in dem Alicia Baynes wohnte.

Einige Zeit später fuhr er auf den Arztparkplatz des Northwestern Memorial Hospital und parkte so, daß er den Jaguar im Auge behalten konnte. Er nahm den Deckel vom letzten Kaffeebecher und warf ihn aufs Armaturenbrett, wo schon drei andere lagen. Auf dem Boden lagen zwei leere Fast-food-Tüten und die drei leeren Becher. Thinnes nippte an dem Kaffee und gähnte.

Was für eine beschissene Art für einen Mann, seine Arbeitszeit zu verplempern, dachte er, wie er auf seinem Hintern saß und das einzige Schild in der Stadt anstarrte, auf das die Autofahrer achteten: ABSCHLEPPZONE.

Er fragte sich, wann genau alles angefangen hatte, grau zu werden. Früher hatte er die Zeit bei Verfolgungen dazu verwendet, den Fall zusammenzubasteln. Das gehörte immer noch zusammen, irgendwie, aber jetzt verbrachte er den Großteil der Zeit damit, den Sandmann zu verscheuchen. Die Bullen nannten das »ausgebrannt sein«; er fragte sich, wie ein Nervendoktor das wohl nennen würde.

Im stinkvornehmen Wartebereich des Restaurants gab es eine Schlange und eine Bar, um die wartenden Gäste zu besänftigen. Ein livrierter Barkeeper präsidierte an der Bar, und ein diensteifriger Maître bewachte das eigentliche Restaurant. Durch den Eingang hindurch konnte Thinnes Caleb mit Freunden an einem sehr guten Tisch sitzen sehen.

Neben der Bar waren zwei Türen mit MEN und LADIES beschriftet. Als Thinnes sich schnurstracks auf die Herrentoilette zubewegte, eilte der Maître herbei, um ihn abzuwimmeln. Thinnes zeigte ihm seine Dienstmarke; der Maître trat beiseite und erlaubte ihm, in die Toilette zu schlüpfen.

15

Uptown. Schuttabladeplatz der hellhäutigeren Ungewollten – zwangsgeräumte Indianer, Hispanics und asiatische Einwanderer, verarmte Alte, Alkoholiker und andere Süchtige, die geistig und körperlich Behinderten. Eine Gegend mit schäbigen Bars, billigen Läden, vermüllten Straßen und unkrautübersäten leeren Grundstücken, ein paar kurze Lichtjahre von der Gold Coast entfernt.

Caleb achtete nur wenig auf die Gegend, als er die Wilson Avenue entlangfuhr, bis er bremsen mußte, um einem dürren Schwarzen in Jogginganzug auszuweichen, der hinter einem in zweiter Reihe geparkten Lastwagen hervorsprang, um auf der Stelle zu laufen, während er auf eine Lücke im entgegenkommenden Verkehr wartete. Helle Buchstaben auf seinem T-Shirt verkündeten NAPA-VALLEY-SÄUFER – DAS LEBEN IST ZU KURZ, UM SCHLECHTEN CHAMPAGNER ZU TRINKEN.

Caleb grinste und sagte im Geiste zu dem Mann, recht hast du. Er sah dem Mann in die Augen, und der machte ein Peace-Zeichen und grinste, daß man die Lücke zwischen den oberen Schneidezähnen sehen konnte.

Das Glück im Winkel, dachte Caleb, aber als er die Werbung las, mit denen in Spanisch und Englisch die Läden auf beiden Seiten des Broadway vollgekleistert waren, war er ernüchtert. Das Leben in dieser Gegend ist zu schäbig für die guten Sachen. Kauf dir ein Stück vom amerikanischen Traum, zehn Dollar Anzahlung, zehn Dollar im Monat. Und wenn du am Ende fünfhundert Dollar für einen Zweihundert-Dollar-Fernseher bezahlst, interessiert das keine Sau. *Caveat emptor.* Aber wie hält man sie hinterm Zaun, wenn sie erst mal Videorecorder entdeckt haben?

Er fuhr nach links in eine Seitenstraße und dann direkt in die Gasse hinter dem Hospiz.

Spaulding House war in den zwanziger Jahren eine Villa gewesen. Im Laufe der Jahre waren die weiten Rasenflächen aufgeteilt worden, die weißen Steinmauern waren vom Ruß geschwärzt, der schmiedeeiserne Zaun war beim Schrotthändler gelandet und durch einen Maschendrahtzaun ersetzt worden. Das frühere Heim der Reichen war zu einem Ort geworden, in dem die unglücklichsten Armen der Stadt lebten, wohin einige kamen, um zu sterben. Das Haus war Zuflucht der Aids-Kranken, die sonst nirgendwohin konnten.

Caleb arbeitete hier an vier Abenden in der Woche. Er hatte sich freiwillig angeboten, ihre Köpfe zu behandeln, hatte aber nach und nach festgestellt, daß sie mehr brauchten: Jobs, Unterbringung, Pflege, Hilfe bei der Hausarbeit, beim Einkauf und beim Essen. Zu Anfang fand er es abstoßend – sie waren ein wenig hübscher Haufen, mit ihren purpurroten Kaposi-Flecken, offenen, nässenden Herpesmalen, ausgezehrt wie KZ-Insassen –, aber er war über die Äußerlichkeiten zu den Personen durchgedrungen, und er empfand ihre Pflege als eine dankbare Aufgabe. Er hatte klein angefangen, hatte Bettpfannen geleert, Laken gewechselt. Nun tat er, was nötig war, fuhr sie, gab ihnen Ratschläge, eine Schulter, um sich auszuheulen, manchmal eine Umarmung, gelegentlich Geld.

Er stellte fest, daß sie, ganz gleich, was er für sie tat, immer bohrten. Sie mußten herausfinden, ob er sie verlassen würde, so wie ihre Freunde und Familien es getan hatten. Deshalb stichelten sie ständig.

»Was ist mit dir, Jack? Wie lange noch, bis du herkommst und sagst, ›Leprabrüder‹?«

»Spar dir deine Luft, Jack ist ein Heiliger. Sankt Damian. Du *weißt* doch, daß keiner von denen ein Sexualleben hat.«

»Du wirst eines Tages jemandem eine gute Frau sein, Jack.«

»Ich versuche immer noch deine Beweggründe herauszufinden, Jack. Irgend so eine Art Forschungsprojekt?«

»Er ist ein Masochist, das ist alles.«

Sehr wenige – eigentlich nur Manny – hatten sich mit dem Tod abgefunden. Selbst die, die zum Selbstmord neigten, hatten Angst davor und sprachen nur in Euphemismen darüber: der sanfte Henker, der große Schlaf oder »die Nummer wird aufgerufen«. Caleb dachte an Finley. Jung. Gesund. Tot. Er wünschte sich, er könnte sie dazu bringen, ihr Leben nicht damit zu vergeuden, um das zu trauern, was sie verloren hatten, und endlich weiterzuleben, statt blindlings in den Tod zu rennen.

An diesem Abend war niemand daheim außer Rafe, der Hausmutter, ein riesiger Schwarzer, schweigsam und streitsüchtig, der vor zwei Jahren mit seiner Frau hergekommen war, die an der Seuche starb. Nachdem er sie beerdigt hatte, blieb er. Er lächelte, wenn er sie Tunten nannte, und sorgte ausgezeichnet für sie. Caleb rührte ihn nie an. Rafe haßte es, berührt zu werden, außer von den Kränksten und Schwächsten. Die, denen es noch gutging, respektierten seine Wünsche – wenn nicht, wurden sie zu Boden geschlagen. Bei mehreren Gelegenheiten erwischte man ihn dabei, wie er streunende Tiere im Keller verpflegte, und zweimal hatte er streunende Menschen heimgebracht. »Ich kurbel nur das Geschäft an«, hatte er gesagt, worauf Brian erwiderte: »Du und Jack!«

Brian war der Bedürftigste von dem ganzen Haufen, der Sarkastischste und der, der sich am meisten sperrte. Er war wahrscheinlich auch der Gesündeste. Brian war an diesem Abend mit Paul, Billy und Lenny ausgegangen.

Rafe stellte gerade die Teller in die Spülmaschine, als Caleb hereinkam. Rafe sagte: »Donald ist schon wieder weg«, ohne die Augen von dem kleinen Fernseher neben der Spüle abzuwenden.

»Ich weiß«, erwiderte Caleb. »Ich hab ihn vorhin im Krankenhaus gesehen, als ich meine Runde machte.« Caleb sah ihn genauer an. Rafe sah nicht wirklich fern. »Du siehst müde aus. Warum nimmst du dir nicht den Abend frei?«

Rafe gähnte. »Ich bin müde. Aber wer wird diese Dummköpfe ins Bett bringen? Briggs ist nicht gekommen. Und Maria hat n krankes Kind.«

»Ich denke, wir schaffen es auch einen Abend ohne dich. Wo sind die alle hin?«

»Ins Kino.« Rafe sah Caleb aus dem Augenwinkel an. »Glaubst du, Donald schafft es diesmal?«

»Ich glaube nicht.«

Rafe schwieg einen Moment – er kämpfte gegen seine Gefühle. Schließlich hatte er sich fest genug im Griff, um zu sagen: »Ich dachte, nachdem Leona gestorben war, daß ich nie wieder jemanden an mich heranlassen würde. Und schon gar keine Schwuchtel.« Er schluckte. Caleb wartete. Rafe klang wütend, als er fortfuhr: »Aber der Junge ...« Er schüttelte den Kopf und sah Caleb an, als fordere er ihn heraus, eine Bemerkung über seinen Verlust an Selbstkontrolle zu machen.

Caleb lächelte ihn schwach an. »Willkommen unter den Menschen.« Rafe starrte ihn mißtrauisch an. »Möchtest du darüber reden?«

»Nein!« Rafe mußte wohl bemerkt haben, wie abwehrend das klang, weil er etwas ruhiger hinzufügte: »Vielleicht komm ich mal auf n Bier.«

»Du könntest ja mal vorbeigehen und mit Donald reden.«

Rafe schüttelte den Kopf. »Ich wüßte nicht, was ich sagen sollte.«

»Du mußt überhaupt nichts sagen. Halte nur seine Hand. Oder verabschiede dich. Das könnte die letzte Gelegenheit sein.« Rafe sah ihn scharf an. Caleb fuhr fort. »Seine Mutter ist endlich aufgetaucht. Sie war entsetzt, hatte aber noch größere Angst, daß er stirbt, bevor sie ihn sehen würde.«

»Du hattest damit nichts zu tun, da wette ich.«

Caleb warf ihm einen verständnislosen »Wer? Ich?«-Blick zu, und Rafe lachte. Als er hinausging, sagte Caleb: »Laß dir von denen keinen Scheiß von wegen Besuchszeiten erzählen.«

Nachdem Rafe gegangen war und bevor die anderen zurückkamen, verbrachte er die folgende Stunde damit, Krankenpfleger zu spielen. Er wechselte erneut Mannys Laken, schrieb einen Brief für ihn, gab ihm seine Medikamente und vermerkte es in seinem Krankenblatt. Er konzentrierte sich strikt auf die Gegenwart. Manches durchdachte man, ging man noch einmal durch, aber bei gewissen Dingen lohnte es nicht, allzulang darüber nachzudenken. Langweiliges und Gefürchtetes. Vorausplanen ist, als würde man alles zweimal machen. Mannys Zukunft würde schrecklich genug werden, wenn es soweit war, aber mit ihm in der Gegenwart zu sein war ganz angenehm. Er hatte sich seine Lebensfreude nicht nehmen lassen. Er schien jede Kleinigkeit als Geschenk zu betrachten, von dem Kristallprisma, das Rafe in sein Fenster gehängt hatte, um die Sonne einzufangen, bis zu sauberen Laken, wenn er zu schwach war, es bis ins Bad zu schaffen. Er hatte es Caleb mal erklärt.

»Da draußen gibt es keine echte Zeit. Für uns gibt es nur unsere persönliche Zeit, die manchmal langsamer, aber normalerweise schneller abläuft als die der Gesunden. Und dieses Todesurteil – denn die Diagnose Aids ist ja nichts anderes – bringt uns aus dem Takt mit dem Rest der Welt. Jeder von uns hat einen Traum oder ein Bild von sich in der Zukunft – Dinge tun, ein Leben führen –, das von der Krankheit bedroht wird. Das ist doch das Furchterregende daran – daß man nicht genug Zeit hat. Und sie – die Gesunden – scheinen mehr Zeit zu haben als wir. Die Ungerechtigkeit läßt uns vor Wut erstarren. Wir werden so wütend, haben eine solche Angst davor, die mythische Zukunft zu verlieren, daß wir das bißchen Zeit, das wir noch haben, nicht leben können.«

Wie Caleb schon geahnt hatte.

Manny hatte entdeckt, daß er die Zeit anhalten konnte, indem er in der Gegenwart lebte.

Caleb blieb bei ihm, bis er eingeschlafen war. Als er die Treppe herunterkam, waren die anderen schon zurück.

Brian grüßte ihn auf seine übliche Art. »Heh, Jack! Weißt du nicht, daß es keine Zukunft hat, Tunten zu behandeln? Und Geld ist damit auch nicht zu machen.«

»Ah, aber dafür häng ich nicht in den Kneipen rum.«

»Du bist ja ziemlich runter.« Brian warf den beiden jungen Männern, die zusammen auf der Couch saßen, einen Blick zu. »Aber hier drin ist das sicherer, als einen hoch zu haben.«

Caleb begriff. Bill und Lenny, die beiden jungen Männer, hatten sich verliebt, eine Situation, die durch ihre Krankheit noch ergreifender, verzweifelter, melodramatischer wurde. Die meisten anderen waren eifersüchtig, vor allem Brian.

Paul sagte das indirekt. »Brian, warum mußt du so ein Arschloch sein!«

»Irgend jemand muß euch Arschficker doch davor bewahren, zu blasiert zu werden.«

Paul machte eine Geste der Verzweiflung und ging hinaus.

Während Brian ihm dabei zusah, hob er seine Stimme und fragte: »Jack, wenn Paul dich bitten würde, ihm dabei zu helfen, normal zu werden, würdest du das tun?« Paul schlug die Tür hinter sich zu.

Caleb antwortete mit normaler Stimme. »Warum fragst *du?*«

Brian grinste ihn an und brachte damit deutlich zum Ausdruck, daß er Ärger suchte. Caleb stand auf und folgte Paul in die Küche. Paul lehnte über der Spüle und weinte. Caleb ging zu ihm hin und legte einen Arm um ihn.

Paul sagte: »Donald stirbt. Donald stirbt, und dieses Arschloch reißt Witze!«

»Jeder setzt sich auf seine Art damit auseinander.«

»Erzähl mir doch nicht so n Scheiß. Ihm ist das doch völlig egal.«

Caleb schob ihn sanft zu einem Stuhl und setzte ihn hin, massierte ihm Nacken und Schulter, hörte zu und redete nicht. Paul entspannte sich nach und nach. Seine Schluchzer ließen nach, auch wenn ihm weiter Tränen übers Gesicht liefen.

»Ich weiß überhaupt nicht, warum ich mich so aufrege. Ich kenn ihn doch kaum«, sagte er schließlich. Caleb massierte seine Schultern weiter. »Manchmal weiß ich nicht mal, ob ich mich kenne. Ich meine, wer bin ich?«

»Wie kommst du dir denn vor?«

»Ich weiß nicht. Manchmal komm ich mir vor wie eine Mißgeburt – eine wandelnde Krankheit. Wer immer ich war, starb, als ich – als ich herausfand, daß ich es habe.«

»Wir können darüber reden.«

Paul sah dankbar und erleichtert aus, schüttelte aber den Kopf. »Ein andermal vielleicht. Heute abend kann ich mich nicht mit noch mehr auseinandersetzen.«

Caleb nickte.

Als er wieder ins Nebenzimmer ging, runzelte Brian die Stirn und sagte: »Was würde Freud wohl dazu sagen, Jack?«

»Was glaubst du denn, was Freud sagen würde, Brian?«

16

An der Rückseite des Spaulding House befand sich ein zweieinhalb Meter hoher Zaun mit Stacheldraht. Neben dem Tor hing ein Schild mit der Aufschrift PRIVATBESITZ – UNBEFUGTES BETRETEN VERBOTEN. Innerhalb des Zaunes, neben einer Hintertür, die von einer einzelnen Glühbirne beleuchtet wurde, stand Calebs Jaguar nun schon seit Stunden. Und Thinnes hatte in der Gasse hinter dem Zaun geparkt, von wo aus er die Rück- und eine Seitenfront ebenso lange beobachten konnte. Ab und zu suchte er die Fenster mit dem Fernglas ab. Zur Abwechslung beschäftigte er sich damit, die Ratten in der Gasse zu zählen und die gardinenlosen Fenster in der Gegend nach Exhibitionisten abzusuchen.

Plötzlich fuhr eine Polizeistreife in die Gasse, richtete ihren Suchscheinwerfer auf Thinnes' Wagen, und einer der Insassen nahm den Außenlautsprecher, um Thinnes mitzuteilen: »Steigen Sie aus, und halten Sie Ihre Hände so, daß wir sie sehen können.«

Thinnes gehorchte vorsichtig, ließ seine Wagentür offen, hielt ein Auge auf die Streife und eines auf das Hospiz gerichtet. Die beiden Polizisten stiegen aus und näherten sich ihm mit den Händen an den Waffen. Der Bulle, der gefahren war, sagte: »Zeigen Sie mir Ihren Ausweis.«

Thinnes nahm vorsichtig seine Brieftasche raus und zeigte ihm seine Dienstmarke.

Der Polizist sagte: »Entschuldigung, Detective.«

»Was gibt's?« wollte sein Partner wissen.

In diesem Augenblick verließ Caleb zusammen mit einem anderen Mann das Gebäude. Thinnes drehte sich schnell um, beugte den Kopf, legte die Hände auf die Motorhaube und spreizte die Beine. »Der Typ, hinter dem ich her bin, hat gerade das Gebäude verlassen«, sagte er knapp, »ich will nicht, daß er mich sieht. Benehmen Sie sich wie Polizisten bei einer Verhaftung.«

Der Fahrer sagte: »Was ...?«

Der andere blickte durch, zog schnell, aber unaufdringlich seine Waffe und richtete sie auf Thinnes. »Durchsuch ihn«, sagte er zu seinem Partner, während Caleb und sein Begleiter zusahen. Der

Fahrer begriff und legte eine glaubwürdige Vorstellung davon hin, Thinnes abzuklopfen, ohne dessen Waffe zu »finden«. Als er damit fertig war, sagte sein Partner: »Okay. Leg ihm Handschellen an.«

Er fesselte Thinnes die Hände hinter dem Rücken, schloß die Wagentür des Chevy, und die beiden Polizisten schoben ihn auf die Rückbank des Streifenwagens und hielten sich dabei zwischen Thinnes und den beiden Zuschauern. Dann stiegen sie ein, setzten rückwärts aus der Gasse und fuhren an dem Gebäude vorbei bis zur nächsten Ecke. Thinnes drehte sich um und streckte dem Bullen auf dem Beifahrersitz seine gefesselten Hände entgegen, bevor der Wagen anhielt; kaum waren die Handschellen ab, drückte er gegen die Tür. »Immer langsam«, sagte der Fahrer zu Thinnes, als er ausstieg, um die Tür zu öffnen. »Wenn Ihr Täter abhaut, können wir ihn für Sie stoppen.«

»Mein Verdächtiger. Er ist immer noch ein Verdächtiger. Und danke, aber das würde ihm komisch vorkommen.«

Er bedeutete den Polizisten zu warten und sah gerade noch rechtzeitig um die Ecke, um Caleb in seinen Jaguar steigen zu sehen. Der Mann bei ihm öffnete das Tor, und nachdem Caleb weggefahren war, schloß er es und ging wieder hinein. Thinnes wandte sich an die Streife und sagte zu dem Fahrer: »Ihr habt was gut bei mir. Danke.« Dann rannte er zu seinem Wagen, um die Verfolgung wieder aufzunehmen.

Die Fahrt endete dort, wo sie begonnen hatte. Als Caleb seinen Jaguar in die Garage lenkte, fuhr Thinnes an dem Gebäude vorbei, um nicht aufzufallen, und wartete einen halben Block weiter neben einem Hydranten. Aber es sah so aus, als wenn Caleb für den Tag genug hatte. Thinnes wartete noch eine Stunde und fuhr dann heim.

Rhonda schlief, als Thinnes hereinkam. Er zog sich aus, hielt inne und sah sie verlangend an. Wenn er hätte beschreiben müssen, welches Gefühl sie bei ihm auslöste, dann hätte er gesagt: Schwindel. So wie man sich fühlt, wenn man hyperventiliert. Sie hatte stets diese Wirkung auf ihn, er war nie untreu gewesen, hatte nie eine andere Frau gewollt.

Er seufzte und fragte sich, wie sie sich dermaßen hatten auseinanderleben können. Sie war seine beste Freundin gewesen, als er aus Vietnam nach Hause schrieb. Sein Leuchtfeuer, nach dem er auf dem Heimweg Ausschau hielt. Ihre Briefe waren wie kleine Päckchen voller Sonne gewesen, die die Dunkelheit fernhielten. (Er hatte Conrad gelesen; er verstand – und nach Jahren bei der Polizei noch besser – das mit der Dunkelheit in einem drin). Aber er hatte damals mehr Zeit gehabt und keine engen Freunde. Nun gab es den Bund der Polizisten und das gewohnte Schweigen.

Thinnes zog sich ganz aus und kroch ins Bett, ohne sie zu wekken.

17

Thinnes stand vor Miss Baynes' Wohnungstür und hielt seinen Ausweis zur Kontrolle vor den Spion. Die Tür wurde von Ms. Alicia Baynes geöffnet, weiß, einen Meter siebzig, sechzig Kilo, blond. Typische Yuppie-Karrierefrau Mitte Zwanzig mit Abschluß als Buchprüferin, die auf ein Diplom hinarbeitete. Sie hatte geweint. Ihr Gesicht war aufgedunsen, ihre Augen geschwollen, als sie beiseite trat, um ihn hereinzulassen.

»Sie haben von Allan Finley gehört?« fragte er.

»Dr. Caleb, Allans Psychiater, hat es mir gestern abend gesagt.« Sie hielt inne, um gegen die Tränen anzukämpfen. »Deshalb habe ich mich heute krank gemeldet. Ich konnte nicht...« Sie schluckte und riß sich zusammen. Sie wies auf einen Sessel und setzte sich auf die Sofakante.

Thinnes setzte sich. »Schien er in letzter Zeit verstört oder depressiv?«

»Nein! Allan hat sich nicht umgebracht.«

»Hat Dr. Caleb Ihnen das gesagt?«

»Nein, aber er sagte, daß Allan nicht suizidgefährdet war. Er sagte, Sie würden seinen Tod untersuchen. Ich meine, die Polizei.«

»Hatte Finley irgendwelche Feinde?«

»Nein.« Sie hielt inne und fügte dann hinzu: »Er war nicht sehr offen – er fand nicht sonderlich schnell Freunde –, aber es *haßte* ihn keiner.«

»Warum haben Sie sich Freitag krank gemeldet?«

Sie errötete. »Wir hatten Donnerstag abend eine Verabredung. Als er nicht auftauchte, dachte ich, er hätte mich versetzt. Es war mir peinlich, ihn im Büro zu sehen.«

»Waren er und Sie eng miteinander?«

»Wir sind ab und zu ausgegangen.«

»Hatte er irgendwelche anderen Freundinnen?«

»Ich weiß nicht. Wir waren nur befreundet.«

»Hat er je schwarz gearbeitet?«

»Ich glaube nicht.«

»Besaß er eine Waffe?«

»O nein. Allan wäre der letzte –«

»Was hat er Ihnen über Dr. Caleb erzählt?«

»Nur, daß er ihm half, sich in Gesellschaft zu entspannen. Allan ist immer ein bißchen steif.« Ihr fiel ein, daß Finley tot war, und sie weinte fast. »*War*. Ich kann es einfach nicht glauben!«

»Wissen Sie, an welchen Büchern er zuletzt gearbeitet hat?«

»Allan sprach nie über eine Arbeit«, sagte sie knapp und fügte dann verlegen hinzu: »Aber ich weiß, daß er Donnerstag an den Margolis-Büchern arbeitete, weil er nach Marina City mußte.«

»Sonst noch etwas, was ich Ihrer Meinung nach wissen müßte?«

Sie schüttelte den Kopf.

»Noch eine letzte Frage: War er Rechts- oder Linkshänder?«

Sie schniefte und brachte beinahe ein Lächeln zustande. »Er war nahezu beidhändig, aber eigentlich Linkshänder. Er witzelte immer, weil die rechte Hirnhälfte die linke Körperseite kontrolliere, seien nur Linkshänder so recht bei Verstand.«

18

Thinnes und Crowne bogen in den Cañon zwischen dem Marina-City-Bürogebäude und den Zwillingsmaiskolben der Marina Towers, und Thinnes stellte den Zivilstreifenwagen in der Parkverbotszone vor dem Eingang ab. Er warf ein Schild mit der Aufschrift POLIZEIEINSATZ aufs Armaturenbrett, und als sie ins Gebäude traten, brachte ihn Crowne mit Hilfe der Informationen in seinem Notizbuch über Margolis auf den neuesten Stand.

»Vincent Margolis. Achtundvierzig. Zog vor fünfzehn Jahren von der Ostküste hierher. Grundstücksmogul, Millionär, Philanthrop, Kunstsammler. Spendet den Lokalpolitikern heftig. Ist nie mit dem Gesetz in Konflikt gekommen – zumindest seit er hergezogen ist.« Er steckte das Notizbuch ein und sah Thinnes an. »Noch was. Neben der Bürosuite hier gehört ihm noch eine Wohnung.«

»Ich frage mich, was das kostet?«

»Wenn du schon so fragst . . .«

». . . kannst du dir's sowieso nicht leisten«, beendete Thinnes den Satz mit ihm.

Sie warteten vor der Batterie von Edelstahlaufzügen. Einer von ihnen öffnete sich. Thinnes und Crowne stiegen ein; Crowne drückte auf den entsprechenden Knopf. »Ach ja«, fügte Crowne hinzu, als die Tür sie einschloß, »ein Typ von der Verkehrswacht sagte, Margolis stehe nicht so weit über den Dingen, als daß er nicht bei seinen Strafmandaten nachhelfen lasse.«

Das Büro von Margolis Enterprises war sehr vornehm, mit teuren Hochglanzbroschüren auf den Tischen und zeitgenössischer Kunst an den Wänden. Die Empfangsdame war ebenfalls teuer und auf Hochglanz poliert, und ihr Gesichtsausdruck verriet deutlich, daß Crowne und Thinnes ihr nicht gerade wie potentielle Kunden vorkamen. Sie sagte: »Kann ich Ihnen behilflich sein?« Ihr Ton war abweisend.

Thinnes reichte ihr seine Karte. »Wir möchten gern mit Mr. Margolis sprechen.«

Sie war verwirrt über das, was sie auf der Karte las, sah Thinnes noch einmal an und griff dann nach dem Telefonhörer. »Mr. Margolis, hier ist ein gewisser ...«, sie las von der Karte ab, »Detective John Thinnes von der Chicagoer Polizei, Revier sechs – Dezernat für Gewaltverbrechen.« Nachdem sie Margolis zugehört hatte, sagte sie »Ja, Sir« und zu Thinnes: »Sie können gleich durchgehen.« Sie wies auf eine Tür hinter sich. Thinnes und Crowne traten ein.

Margolis' eigenes Büro bot eine außergewöhnliche Aussicht auf den Fluß, wies eine teure Holzvertäfelung, weiche Teppiche und noch mehr Kunst auf. Margolis saß hinter einem kilometerbreiten Schreibtisch aus Walnußholz, die Hände vor sich gefaltet. Alles an ihm war glatt, städtisch, professionell zivilisiert, vom teuren Anzug und den Diamantmanschettenknöpfen bis zu den sorgfältig manikürten Händen. Sein dickes dunkles Haar, distinguiertes Grau an den Schläfen, war konservativ geschnitten. Sein Gesicht war faltenlos – vorsichtig geliftet, hätte Thinnes wetten können. Er hatte eine plastisch perfekte Nase und einen Mund, der einen Eindruck von Ehrlichkeit und Zuversicht vermittelte. Erfolg hieß das teure Parfüm, das seine natürlichen Gerüche überdeckte. Aber er trug eine Designerbrille, durch deren Gläser sich nichts verzerrte, wenn er den Kopf drehte; sie war Camouflage, diente dazu, seine Augen zu verbergen, wie das getönte Glas von Autoscheiben, das in Illinois verboten ist, weil es verhindert, daß man die Insassen erkennt.

Er stand nicht auf, um sie zu begrüßen, sondern saß da und sah auf einen Punkt im Raum zwischen ihnen. »Detective Thinnes.« Er wies auf Crowne. »Und das ist ...?«

»Crowne«, sagte Crowne knapp.

Thinnes spürte, wie sich seine Nackenhaare sträubten. Es war nicht schwer, diesen Mann nicht zu mögen. Nicht daß er Margolis seinen Reichtum übelnahm. Er haßte einfach nur diese Haltung, die mit Geld einherzugehen schien – die einen schier zu Gottes Geschenk an die Welt, zum selbstverständlichen König der Straße werden ließ und die eigene Scheiße sauberer machte als die anderer. Manche, wie Dr. Caleb, schafften es, diese Haltung ganz gut zu verbergen, aber unter Druck kam sie dann doch meistens zum Vorschein. Thinnes glaubte nicht, daß es großen Drucks bedurfte, um es aus Margolis herauszupressen. Wieviel Druck wäre wohl nötig, um Caleb dazu zu bringen, sein wahres Gesicht zu zeigen?

Margolis lenkte Thinnes' Gedanken wieder zum Anliegen zurück, indem er auf die Stühle auf der anderen Seite des Schreibtisches wies. »Wollen Sie sich nicht setzen?« Sie setzten sich. Crowne nahm Stift und Notizbuch hervor. Margolis fragte: »Was kann ich für Sie tun?«

Thinnes antwortete. »Wir untersuchen den Tod von Allan Finley.«

»Der Name kommt mir bekannt vor, aber ich . . .«

»Ihr Buchhalter?«

»Mein Buchhalter ist die *Firma* Wilson, Reynolds and Close.«

»Und einer ihrer langjährigen Buchhalter – der an dem Tag, als er starb, an Ihren Büchern saß – war Allan Finley.«

»Ich verstehe. Dann möchten Sie natürlich mit jemandem hier sprechen. Unglücklicherweise kann ich Ihnen nicht helfen; ich bin Finley nie begegnet. Aber Sie dürfen natürlich mit meinem Bürovorsteher sprechen.« Margolis nahm den Hörer ab und sprach hinein: »Miss Ellis, diese Herren möchten gern mit Mr. Winters sprechen. Würden Sie ihn bitte holen?« Er legte auf. »Winters wird sich mit ihm beschäftigt haben.«

»Ich bin hergekommen, um mit Ihnen zu sprechen«, sagte Thinnes.

Margolis war amüsiert. »Wirklich, Detective. Was für eine absurde Zeitverschwendung – Ihrer und meiner Zeit. Ich kenne Finley nicht, also kann ich Ihnen nicht sagen, warum er sich möglicherweise umgebracht hat. Welchen möglichen Grund können Sie haben, mit mir sprechen zu wollen?«

»Ich kann mich nicht erinnern, gesagt zu haben, er habe sich umgebracht.«

»Ich lese Zeitung. Aber Sie untersuchen Morde.«

»Unter anderem«, sagte Thinnes.

»Nun, wenn das der Fall ist, dann suchen Sie nach jemand erheblich Raffinierterem als mir. Jemandem mit einem Geschmack fürs Bizarre. Wie meine Ex-Frau, zum Beispiel.« Thinnes hob eine Augenbraue. »Anita Margolis, Margolis Gallery. Wilson, Reynolds and Close führen auch ihre Bücher. Miss Ellis wird Ihnen die Adresse geben.« Margolis erhob sich und öffnete ihnen die Tür. »Wenn Sie mich entschuldigen wollen, ich habe einen Termin.«

Crowne sah aus, als sei er willens, den ganzen Monat zu bleiben, doch Thinnes zuckte mit den Schultern und stand auf. Als sie an Margolis vorbeigingen, konnte Crowne nicht widerstehen zu sagen: »Wir melden uns wieder.«

»Winters war ja eine große Hilfe«, sagte Crowne, als sie das Gebäude verließen. »Ja«, sagte Thinnes. Sie stiegen ein, und Thinnes fädelte sich in den Verkehr ein.

»Evanger hat deutlich gesagt, daß er nicht will, daß wir eine Staatsaffäre daraus machen, also reden wir besser nicht zu zweit mit dieser Margolis.«

»Sie gehört dir. Das ist nicht meine Sorte Mensch.« Crowne fiel noch was ein. »Close hat dir gesagt, daß er *nie* irgendwelche Unregelmäßigkeiten in Margolis' Büchern gefunden hat?«

»Schwer zu glauben, was? Aber du weißt und ich weiß, und Close weiß mit Sicherheit auch, daß es kein Gesetz gibt, uns die Wahrheit sagen zu müssen, wenn er nicht unter Eid steht.«

19

Die Margolis Gallery auf der North Michigan Avenue belieferte die bessere Gegend, die reichen Leute mit teuren Geschmäckern und nahezu unbegrenzten Mitteln. Thinnes kam sich schon underdressed vor, als er nur durch die Tür ging, aber es gab ihm das köstliche Gefühl, den Reichen eine lange Nase zu zeigen. Er war noch nicht weit vorgedrungen, als eine betont moderne Verkäuferin mit strengem Haarschnitt und modischer, aber häßlicher Kleidung sich ihm in den Weg stellte. »Kann ich Ihnen behilflich sein?« sagte sie überheblich.

Thinnes zeigte ihr seine Dienstmarke. »Ms. Margolis?«

Nur ein Blinzeln verriet die Überraschung der Frau. Sie schüttelte den Kopf und wies zum hinteren Bereich der Galerie. »Da hinten. Auf der Leiter.«

Der Verkaufsraum – er war nicht so naiv zu glauben, daß sie ihn so nannten – war mit stoffüberzogenen Stellwänden in kleine Ausstellungsbereiche aufgeteilt, in denen Stücke gezeigt wurden, die Thinnes nicht verstand. Preise waren keine zu sehen. Er suchte sich seinen Weg durch das Labyrinth nach hinten, wo eine kleine Brünette auf einer Leiter stand und ein Bild geraderückte, das von der Decke hing. Sie bewegte sich – und von hinten sah sie auch so aus – wie eine Teenagerin. Etwa dreiunddreißig, schätzte Thinnes, eins achtundfünfzig, in Designerjeans und Sweatshirt.

Ihr war ein junger Schwarzer behilflich, eins achtzig groß und glattrasiert, mit einem sauberen Lockenkopf und amateurhaften Tätowierungen auf dem Bizeps, der einen Umfang hatte wie Anita Margolis' Oberschenkel. Er hatte große Hände und die noch schlanke Figur eines jungen Mannes, die die zukünftige Statur andeutete. Er trug ausgebleichte Jeans und ein ärmelloses T-Shirt, das seine Schultern breiter wirken ließ.

Thinnes war – von der ersten Ahnung von Sex an – uneingeschränkt und unabänderlich normal. Seine erste Reaktion auf Homosexualität war völlige Verstörtheit gewesen – warum sollte das jemand tun wollen? Begriffe wie Schwanzlutscher, Arschficker und Schwuli hatten bei ihm nie diese Wut und Abscheu ausgelöst wie bei einem sexuell Unsicheren. Sie hatten nicht mehr Bedeutung als Wichser und Scheißkerl und waren als Schimpfwörter weniger befriedigend als Arschloch. Er war ein Kind im Zeitalter des Wassermanns gewesen, zumindest intellektuell aufgeschlossen, und wenn seine späteren Vorurteile auch von der Polizeikultur und all dem Mist herrührten, der ihm als Bulle so unterkam, so war doch der erste Schwulenlude, den er auf frischer Tat ertappte, eine Lehre gewesen. Der Mann war höflich, artikuliert und nicht von den Dutzenden von Männern zu unterscheiden gewesen, die er sonst als Luden von Prostituierten verhaftet hatte. Abgesehen von den jungen Arschlöchern, die ständig diese herausfordernde Haltung annahmen, hatte Thinnes nichts gegen Schwule. Und dennoch, als Anita Margolis' Assistent zur anderen Seite der Leiter ging, war Thinnes über den Diamanten im rechten Ohr überrascht.

Er sah ihnen ein paar Minuten zu, ohne sich vorzustellen. Nach einem letzten Zurechtrücken sagte Anita: »Was hältst du davon, Mark?«

Mark zuckte mit den Schultern. »Den Scheiß könnte man auch mit der Rückseite nach vorn aufhängen – säh wahrscheinlich besser aus.«

Anita Margolis lachte, ohne ihn anzusehen, und schlug seitwärts mit dem Fuß gegen seine Brust. »Also wirklich!« Mark schüttelte den Kopf.

Sie behielt weiter das Bild im Auge, stieg von der Leiter und trat zurück, bis sie gegen Thinnes stieß. Sie erschrak, sagte aber reflexartig: »Verzeihung! Wo kommen Sie denn her?«

Thinnes zeigte ihr seinen Ausweis, und sie riß die Augen auf. »Sind Sie von der Zollfahndung?«

»Nein. Mordkommission. Ich möchte Ihnen ein paar Fragen stellen.«

Sie seufzte. »Nun, ich habe in letzter Zeit niemanden umgebracht, also los.«

»Können wir irgendwo ungestört reden?«

Ihr Büro am Ende der Galerie war ein großer Raum mit zwei Schreibtischen; auf einem stand ein PC, der andere war dem traditionellen Papierkram gewidmet. Auf einem Tisch an der Wand standen Kaffeeutensilien und ein Kopierer; darunter waren Kartons gestopft worden. Papiere und Abfall bedeckten jede waagerechte Fläche, und Bilder und Wandinstallationen bedeckten die Wände. Überall klebten gelbe Notizzettel, selbst am PC. Thinnes folgte, als Anita den Raum betrat, und wartete, während sie zwei Stühle frei machte.

»Wie kann ich Ihnen helfen, Detective Thinnes?« fragte sie, als sie sich gesetzt hatten. Sie ähnelte Gigi oder Audrey Hepburn oder Marlo Thomas wie nur irgendwas. Sprudelnd war das richtige Wort – Alka-Seltzer fiel einem da ein. Alles an ihr erinnerte

Thinnes an den besten Champagner, die teure Sorte, von der man sehr betrunken wird, ohne daß einem schlecht wird. Sie ließ seinen Blutdruck um mindestens ein Dutzend Punkte steigen.

Er holte unauffällig tief Luft und sagte: »Ist Ihnen der Name Allan Finley geläufig?«

»Ja, aber ...« Sie sah weg, versuchte sich zu erinnern, schüttelte dann den Kopf und sah Thinnes wieder an.

»Wilson, Reynolds and Close?«

»Ach ja. Der sehr ernsthafte junge Mann mit dem roten Haar.« Thinnes nickte. »Ist er in Schwierigkeiten?«

»Wann haben Sie ihn das letzte Mal gesehen?«

»Wann genau?« Er nickte. »Da muß ich nachsehen.« Sie ging hinüber, um den PC anzuschalten. Beim Eingabezeichen tippte sie mehrere Wörter ein, und auf dem Bildschirm erschienen der Name FINLEY, ALLAN, zusammen mit WILSON, REYNOLDS & CLOSE; »WASSERVÖGEL #37«; LITHOGRAPHIE; JASON ROGUE; $3700 (ANG RAB), und ein Datum.

Thinnes las über ihre Schulter hinweg. »Was heißt ANG RAB?«

»Angestelltenrabatt. Ich habe ihm zehn Prozent Rabatt gegeben, weil er für meine Buchhaltungskanzlei arbeitet. Das letzte Mal habe ich ihn ...«, sie wies auf das Datum auf dem Bildschirm, »... an dem Tag gesehen, als er den Druck kaufte.«

Thinnes deutete auf WILSON, REYNOLDS & CLOSE auf dem Bildschirm. »Wann war das letzte Mal, daß die über Ihren Büchern saßen?«

Sie verzog das Gesicht. »Letzte Woche.«

Thinnes reagierte auf das Gesicht. »Bitte?«

»Eine Idee meines Ex-Manns. Ihm gehören vierzig Prozent – das reicht, um eine Buchprüfung zu verlangen, wenn er mich ärgern will.«

»Die Galerie bezahlt dafür?«

»Nur für die erste im Jahr. Vincent bezahlt für alle folgenden außerplanmäßigen Arbeiten, aber er gehört zu der Sorte Mensch, die keine Ausgabe scheuen, wenn es um Rache geht.« Sie sah ihn unverwandt an. »Worum geht es?«

»Kennen Sie einen gewissen Dr. James Caleb?«

Sie schien leicht alarmiert. »Jack? Natürlich.«

»Ist das sein Spitzname?« Thinnes kannte die Antwort, noch bevor er die Frage zu Ende gestellt hatte. »Natürlich – nach seinen Initialen.«

Anita nickte. »Er ist ein guter Freund und einer meiner besten Kunden. Warum?«

»Dr. Caleb sammelt auch?«

»Auch?«

»Ich dachte, Mr. Margolis sammelt Kunst.«

»Wenn Sie das so nennen wollen«, sagte sie trocken. Thinnes hob eine Augenbraue und wartete auf eine Erklärung. »Er läßt mich für sich Ölgemälde von einem unglaublich unbegabten Auslandsamerikaner importieren, der an der *Rive gauche* wohnt und so tut, als sei er ein Bohemien.«

Thinnes lächelte ungewollt. Er fand sie sehr attraktiv.

Sie reagierte andeutungsweise ähnlich. »Ernsthaft, die Bilder dieses Mannes sind so schlecht, die würde ich nicht mal ins Plumpsklo hängen.«

»Und warum kauft Ihr Ex sie dann?«

»Ich habe keine Ahnung. Ich habe nie gesehen, daß er eins aufhängt – worum *geht* es eigentlich?«

Thinnes wurde ernst. »Allan Finley wurde am Freitag tot in seiner Wohnung aufgefunden.«

Auf ihrem Gesicht zeigte sich Bestürzung. Sie setzte an, etwas zu sagen, hielt inne und fragte dann leise und besonnen: »Was hat das mit Jack zu tun?«

»Caleb war Finleys Psychiater.«

»Der arme Jack . . .«

Thinnes reagierte darauf, indem er auf eine Erklärung wartete.

»Einen Patienten so zu verlieren. Hat er sich umgebracht?«

»Wie kommen Sie darauf?«

»Jacks Spezialgebiet, und er – *Finley* war jung und schien gesund. Wenn er in psychiatrischer Behandlung war . . .«

»Was können Sie mir über ihn sagen?«

Sie zuckte mit den Schultern. »Er mußte auf den Druck sparen.

Er leistete erst eine Anzahlung und bezahlte den Rest drei Monate später in bar.«

Thinnes sah auf den Bildschirm. »Dreitausendsiebenhundert Dollar. Ist das viel?«

»Nicht für einen Jason Rogue. Das ist eine wirklich gute Geldanlage.«

»War Finley Ihr regulärer Buchhalter?«

»Wilson, Reynolds and Close schickten, wer immer gerade frei war. Einmal kam Mr. Close persönlich.« Sie schenkte ihm ein strahlendes Lächeln; er holte erneut unauffällig tief Luft. Sie kicherte und fuhr fort: »Vincent bestand auf einer sofortigen Prüfung, und sie waren gerade knapp an Personal.«

»Haben Sie jemals Schwierigkeiten mit der Firma gehabt?«

Sie war verwirrt über die Frage. »Nein.«

»Noch eine Frage. Wissen Sie, ob Dr. Caleb ebenfalls Wilson, Reynolds and Close beschäftigt?«

Sie schien überrascht, antwortete aber offensichtlich ehrlich. »Ich habe nicht die leiseste Ahnung.«

20

Crowne und Ferris arbeiteten schwer an ihren Berichten, als Thinnes wieder aufs Revier zurückkam. Crowne benutzte eine büroeigene mechanische, Ferris seine eigene tragbare elektrische Schreibmaschine. Karsch kam aus seinem Büro und ging zur Kaffeemaschine, und Ferris sprach laut genug, daß Karsch ihn hören konnte.

»Heh, Crowne, was ist der Unterschied zwischen einem Psychologen und einem Psychiater?«

»Ich hab keine Ahnung, aber du wirst es mir sicher sagen«, sagte Crowne, ohne aufzublicken.

»Ungefähr vierzigtausend im Jahr.«

Thinnes warf Ferris einen Blick zu, der daraufhin sein eigentliches Opfer angrinste. Karsch wirkte mäßig verärgert. Thinnes fragte sich, ob es die Bemerkung wegen des Geldes war, die ihn schmerzte, oder ob Ferris es endlich geschafft hatte, ihn zu treffen.

Der Psychologe verbarg seine Verärgerung, schlenderte hinüber und blieb neben Ferris stehen. Um ihn zu ärgern, nahm Thinnes an. Ferris mochte es nicht, wenn sich irgendein Nicht-Bulle in seine Angelegenheiten mischte.

»Du würdest doch mit einer Privatpraxis mehr Geld machen, Karsch«, sagte Ferris zu ihm. »Hier wirst du nicht reich.«

»Oh, hier zu arbeiten hat seine Vorteile«, sagte Karsch. »Wie sollte ich denn in einer Privatpraxis jemals so jemanden wie dich treffen?«

Wie immer Ferris das auch auslegte – entweder, daß er einzigartig verrückt war, oder zu arm, die Stunden zu bezahlen –, es war eine Beleidigung. Thinnes kicherte.

Crowne lachte laut auf und sagte: »Tja, Ferris, er wird wahrscheinlich einen Artikel über dich schreiben.«

Thinnes kam es vor, als wirke Karsch ein wenig selbstgefällig, als Ferris das Thema wechselte. »Thinnes«, sagte er, »Marshall Close hat angerufen. Er richtet die Trauerfeier für Finley aus, und er möchte die Namen aus Finleys Adreßbuch wissen, damit er alle Interessierten benachrichtigen kann. Das nennt man wohl Marshallplan.«

Thinnes und Crowne sahen ihn an, keiner von ihnen machte sich die Mühe, seine Verärgerung zu verbergen. Crowne sagte: »Warum setzt er nicht einfach eine Todesanzeige in die Zeitung?«

»Entweder hat *er* Finley umgebracht«, sagte Ferris, »und er will die Namen seiner Bekannten, oder . . .«

»Oder er glaubt, Finleys Freunde sind zu jung, um lesen zu können«, beendete Crowne den Satz.

»Das wäre vielleicht eine beschissene Trauerfeier, wenn niemand auftauchen würde.«

»Finley wird dasein«, sagte Crowne. »Der Leichenbeschauer hat ihn gerade als Selbstmord eingestuft.«

Thinnes lachte humorlos. »Und schon ist unsere Killer-Theorie im Eimer, Ray. Versicherungen zahlen nicht bei Selbstmord, also stehen die Chancen gut, daß es nicht seine Schwester war.«

»Finley war es *selber*, Thinnes.«

»Wenn du es sagst.«

»Na, mindestens einer wird bei der Feier anwesend sein, Crowne.« Ferris ließ den Schreibmaschinenkoffer zuschnappen und sammelte seinen Papierkram zusammen. *»Thinnes.«*

Thinnes ignorierte ihn und sah sich im Dienstzimmer um. Ein halbes Dutzend Polizisten taten ihre jeweiligen Jobs. Karsch trat in das Büro für Eigentumsdelikte und sah auf den Parkplatz hinunter. Ferris gab dem Diensthabenden seinen Bericht und machte einen schnellen Schritt beiseite, als er ging, um nicht in den Besucher zu rennen, der gerade durch die Tür hereintrat.

»Sieh da, sieh da«, sagte Crowne, als er den Besucher erkannte; Thinnes stand auf, als er sich näherte.

»Guten Tag, Dr. Caleb.«

Caleb sagte: »Meine Sekretärin meinte, Sie suchten nach mir.«

Thinnes setzte sich und wies auf den Stuhl neben sich. »Setzen Sie sich, Doktor.«

Caleb ließ sich nieder. Zu Thinnes' Überraschung war er nicht im mindesten nervös. Thinnes wartete, mußte aber schließlich zur Sache kommen. »Sie haben Detektiv gespielt. Einer von Allan Finleys Nachbarn rief an, um sich über all die Leute zu beschweren, die Fragen stellten, also habe ich das überprüft und festgestellt, daß Sie mit dem Hauswart und der Hälfte der Bewohner in dem Gebäude gesprochen haben. Und Alicia Baynes sagte, Sie hätten mit ihr gesprochen.«

»Ich habe über Allans Tod herauszufinden versucht, was ich kann.«

»Das ist mein Job. Es macht es nur schwieriger, wenn die Leute, die ich zu befragen habe, darauf vorbereitet sind. So haben sie Zeit, sich Alibis auszudenken.«

»Tut mir leid. Mein Eindruck war, den Nachrichten nach, daß Sie diesen Tod als Selbstmord behandeln.«

»Es hilft bei unseren Untersuchungen manchmal, die Leute ihre eigenen Schlüsse ziehen zu lassen.«

»Ich verstehe. Ich hoffe, meine amateurhaften Bemühungen haben nicht allzuviel Schaden angerichtet.«

Thinnes zuckte nichtssagend mit der Schulter. »Woher haben Sie Miss Baynes' Adresse?« Er hatte es überprüft; sie stand nicht im Telefonbuch.

»Sie war eine der wenigen Freundinnen von Allan, die einzige, von der ich eine Adresse hatte.«

»War Finley Rechts- oder Linkshänder?«

»Linkshänder.«

Thinnes nickte; er hatte die Antwort erwartet.

Caleb sagte: »War sonst noch was?«

»Nein, es sei denn, Miss Baynes hat Ihnen etwas Belastendes erzählt.«

»Sie sagte, sie hätte an dem Abend, als er starb, eine Verabredung mit Allan gehabt, und sie dachte, er habe sie versetzt.«

Thinnes nickte wieder. »Nun, vielen Dank, daß Sie vorbeigekommen sind, Doktor.«

»War mir ein Vergnügen. Ich wollte immer schon mal sehen, wie ein Revier von innen aussieht – freiwillig, natürlich.« Er stand auf, um zu gehen.

Thinnes erhob sich ebenfalls. »Vielleicht wollen Sie mal einen Tag mit uns verbringen – mal sehen, wie das so läuft.«

»Das würde ich sehr gern. Wann?«

»Haben Sie heute abend was vor? Unsere Schicht hat gerade angefangen. Sie können sich uns gern anschließen.« Thinnes wies auf Calebs maßgeschneiderten Anzug. »Haben Sie, ähm, saloppere Kleidung?«

Caleb lächelte sarkastisch. »Ich werde eine Weile brauchen, um nach Hause zu fahren und mich umzuziehen.«

»Wie wär's, wenn wir Sie in einer Stunde abholen?«

»Gut.«

Nachdem Thinnes zugesehen hatte, wie Caleb verschwand, drehte er sich um und fand einen kochenden Crowne vor.

»Was soll *das* denn, Thinnes?«

»Wir haben bisher überhaupt nichts, und er ist unser Hauptverdächtiger. Wenn wir ihn in einem unbedachten Augenblick erwischen, rutscht ihm vielleicht etwas heraus.«

»Du kannst noch nicht mal beweisen, daß es sich überhaupt um einen Mord handelt. Ich persönlich glaube, Bendix hat vollkommen recht: Jetzt bist du endgültig durchgedreht! Du solltest dich mal ausgiebig mit Karsch unterhalten.« Er stand auf und marschierte zur Tür hinaus.

21

Thinnes hielt den Zivilstreifenwagen vor dem Wolkenkratzer an der Gold Coast, und Caleb erschien, lässig gekleidet. Er setzte sich auf den Rücksitz und nickte Crowne, der sich beruhigt hatte, zu. Als Thinnes sich in den Verkehr einfädelte, reichte ihm Crowne eine Einverständniserklärung zur Unterschrift.

Thinnes brachte ihn auf den neuesten Stand. »Sie haben den Appell verpaßt. Dort bekommen wir für den Fall, daß wir keine eigenen anhängenden Fälle haben, unsere Aufgaben zugewiesen – Listen mit Leuten, die befragt werden müssen, Verdächtigen oder möglichen Zeugen für irgendwelche noch offenen Fälle.«

»Heute abend haben wir gut zwanzig davon«, fügte Crowne hinzu, »meistens Leute, die tagsüber nicht zu erreichen sind oder beim ersten Mal nicht zu Hause waren, als die Detectives ihre Runde gemacht haben. Manchmal kann das ziemlich hart sein.«

»Niemand hat die rechtliche Pflicht, uns die Wahrheit zu sagen, es sei denn, er oder sie steht unter Eid.« Thinnes warf Caleb einen Blick zu. »Moralische Verpflichtungen besitzen keinerlei Gewicht. Das macht die Rekonstruktion eines Falles zu einer echten Herausforderung.«

»Ja«, sagte Crowne, »aber uns anzulügen ist keine gute Idee. Wenn wir angelogen werden, werden wir erst *recht* neugierig.« Er sah Caleb scharf an, um zu sehen, ob er zuhörte und verstanden hatte. »Und meistens wissen wir, wenn jemand lügt.«

Schulze und Schultze. Alle Bullen spielen das gleiche Spiel. Crowne war darin nicht so gut wie Frank Flynn, Thinnes voriger Partner, aber für die weniger subtilen Sachen war er okay. Thinnes beobachtete Caleb im Rückspiegel ganz genau, als Crowne sagte: »Thinnes, du kannst daraus keinen Mord drehen. Finleys Fingerabdrücke waren auf der Waffe, und die Schmauchspuren waren an der richtigen Stelle. Jemand hat eine Waffe auf ihn gerichtet und gesagt: ›Erschieß dich, sonst tu ich's für dich.‹«

Calebs Gesichtsausdruck verriet Thinnes nur, daß der Doktor gut darin war, seine Gefühle zu verbergen. Thinnes hielt seine Augen auf Caleb gerichtet, als er zu Crowne sagte: »Der Killer hat eine Kugel benutzt, um ihn zu töten, und einen Schreckschuß, um hinterher Pulverspuren auf seinen Händen zu hinterlassen.«

Caleb schien interessiert, nicht mehr.

»Die Waffe ist nur einmal abgefeuert worden«, sagte Crowne.

»Vielleicht. Aber wer sagt denn, daß es nur eine Waffe gab?«

Noch immer gab Caleb nichts preis. Aber der Mörder mußte ja auch ein cooler Scheißkerl sein.

»Ach, hör schon auf. Ein Mörder, der zwei Waffen hat, damit er es wie Selbstmord aussehen lassen kann?«

»Aber Allan ist nicht einfach im Eifer des Gefechts umgebracht worden«, unterbrach Caleb. »Wenn Sie planen, mit Mord davonzukommen, dann planen Sie.«

Ihr erster Halt war der Wise Fools Pub. Sie suchten nach einem Bluesspieler, der gesehen haben sollte, wie ein möglicher Zeuge eines wahrscheinlichen Drogendeals zu Tode geprügelt worden war, oder auch nicht. »Eine von diesen wirklich wasserdichten Spuren«, wie Crowne sich ausdrückte. Es war früh; es waren erst wenige Gäste da. Crowne und Caleb warteten, während Thinnes den Barkeeper verhörte, der den Kopf häufig schüttelte und ihm sagte, er solle die Musiker nicht stören. Die Musiker, so stellte sich heraus, ließen sich nur zu gern stören – als Caleb anbot, ihnen einen auszugeben –, aber keiner von ihnen hatte je von dem Bluesspieler gehört.

Dann mußten sie die Fahrerin einer Kutsche verhören, die früher am Abend einen gewalttätigen Angriff beobachtet hatte. Sie erwischten sie am Kutschenstand nördlich des Water-Tower-Informationszentrums. Die Kutscherin erzählte unter vielen

Gesten ihre Geschichte; das Pferd wartete geduldig und schaute gelangweilt. Thinnes stellte die Fragen, während Crowne mitschrieb.

Warum, so fragte sich Caleb, während er Thinnes bei der Arbeit zusah, warum will ich näher mit einem Bullen zu tun haben? Das ist gefährlich – Bullen haben ihre eigenen Ziele, ihre eigenen Regeln.

Es kam über ihn wie ein Déjà-vu-Erlebnis, wie das Gefühl, das seine Großmutter beschrieben hatte als »jemand, der über dein Grab geht«: Thinnes hatte etwas, was Chris gehabt hatte, die gleiche Haltung der Wahrheit gegenüber – daß sie ans Licht kommen *muß*.

Auf der Division Street winkten sie einen alten Buick an die Seite, folgten ihm in eine Gasse und ließen ihn ein paar Autolängen vor sich halten. Thinnes und Caleb blieben im Wagen. Thinnes sagte Caleb, worum es ging, während Crowne ausstieg und zu dem Wagen ging, sich daranlehnte und mit dem Fahrer sprach, einem ehemaligen Bandenmitglied Mitte Zwanzig, das ihnen manchmal ein paar nützliche Informationen gab. Während sie zusahen, fragte Thinnes Caleb: »Was tut ein Psychiater eigentlich?«

»Wenn er erfolgreich ist«, sagte Caleb, »dann hilft er Leuten dabei, ihre persönlichen Probleme zu lösen.«

Eine echte Karschsche Antwort, wie sie im Buche steht, dachte Thinnes. »Ja, aber wie? Was *genau* tun Sie?«

»Das kann ich nicht *genau* sagen. Wenn ein Patient mich um Hilfe bittet, dann lasse ich ihn das Problem beschreiben. Ich höre zu, was er sagt. Ich beobachte ihn, um zu sehen, ob es zwischen dem, was er sagt und was sein Körper ausdrückt, Diskrepanzen gibt. Ich versuche herauszufinden, was er nicht sagt.«

Er hielt inne, während sie zusahen, wie Crowne sich eine Zigarette nahm und dann die Schachtel dem Informanten gab. Crowne zündete sich seine Zigarette mit einem grünen Feuerzeug an, das er ebenfalls weiterreichte. Der Informant nahm eine Zigarette, zündete sie an und steckte Schachtel und Feuerzeug ein.

Thinnes konnte in Calebs Gesicht weder Zustimmung noch Ablehnung erkennen, als der fortfuhr. »Wenn es irgendeinen

Hinweis auf organische Leiden gibt, schicke ich ihn zu einem Arzt, um sich durchchecken zu lassen, und ich teste ihn selber auf Drogen und all das, was sein Arzt vielleicht übersehen hat.«

Drüben in der Gasse ging Crowne um den Wagen und stieg auf der Beifahrerseite ein. Seine Gesten wurden bedrohlich, und er beugte sich zu dem Informanten, während der sprach.

Caleb wartete, vielleicht darauf, daß Thinnes etwas sagte, und fuhr dann fort. »Wenn ich keine Drogen oder irgendeinen körperlichen Grund für das Problem finde, grabe ich in seiner Familiengeschichte und versuche festzustellen, welchem Zweck das Problem dient, entweder für den Patienten oder irgendeine andere wichtige Person in seinem Leben.«

Im Wagen des Informanten schüttelte Crowne heftig den Kopf, fast so, als stimme er überhaupt nicht mit Caleb überein. Er hörte dem Informanten einen Augenblick lang zu und zuckte dann mit den Schultern.

»Motiv, Gelegenheit und Methode«, sagte Thinnes. »Im Grunde Polizeiarbeit, hm?«

»Das und noch etwas mehr. Ein Detective ist fertig, wenn er herausgefunden hat, wer es war, und er seine Beweise dargelegt hat. An dieser Stelle der Untersuchung muß der Therapeut immer noch feststellen, ob sich sein Patient wirklich ändern will und, wenn er es ernst meint, wie er ihm dabei helfen kann.«

»So eine Art Einmann-Rechtssystem.«

»So kann man es ausdrücken, obwohl es von den Kritikern häufiger ›Gott spielen‹ genannt wird.«

Crowne stieg aus dem Buick und kam mit einem Pokergesicht zu ihnen zurück, aber Thinnes konnte sehen, daß er kein Glück gehabt hatte. Thinnes hielt seinen Blick auf Caleb gerichtet und sagte: »Was glauben Sie, Doktor. Hat er einen Treffer gelandet?«

»Ich bezweifle es.«

Dann öffnete Crowne die Tür und ließ sich mit einem lauten »Verdammt!« auf den Beifahrersitz fallen.

Eine Weile später fuhr Thinnes langsam die Rush Street runter, ließ den Autopilot steuern und beobachtete, was vor sich ging, während er sich weiter unterhielt. Das Thema war Baseball, und er fand heraus, daß Caleb wie er für die Cubs war; Crowne hingegen war ein Südstädter. Als der Wagen an einer der halben Dutzend Bars in der Straße vorbeikam, entdeckte Thinnes etwas Verdächtiges in der Gasse daneben. Er hielt an, setzte schnell zurück und fuhr in die Straße. Er und Crowne hatten den Wagen verlassen, noch bevor er richtig zum Stehen gekommen war.

Zwei große Türsteher drückten einen Betrunkenen gegen die Hauswand. Bei dem Betrunkenen handelte es sich um einen Weißen, Mitte Zwanzig, Yuppietyp, zu blau, um allein stehen zu können. Thinnes zeigte den Türstehern seine Marke.

»Was gibt's?«

»Der Typ kam besoffen und mit Autoschlüsseln rein. Wir wollten gerade versuchen, ihn so weit auszunüchtern, daß wir ihn in ein Taxi schmeißen können.«

Eine glaubhafte Geschichte.

»Wir übernehmen ihn. Wollen Sie eine Beschwerde einreichen?«

»Nein, nein. Wir wollen ihn nur loswerden.«

Crowne starrte Thinnes düster an, beschwerte sich vor den Zivilisten aber nicht über den zusätzlichen Papierkram, der auf sie zukam. Er deutete mit seinem Daumen in Richtung Wagen. Die Türsteher zogen den Besoffenen von der Wand, und er fiel beinahe um. Sie lehnten ihn gegen den Wagen, wo er auf die Motorhaube sank wie ein wassergefüllter Ballon.

Thinnes fuhr vor einem alten sechsstöckigen Ziegelgebäude, das sich wie ein U um einen heruntergekommenen, unkrautübersäten Zentralhof schmiegte, an den Straßenrand. Er zog sein Notizbuch aus der Innentasche und klappte es auf. »Mrs. Emilio Campos. Kann angeblich Englisch.«

»Diese Leute sprechen nie Englisch«, sagte Crowne, »selbst wenn sie es können. Die sollten wir für Viernes aufheben.«

Thinnes schüttelte den Kopf. »Wir probieren's. Wenn nicht, geben wir es an Viernes weiter.«

»Ich kann Spanisch«, sagte Caleb, »wenn das irgendwie weiterhilft.«

Thinnes wandte sich an Crowne. »Siehst du? Du mußt Pferd denken. Dann kriegst du Gras.«

»Ja. Und dann wirst du umgelegt.«

Sie stiegen aus und betraten das Haus. Es gab keine Sicherheitstür, keinen Fahrstuhl. Mrs. Campos wohnte im zweiten Stock, kam an die Tür und sagte: *»No hablo inglés«*, worauf Caleb antwortete: *»Hablo español.«* Darauf folgte eine schnelle Unterhaltung, alles auf spanisch, die hauptsächlich von Mrs. Campos bestritten wurde und bei der Caleb sie gelegentlich mit *»¿Quién?«* oder *»¿Cómo?«* unterbrach. Schließlich schüttelte sie den Kopf und ging wieder in ihre Wohnung. Caleb starrte ihr mit einem verwirrten Gesichtsausdruck nach.

»Und?« wollte Crowne wissen.

»Sie hat Angst; wenn sie sagt, wer ihn erschossen hat, dann wird sie oder ihre Familie umgebracht.«

Das war in etwa, was Thinnes erwartet hatte, aber Crowne wurde wütend. »Diese verdammten Leute –«

»Sie hat Angst, die erste zu sein«, unterbrach ihn Caleb, ohne seine Verärgerung groß zu verbergen. »Wenn wir jemand anderes finden, der ihn identifiziert, wird sie mitarbeiten. Sie sagt, mindestens ein Dutzend andere haben die Schießerei gesehen.«

Crowne schüttelte den Kopf.

Thinnes nickte. »Wenn der Herr Doktor also nichts dagegen hat ...« Er sah Caleb an, der den Kopf schüttelte. »Dann klopfen wir mal an ein paar Türen.«

Sie gingen das ganze Gebäude durch und befragten jeden, der die Tür öffnete; Crowne und Thinnes stellten die Fragen auf englisch, Caleb übersetzte. Nach Seufzern, Schulterzucken und Kopfschütteln zu urteilen, hatte nie irgend jemand irgend etwas gesehen. Caleb sprach mit Händen, Schultern und Gesicht ebensoviel wie mit Worten. Thinnes' Vermutung wurde bestätigt – der Doktor hatte Dimensionen aufzuweisen, auf die durch Lebensstil und Beruf nicht zu schließen war.

Ihr letztes Gespräch führten sie mit einer Familie im vierten Stock. Caleb sprach mit dem Hausherrn, während Crowne, Thinnes, die Familie des Mannes und die Nachbarn zuschauten. Es gab auf beiden Seiten ein großes Gestikulieren und jede Menge Kommentare der Zuschauer. Schließlich wurde dem Mann die ganze Debatte zuviel.

»¡Ya basta! ¡Silencio!« verlangte er. Die Zuschauer wurden still. Der Mann wandte sich an Caleb und sagte: *»Lo siento, no puedo ayudarles.«* Caleb zuckte mit den Schultern und nickte aus offenkundiger Anteilnahme.

»Nadie vió nada«, sagte ein anderer Mann.

»Váyanse, por favor«, fügte eine Frau hinzu. *»Vimos nada.«*

Drei oder vier Personen nickten zustimmend und starrten die Polizisten an. Caleb wandte sich an Thinnes. »Sie wissen es, aber sie haben Angst zu sprechen. Sie sind ziemlich unnachgiebig.«

»Okay. Gehen wir.«

Ein kleiner Menschenauflauf hatte sich gebildet, als sie auf die Straße kamen. Nachbarn riefen auf spanisch hin und her, als die drei einstiegen. »Nun, Ray«, mußte Thinnes zugeben, »sieht so aus, als ob dein Wunsch in Erfüllung geht. Wir werden wohl doch Viernes einschalten müssen.«

22

Clark Street, Ecke Ontario. McDonald's. Thinnes saß bei laufendem Motor mit Crowne und Caleb im Wagen, während Crowne das »Abendessen« aus einer Papiertüte verteilte. Er sah zu, wie Caleb das Brötchen von seinem Viertelpfünder entfernte, während sie sich unterhielten, und das Fleisch wie einen Taco zusammenrollte.

Crowne fragte Caleb: »Glauben Sie immer noch, daß Thinnes recht hat? Daß jemand Finley umgebracht hat?«

Caleb schluckte und sagte: »Ja.«

»Sind Sie nie im Unrecht?«

»Doch. Aber in Finleys Fall bezweifle ich das.«

»Aber er war verrückt, oder nicht? Warum hätte er Sie sonst aufgesucht? Ein Verrückter, der sich ebensogut selbst umbringt wie sonstwas.«

»Mit verrückt meinen Sie unberechenbar, unlogisch, von der Norm abweichend, nehme ich an.«

»Ja.«

»Er war nicht verrückt.« Caleb sah Thinnes an, als er weiter ausführte, was er Crowne sagte. »Verrücktsein ist nicht der einzige Grund, warum die Leute zum Psychiater gehen.«

Er sah Thinnes einen Augenblick länger in die Augen, als bei dem Gespräch nötig gewesen wäre, und Thinnes spürte einen Schock. Der Doktor hatte eine beunruhigende Art des Starrens, das einem das Gefühl gab, er wisse, was man denkt. Thinnes mußte dabei an Katzen denken, und er hatte den Eindruck, als mache Caleb eine diskrete Bemerkung durch die Blume. Die für ihn bestimmt war.

»Also war er nicht verrückt«, sagte Thinnes, um das Thema wieder auf Finley zu lenken. »Wie können Sie sicher sein, daß er sich nicht aus irgendeinem ›logischen‹ Grund umgebracht hat? *Warum* bringen Leute sich um?«

»Es gibt mehrere Theorien.«

»Wie zum Beispiel?«

»Der gesunde Menschenverstand sagt, daß Selbstmord der Verzweiflung folgt, einem vollkommenen Verlust von Hoffnung, wenn Sie wollen.«

Crowne nickte. Thinnes beobachtete Calebs Körpersprache.

»Dann gibt es die Theorie der nach innen oder nach außen gerichteten Wut. Daß Selbstmord das Ergebnis einer tiefsitzenden Wut auf sich selbst ist und Mord das Ergebnis der auf andere gerichteten Wut.« Er schien ihre Reaktionen darauf abzuschätzen und fuhr dann fort. »Dann gibt es die Theorie mit den bösen Geistern – Besessenheit durch Dämonen.«

Crowne lachte. »Und welche Theorie stimmt nun?«

»Ich würde sagen, kommt drauf an.« Sie warteten. »Sie dürfen nicht vergessen, daß jede Theorie im besten Falle eine Metapher ist. Eine mögliche Weltsicht. Um es bildlich auszudrücken: Was man mit einer Theorie beschreibt, hängt von dem ab, was man sieht, und das hängt davon ab, wo man steht.«

»Also alles ist relativ, und niemand kann wirklich irgendwas erklären«, sagte Thinnes. »Das ist doch eine billige Ausrede.« Es schien schon ziemlich verrückt, sich auf dem Parkplatz von McDonald's mit einem Mordverdächtigen über Philosophie zu unterhalten.

Caleb schüttelte den Kopf und hielt inne, vielleicht, um die richtigen Worte zu finden. »Wenn man in einer Kultur lebt, in der man glaubt, daß Geisteskrankheiten durch Dämonen ausgelöst werden, dann wird man mit größerer Wahrscheinlichkeit durch eine Zeremonie geheilt, die den Dämon austreibt, als durch Psychotherapie.« Thinnes nickte. »Und wenn man glaubt, daß die richtige Medizin einem hilft, dann bringt einem sogar eine Zukkerpille Linderung, es sei denn, man ist rasend manisch-depressiv oder fortschreitend schizophren.«

»Sie meinen also, moderne Medizin sei Voodoo?«

»Ganz und gar nicht. Wenn sich das Verhalten einer Person bessert, wenn man ihr in einem Doppelblindverfahren eine Chemikalie verabreicht, dann darf man mit einiger Sicherheit davon ausgehen, daß diese Chemikalie einen therapeutischen Effekt besitzt und daß sich ihre Hirnchemie verändert hat.«

»Ja. Also war's doch nicht der Teufel«, sagte Crowne.

Caleb zuckte mit den Schultern. »Wir können das nicht mit Gewißheit sagen, wenn wir nicht wissen, was zu dem Mangel geführt hat.«

Thinnes sagte: »Entweder Vererbung oder Umwelteinflüsse.«

Caleb lächelte. »Sie können genausogut Karma dazu sagen. Warum entwickeln einzelne Familienmitglieder eine Schizophrenie und andere nicht?«

»Mir kommt es so vor, als seien wir ziemlich weit von dem Thema abgewichen, warum Leute sich umbringen, Doktor«, sagte Thinnes. »Was glauben Sie?«

»Ich glaube, der Mensch ist ganz wunderbar in der Lage, Probleme zu lösen – selbst wenn wir uns Probleme schaffen müssen, um sie zu lösen.« Er hielt inne. »Ich betrachte die meisten Selbstmorde als mißratene Versuche, ein Problem zu lösen, als einen normalen Bewältigungsmechanismus, der Amok läuft.«

»Klingt vernünftig«, sagte Crowne. »Okay, nehmen wir an, Finley *wurde* umgebracht. Was können Sie uns darüber sagen, wer es gewesen sein könnte?«

»Die Absicht eines erfolgreichen Mörders ist es, nicht entdeckt zu werden, und die beste Möglichkeit, das zu vermeiden, liegt darin zu verhindern, daß irgend jemand weiß, daß überhaupt ein Mord begangen wurde, entweder indem man das Opfer vollständig verschwinden läßt oder indem man den Eindruck erweckt, daß das Opfer eines natürlichen Todes oder von eigener Hand gestorben ist. Ich würde sagen, unser Mörder ist sehr intelligent und entweder besonders gerissen oder besonders feige.«

»Haben Sie irgendwelche Vermutungen, was das Motiv angeht?« fragte Thinnes.

»Allan war nicht unehrlich oder böswillig, aber er hatte Zugang zu den Geheimnissen von Leuten.«

»Glauben Sie, daß er irgendwen erpreßte?«

Caleb schüttelte den Kopf. »Jemand könnte *gedacht* haben, daß er es vielleicht vorhatte oder daß er einfach wegen irgendeiner Sache zur Polizei geht.«

»Sind Sie einer von diesen, ähm ... *Liberalen*«, fragte Crowne Caleb, »der glaubt, daß alle Kriminellen entweder Opfer der Gesellschaft sind oder böse Eltern hatten?«

»Es gibt Hinweise darauf, daß eine bedeutende Anzahl derer, die wir als Personen mit antisozialer Persönlichkeit einstufen, einen Vater mit dem gleichen Problem hatten, als Kinder mißbraucht wurden oder Kopfverletzungen erlitten.«

»Also glauben Sie, daß die bösen Buben einfach alle nur krank sind?«

»Das habe ich nicht gesagt.« Er hielt inne. »Ich persönlich denke, daß manche ›bösen Buben‹ einfach böse sind. Von Grund auf übel, um mal ein altmodisches Wort zu verwenden.«

»Wie findet man den Unterschied heraus?« fragte Thinnes.

»Manchmal kann man das nicht.«

Caleb schien, während er sprach, sein Interesse zu verlagern und auf etwas zu fixieren, das außerhalb des Wagens stattfand. Thinnes folgte seinem Blick zu zwei Passanten, einem Schwarzen und einem kleinen schwarzen Jungen, den er am Kragen schleifte. Der Junge schien in Schwierigkeiten zu sein, und das Drängen des Mannes, sich zu beeilen, war nicht allzu sanft. Während er ihnen zusah, wurde Caleb so aufmerksam wie eine Katze auf der Jagd. Thinnes fragte: »Was gibt's?«

»Wenn ich mich nicht täusche, wird dieses Kind mißhandelt.«

Crowne starrte ihn mit offenem Mund an.

»Sicher?« fragte Thinnes Caleb.

»Sicher genug, um mich vorzuwagen und es laut zu sagen.«

»Wir haben keinerlei Anhaltspunkte«, sagte Crowne.

Thinnes sah Caleb an. »Beschwerden?«

»Schriftlich, wenn Sie wollen.«

»Klingt für mich wie ein Anhaltspunkt«, sagte Thinnes. Er legte einen Gang ein und fuhr neben den Mann mit dem Jungen. Als Crowne und Caleb ausstiegen, rannte der Mann los. Crowne rannte ihm nach, ohne auch nur eine Sekunde zu zögern. Thinnes streckte das Blaulicht zum Fenster hinaus und knallte es aufs Wagendach, während er rief: »Doktor, bleiben Sie bei dem Kind!« Er griff nach seinem Funkgerät und raste in einem wilden Durcheinander aus blitzendem blauen Licht hinter Crowne her.

Als Crowne eine halbe Wagenlänge hinter ihm war, kurvte der Verdächtige ums Gebäude über den Parkplatz, wobei er parkenden Autos und Kunden auswich. Er stürmte über die Ontario Street, ohne sich um den rasenden Puls des heimwärts fahrenden Vorstadtverkehrs zu kümmern.

Thinnes versuchte, ihm im Wagen zu folgen. Nach mehreren furchterregenden Beinahzusammenstößen und weiteren Polizeifahrzeugen, die sich nach und nach der Keystone-Kops-Parade anschlossen, jagte Crowne den Verdächtigen in eine Gasse. Thinnes raste mit quietschenden Reifen, Fernlicht, Hupe und Sirene zwei Wagenlängen hinter ihnen in die enge Durchfahrt. An Müllcontainern und -tonnen vorbei, direkt hinter Crowne und dem Verdächtigen her, die Scheinwerfer auf eine Ziegelmauer gerichtet. Thinnes trat auf die Bremse; der Wagen kam mit teuflischem Kreischen zum Halt. Der Verdächtige sah die Sackgasse und blieb stehen. Er drehte sich um, zog eine Waffe aus dem Gürtel und richtete sie auf Crowne.

Thinnes gab Vollgas und raste mit dem Wagen auf den Schützen zu. Der Schütze richtete seine Waffe auf Thinnes, schoß wild umher und verfehlte sogar den Wagen. Einen halben Herzschlag vor dem Aufprall riß Crowne den Verdächtigen aus Thinnes Fahrtrichtung, während Thinnes versuchte, das Bremspedal durchs Bodenblech zu treten. Der Wagen bremste abrupt vor der Brandmauer der Gasse. Crowne schleuderte den Täter in die Ecke zwischen Wand und Stoßstange, zwang ihn, in die Scheinwerfer zu blicken, und knallte ihm Kopf und Hände gegen die Ziegel. Die rötliche Reflektion von der Mauer ließ die beiden dämonisch wirken. Thinnes holte tief Luft und schaltete den Motor aus. Er stieg aus, keuchte so schwer wie Crowne und zitterte sichtlich, als Crowne dem Verdächtigen die Waffe abnahm. Thinnes hielt den Täter in Schach, während Crowne ihn abklopfte und ihm Handschellen anlegte. Crowne klärte ihn gerade über seine Rechte auf, als die Verstärkung eintraf.

23

Der Junge erinnerte Caleb an ein wildes Katzenjunges, neugierig, aber verschreckt. Eine kleine Menschenmenge umstand sie, als sie ein paar Meter auseinander auf der Gehsteigkante saßen. Es war offensichtlich, daß der Junge nicht entscheiden konnte, ob er mehr Angst vor den Zuschauern oder vor Caleb haben sollte, der geduldig versuchte, seinen Namen herauszufinden. »Gibt es einen Grund, warum du mir deinen Namen nicht sagen kannst?«

Der Junge nickte.

»Welcher?«

»Darf nicht mit Fremden sprechen.«

»Ich heiße Jack. Kennst du irgendwelche Fremden, die Jack

heißen?« Der Junge schüttelte den Kopf. »Wie wär's denn, wenn du mir jetzt deinen Namen sagst?«

Er schüttelte wieder den Kopf.

Caleb runzelte die Stirn. »Könnte es sein, daß du deinen Namen nicht weißt? Vielleicht hast du ihn vergessen?«

Das war zuviel für den Jungen. »Hab ich nicht! Ich heiße Joey Williams.«

Caleb nickte, als hätte er es schon die ganze Zeit gewußt. »Ich wette, du weißt auch deine Adresse«, sagte er, und der Junge nickte.

Cabrini-Green. Die Siedlung aus Beton und rosafarbenen Ziegeln, die die Division Street zwischen Sedgwick und Halsted Street überspannt. Chicagos berüchtigster sozialer Brennpunkt.

Thinnes parkte die Zivilstreife vor dem Polizeigebäude, neben den Privatwagen der Revierpolizisten. Ganz nah. Wo die Heckenschützen von den Dächern weniger gut zielen konnten. Ein Streifenwagen hielt neben der Zivilstreife, dessen Insassen aber sitzen blieben, während Thinnes, Crowne, Caleb und Joey ausstiegen. Die wenigen Passanten starrten feindselig.

Cabrini-Green war keine Gegend, die man unbewaffnet betrat, vor allen Dingen nicht in Straßenkleidung. »Nur Dummköpfe stürmen da rein«, pflegte Crowne zu sagen. Sie schnappten sich zwei Streifenpolizisten, bevor sie das Innere der Siedlung betraten. Ironischerweise wohnte Joey, genau wie Allan Finley, in der Cleveland Street.

Sie behielten die Dächer im Auge, während sie gingen – achtzehn Stockwerke sind nicht sehr tief, wenn ein Irrläufer unterwegs ist. Selbst im orangefarbenen Schein der Straßenlaternen sah die Gegend aus wie eine Kampfzone oder eine Kulisse aus *Terminator*. Man mußte die Gangslogans oder die Einschußlöcher in den Wänden gar nicht erst sehen. Das weckte Erinnerungen an die Zeit, als Thinnes noch nicht Detective war und er das Überstundengeld brauchte. Acht Stunden nervenzerfetzender Angst, so daß man puddingweiche Knie vor Erleichterung bekam, wenn man außer Reichweite der Heckenschützen war. Aber ehrlicherweise mußte er zugeben, daß der Dienst aufregend war. Der konstante Adrenalinfluß gab einem einen Kick, gegen den jede andere Arbeit langweilig wirkte.

Joeys Haus war typisch für Cabrini-Green. Der Eingang ließ einen Platzangst bekommen, war vermüllt, die Wände voller Graffiti und Gangslogans, das Geplapper hohler Schädel. Die Hälfte der Briefkästen war aufgebrochen. Die Fahrstühle waren außer Betrieb. Natürlich.

Caleb war nicht so naiv, um überrascht zu sein. Die Bewohner Chicagos wußten von Cabrini-Green, bekamen früh genug mit, daß man nicht mal in die Nähe fahren sollte. Touristen wurden in den Reiseführern gewarnt. Und er hatte den Artikel im ›Tribune Magazine‹ gelesen, also hatte er eine Vorstellung davon, was die Bullen fühlten: Angst. Er spürte sie selber. Er war wieder in Vietnam, wieder Mitglied einer Besatzungsarmee. Ganz gleich, wie ehrbar ihre Absichten waren, sie waren keine Unschuldigen. Und sie wurden von den Einheimischen nicht willkommen geheißen. Eine absurde Parallele, sagte er sich. Intellektuell. Aber gefühlsmäßig kam das dem sehr nahe.

Er sah Thinnes, Crowne und die beiden uniformierten Polizisten an. Sie zeigten die nervöse Aufmerksamkeit von Frontsoldaten. Weder Artikel noch Hörensagen konnten die bestürzende Realität des Ortes, die trübe nagende Angst vermitteln, die er auslöste, Streß, der Verstand und Seele zerfraß, der am Körper nagte, zuerst an den Nerven, dann an Herz und Gedärmen. Verrücktsein war hier eine Möglichkeit der Verteidigung. Psychopathologie war die Norm – eine heimliche Epidemie. Cabrini-Green war ein psychologisches schwarzes Loch, das den Verstand verbog und die Wahrnehmung verzerrte. Wenn schon kein Licht entfliehen konnte, welche Hoffnung hatten dann die Menschen?

Sie fingen an, die Stufen hinaufzusteigen, stolperten über Müll und davonhuschende Nachtkreaturen, sowohl von der zwei- als auch von der vierbeinigen Art. Die beiden Streifencops waren fit, und der Aufstieg schien ihnen nichts auszumachen. Crowne war im ersten Stock aus der Puste, Thinnes im zweiten, Joey stolperte hinterher, mehr aus Furcht – soweit Thinnes das beurteilen konnte – als aus Erschöpfung.

Calebs Durchhaltevermögen überraschte Thinnes. Als Joey zurückblieb, hob Caleb den Jungen hoch und trug ihn huckepack.

Auf dem Treppenabsatz im vierten Stock mußten sie achtgeben, denn jemand hatte ihn als Scheißhaus mißbraucht. Thinnes spürte eine Welle der Abscheu, so daß er beinahe kotzen mußte. Und dazu noch der Schock, als ihm klar wurde, daß Abscheu und Wut die einzigen Dinge zu sein schienen, die er noch fühlen konnte. Hör auf damit, Thinnes, sagte er sich. Du machst dich nur selbst verrückt. Dennoch war er überrascht, daß die Menschen ihn nach so vielen Jahren als Bulle immer noch enttäuschen konnten. Es war doch die Art von triefendem Idealismus, der Polizeianfänger so schmierig machte. Warum erwartete er, daß sich Menschen anders verhielten als andere Tiere? Die verdammte Dummheit, die die Fahrstühle lahmlegte, das Treppenhaus mit Müll und Scheiße und die Wände mit Graffiti verdreckte, war wahrscheinlich nicht mal Absicht. Ein unerzogener Hund ist ein unerzogener Hund. Die zweibeinige Art, die ins Treppenhaus schiß, war nicht anders, nicht schlimmer als die vierbeinige Art, die das auf den Gehsteigen tat.

Die Tür im siebten Stock hatte keinen Knauf. Sie drückten sie auf und kamen auf einen Flur, der nach Müll stank. Caleb, der kaum aus der Puste war, setzte Joey ab, und der Junge rannte am Fahrstuhl vorbei – der mit einem Stuhl aufgesperrt war – und hielt vor einer offenen Wohnungstür. Ein kleiner Ventilator in der Diele blies verbrauchte heiße Luft in den Gang hinaus. In der Wohnung waren drei junge Schwarze, die mit einer jungen Frau fernsahen. Auf dem Tisch lag eine leere Pizzaschachtel, zusammen mit Limo- und Bierdosen und einem Aschenbecher voller Kippen. Die Frau erhob sich von der Couch und kam auf sie zu.

»Joey, warum bist du so spät noch auf?«

Joey starrte sie mit weit aufgerissenen Augen an. »Momma is *tot.*«

»Was redst du da?« Sie bemerkte Caleb und die Polizisten. »Was macht ihr Bleichärsche hier?«

Das brachte die anderen Bewohner der Wohnung dazu, auf den Flur zu stürzen. Als sie die Uniformen sahen, fielen sie in mürrische Aufmerksamkeit. Wie die Knastbewohner, die Thinnes in Stateville gesehen hatte, als er dort hingefahren war, um einen Mörder zu befragen. Ihre Feindseligkeit war so offenkundig wie der Gestank im Hausflur. Thinnes zeigte seine Dienstmarke.

Caleb versuchte Frieden zu schaffen. »Wir haben Joey von –«

»Joey, wo is Momma?« wollte die Frau wissen und ignorierte Caleb.

Statt einer Antwort ging Joey den Flur entlang und sah sich um, um sicherzugehen, daß die anderen ihm folgten. Das taten alle, und die Streifenpolizisten folgten der Gruppe vorsichtig. Joey blieb vor einer Wohnung drei Türen weiter stehen, wartete und beäugte den Türknauf, bis Thinnes und Caleb hinter ihm waren. Dann versuchte er voller Angst, den Knauf zu drehen. Die Tür war verschlossen.

Thinnes klopfte. Niemand antwortete. Er fragte die Frau: »Haben Sie einen Schlüssel?«

Sie warf ihm einen Blick zu, wandte sich dann aber an einen Mann am Rand der Gruppe und sagte: »Leroy, hol mir meine Tasche.«

Thinnes klopfte erneut, während Leroy in der ersten Wohnung verschwand. Noch immer keine Antwort. Leroy kam mit der Tasche zurück und warf sie der Frau zu. Sie kramte einen Schlüssel hervor. Niemand sagte ein Wort, als sie die Tür aufsperrte. Aufdrückte. Drinnen nach dem Lichtschalter fühlte, ohne einzutreten.

Als die Tür aufging, griff Joey nach Calebs Hand. Die Frau schrie.

Die Streifenpolizisten schoben sich an den Schaulustigen vorbei. Gemeinsam mit Crowne trat Thinnes ein, an der Frau vorbei, die klagte: »O Momma!« Caleb blieb stehen und hielt Joeys Hand. Die Bewohner drängten sich näher, um einen Blick zu erhaschen.

Das Zimmer war verwüstet und durchwühlt worden. Die sterblichen Überreste von Joeys Mutter lagen in einer Blutlache auf dem Boden. Sie war zu Tode geprügelt worden.

Thinnes spürte ein wohlvertrautes, flaches, hoffnungsloses Gefühl. Joeys Schwester verbarg ihr Gesicht in den Händen, fing an zu schluchzen und umarmte und wiegte sich selbst. Hinter ihnen standen die Nachbarn wie hypnotisiert. Die Streifenpolizisten standen unbeteiligt da. Als er Joeys Hand hielt, schien Caleb zu hyperventilieren, und Thinnes dankte Gott, daß dem Jungen durch die Körper der Erwachsenen der Blick versperrt wurde.

»Kommen Sie weg hier, Miss«, sagte Thinnes zu Joeys Schwester. Er schob sie sanft von der Tür weg in die Menge, die sich bildete, als immer mehr Menschen aus ihren Wohnungen kamen, um herauszufinden, was den Schrei ausgelöst hatte. Nachbarn nahmen sie und boten ihr schwachen Trost. Thinnes schloß die Wohnungstür und bat sie, sich zu zerstreuen. Die Bullen fingen an, sie davonzuscheuchen. Die Frau ging zur ersten Wohnung und kehrte dann zurück. Sie warf Caleb einen trüben Blick zu, nahm Joey bei der Hand und führte ihn weg.

»Ich werd Meldung erstatten«, sagte Thinnes zu Crowne, »du fängst schon mal an, die Aussagen aufzunehmen.« Er sah zu Caleb, der stark schwitzte und dessen fahles Gesicht und schneller Atem seine Notlage verrieten. Thinnes sagte scharf: »Doktor, sind Sie okay?«, ohne seine Verärgerung zu verbergen.

Caleb holte tief Luft, nickte und wandte sich ab. Er schob sich durch die Menge zum Fahrstuhl, nahm den Stuhl aus der Tür und lehnte sich an, während er sich sammelte. Crowne half der Streife, und Thinnes funkte, um Verstärkung zu holen.

24

Eine Weile später bogen Thinnes, Crowne und Caleb auf den Parkplatz nördlich vom Revier. Crowne stieg aus. »Du solltest dir den restlichen Papierkram für morgen aufheben«, sagte er zu Thinnes.

»Ich werd morgen ausschlafen.«

»Ja.« Er nickte ihnen flüchtig zum Abschied zu, schloß die Wagentür und ging zu seinem kleinen roten Fiero. Thinnes parkte zwischen zwei Streifenwagen. Crowne verließ den Parkplatz mit quietschenden Reifen, als Thinnes den Motor abstellte.

»Wird Joey vor Gericht aussagen müssen?« fragte Caleb.

Die Frage deprimierte Thinnes. »Wahrscheinlich nicht. Das Arschloch wird sich bei einem geringeren Strafantrag für schuldig erklären und ein paar Jahre kriegen. Er wird draußen sein und seine nächste Freundin verdreschen, bevor Joey die Schule schmeißt.« Er starrte geradeaus. »Wie kann man nach so was nach Hause gehen und mit seiner Frau schlafen?« Er beobachtete aus dem Augenwinkel, wie Caleb den Kopf schüttelte. »Wie *erzählt* man seiner Frau davon?«

Caleb hörte weiter kommentarlos zu.

»Wie kann man da überhaupt *schlafen?«* Er zuckte mit den Schultern und sah Caleb an. »Sie verstehen, warum die Kneipen hier in der Gegend nach Dienstschluß immer so voll sind.«

Das Dienstzimmer war gerade menschenleer, als sie eintraten. Thinnes ging, um Berichtsformulare zu holen, die er neben seine Schreibmaschine legte.

»Jetzt werden Sie die wahre Polizeiarbeit zu sehen bekommen.« Er warf einen Blick auf die Kaffeemaschine. »Wie wär's mit nem Kaffee?«

»Warum nicht?«

Als Thinnes an die Maschine trat, bemerkte er, daß Karschs Tür leicht offenstand. Er ging hin, drückte sie auf und schaute hinein, ohne das Licht einzuschalten. Das Zimmer war leer. Er zog die Tür zu und ging zurück, um die Kaffeemaschine einzustöpseln, die jemand – Karsch wahrscheinlich – soweit vorbereitet hatte.

Dann ging er zu seinem Schreibtisch zurück, wo Caleb wartete und zusah.

»Sie waren heute abend bei dem Jungen wirklich gut«, sagte er zu Caleb. »Ich hasse es, mit verschreckten Kindern zu tun zu haben. Ich hab immer Angst, daß ich's nur noch schlimmer mache.«

»Das ist so, als ob man sich mit einer Katze anfreundet.« Caleb sah Thinnes bewußt an. »Haben Sie jemals einer Katze gehört, John?«

Thinnes legte ein Formblatt in seine Schreibmaschine ein und drehte es bis zur ersten Zeile vor. »Nein. Wieso?«

»Man kann nicht Freund einer Katze werden, indem man hinstürmt und ihr den Kopf tätschelt. Sie müssen sich zurückhalten und sie merken lassen, daß Sie ihr nicht weh tun, müssen sie in Ihrem Territorium herumsuchen und die Annehmlichkeiten und die anderen Bewohner prüfen lassen. Das dauert seine Zeit.«

»Wozu dann die Mühe? Bei einer Katze, meine ich.«

»Weil Sie wirklich was erreicht haben, wenn Sie sich mit einer Katze angefreundet haben.«

25

Caleb betrat seine Wohnung und blieb verwirrt stehen. Das Wohnzimmer sah ordentlich und normal aus, außer daß keine Katzen zu sehen waren.

»Freud? Skinner?«

Er wartete, aber sie tauchten nicht auf. Er schaltete das Licht an, die Stereoanlage. Er fing an, sich Sorgen zu machen. Er begann zu suchen. Er bemerkte eine leicht geöffnete Schublade im Tisch. Er zog sie auf, konnte aber nicht feststellen, ob der Inhalt durcheinandergebracht worden war. Das Ölbild hing leicht schief – er rückte es gerade. Die Tür zum Wandschrank im Flur stand einen Zentimeter weit offen, aber im Schrank fehlte nichts.

Er bemerkte, daß er überwach war, schneller atmete, sich sein

Puls erhöhte. Bei fortschreitender Suche begann er, die Türen aufzureißen, für den Fall, daß sich jemand versteckte.

Schließlich hatte er jedes Zimmer durchsucht, mit Ausnahme des Schlafzimmers. Er trat vorsichtig ein. Es schien alles in Ordnung zu sein. Er öffnete schnell die Schranktür und entspannte sich, als er keinen Eindringling vorfand. Er ging in die Knie, um unters Bett zu schauen. Freud starrte ihn böse an. Caleb atmete langsam aus. Er richtete sich auf und begann sich auszuziehen.

Und dann war er einen Moment lang tödlich erschrocken, als ihn etwas von der obersten Schrankablage ansprang. Er war zutiefst erleichtert, als ihm aufging, daß er B.F. Skinner gefunden hatte.

26

Irgendwie schien es ganz natürlich, daß Thinnes den Tag in Uptown beenden würde, der Gegend, die er im Geiste für Little Saigon hielt, wo all die Ladenschilder und alle Werbetafeln auf vietnamesisch waren und alle Leute Vietnamesen zu sein schienen. Déjà vu. Dies war der Teil der Stadt, in der er – wie in Saigon – das Gefühl hatte, daß sich an jeder Straßenecke ein unsichtbarer Beobachter, in jeder Gasse ein Heckenschütze fand. Er hielt mit dem Wagen vor einem Pornoladen und stieg aus, um sich umzuschauen.

Unbetrauert lag Jack Daniels zerbrochener Leib aufgebahrt in der Gasseneinfahrt, unter einer einzelnen Lampe, die sich im Ziegelbelag der Gasse matt widerspiegelte. Das Licht bildete am Boden ein Muster, geflickt dort, wo Löcher mit Asphalt ausgefüllt worden waren, glitzernd von Glasscherben. Zu beiden Seiten ragten fensterlose Mauern aus verdreckten Ziegeln ohne Unterbrechung in die Dunkelheit empor.

Die Gasse war an den Gleisen der Hochbahn zu Ende; Thinnes konnte blaues Feuer die Leitschiene entlangrasen sehen, obwohl der vorbeifahrende Zug keine Geräusche machte. Ein Bus fuhr an den Gehsteig und setzte ohne das übliche Zischen der Luftbremsen und das Quietschen von Kreide an der Tafel Passagiere ab. Thinnes spürte, wie sich seine Nackenhaare sträubten – keine Stadt ist jemals so vollkommen still. Ging jemand über sein Grab?

Eine junge Schwarze mit blonder Perücke, die in einer Ladentür zu seiner Rechten stand, runzelte die Stirn, machte einen Schmollmund, leise spöttelnd und einladend. Das grellbunte Neonschild ADULT VIDEOS über ihrem Kopf verlieh ihr das leicht gerötete Aussehen von guter Gesundheit, aber Thinnes konnte das gelbliche Weiß ihrer Augen sehen, und ihre Gesichtshaut spannte zu sehr unter ihrem knalligen Make-up. Er zeigte ihr das Foto der vermißten Frau, aber sie machte nur ein verächtliches Gesicht und schüttelte den Kopf. »Vielleicht können wir was aushandeln, Süßer.« Sie verschwand, während er sich noch fragte, ob er sich nur eingebildet hatte, daß sie gesprochen hatte.

Er hörte in der Gasse eine Flasche zu Boden fallen, ein Fenster öffnen, eine Wagentür schlagen, obwohl man nichts sehen konnte außer dem allgegenwärtigen Müll. Eingestimmt auf das Hasten und Huschen, keine richtigen Geräusche, sondern vielmehr Andeutungen, daß sich knapp außerhalb des Blickfelds Dinge bewegten, folgte er den Geräuschen in die Gasse.

Die Gasse schien ewig weiterzuführen. Die Frau lag am hinteren Ende der Sackgasse unter einer einzelnen Straßenlampe, die allem einen bläulichen Schimmer verlieh und die Kanten so scharf wirken ließ, daß alles vor den Augen verschwamm. Sie war von einer kleinen Gruppe von Nachtkreaturen umgeben, die sich über sie beugten und auf sie herabblickten. Aus der Entfernung sahen sie aus wie riesige Ratten, grau und kriecherisch. Thinnes fühlte sich immer unwohler. Als er näher kam, schrumpften die Rattenmenschen auf die Größe von Hunden, dann auf Hauskatzengröße, und als er genauer hinschaute, sah er, daß es wirklich Ratten waren, rotäugig und verlaust. Sie verteidigten ihre Position über der Frau, über der Leiche; der Körper wies kein Gesicht auf, nur eine schockierende schwarze Leere in dem merkwürdigen blassen Schein, dort, wo die Ratten ihr Gesicht abgenagt hatten. Er trat nach ihnen, und sie knirschten mit den Zähnen, daß es sich anhörte, als wetzten sie Messer. Ihre Augen glühten wie rote Höllenlampen in einer satanischen Kirche. Er zog seine Waffe und feuerte, sandte kleine Flammenspritzer auf die grauen Körper, die zuckten und umfielen, aber jenseits des Lichtscheins untot weiterwimmelten. Er sah – mit einer Art hilflosem Schock –, daß die Leiche Rhondas Haar und Rhondas Körper hatte. Er spürte ein leichtes Unbehagen und war überrascht, so wenig zu fühlen.

Plötzlich stürzten die Ratten in Deckung. Thinnes konnte ihre Angst riechen – oder vielleicht seine eigene. Er blinzelte und versuchte, die Dunkelheit jenseits des Lichtkreises zu durchdringen. Zwei große gelbe Augen starrten zurück. Die Dunkelheit schien sich um die Augen herum zu verdichten, wie ein Bild auf einem sich entwickelnden Polaroid, und eine riesige Katze trat majestätisch aus dem Schatten. Sie war schwarz, und das unheimliche Licht glühte im Pelz und an den Schnurrhaaren. Kräftige Muskeln spannten und pulsierten unter dem glänzenden Mantel, und der Schwanz zuckte spasmodisch hin und her. Thinnes spürte Schrekken und Faszination. Die Hand, die seine Waffe hielt, hing nutzlos herab.

Die Katze blieb vor ihm stehen und schlug ihn mit einer Samtpfote, die Krallen eingezogen. Sie stand auf den Hinterläufen und boxte seinen Kopf mit kräftigen Schlägen. Sie begann ihn umherzuschleudern wie eine Spielzeugmaus, schleuderte ihn in die Luft und schüttelte ihn voller Freude durch, wenn er zu Boden fiel. Die Katze fing an zu schreien . . .

»John, wach auf!«

Thinnes riß die Augen weit auf. Selbst in der Dunkelheit konnte er die Angst in Rhondas Gesicht sehen, dort, wo er früher Besorgnis gesehen hätte.

27

Der Dienstleiter, der die Aufgaben zuteilte, blieb vor Thinnes stehen, und Thinnes hörte auf zu tippen. »Im Fall Williams liegt uns bald ein Schwerverbrechensbericht vor«, sagte Thinnes zu ihm. »Und Ray spricht mit dem Staatsanwalt über einen Durchsuchungsbefehl wegen der Straßenschießerei letzte Woche. Und wir haben einen Haftbefehl für den Belmont-Vergewaltiger.«

»Eine Verhaftung in Aussicht?«

»Während wir uns unterhalten.«

»Gut. Haben Sie heute morgen Zeit für ein paar Folgeverhöre?«

»Ich denke schon.«

Thinnes' Telefon klingelte, gerade als Crowne hereinkam und einen Stapel Akten auf den Tisch fallen ließ. Crowne nahm ab, hörte zu und sagte: »Thinnes, du hast Besuch. Dein Möchtegernbulle ist unten.«

»Wer?«

»Dr. Caleb. Sagt, er möchte mit dir reden.«

»Dr. Caleb?« fragte der Dienstleiter Thinnes.

»Der Mitbürger, der uns auf die Sache Williams gebracht hat«, sagte Thinnes.

Der Sergeant nickte. »Kommen Sie bei mir vorbei, wenn Sie aufbrechen.«

Crowne wartete, bis er außer Hörweite war, bevor er sagte: »Du hast den guten Teil ausgelassen – daß Caleb dein Hauptverdächtiger im Fall Finley ist.«

Thinnes zuckte mit den Schultern und hob den Hörer ab. »Finley hat sich umgebracht, weißt du noch? Der Leichenbeschauer hat's gesagt.«

Er hatte gerade aufgehängt, als Caleb hereinkam. Der Doktor sagte: »Kann ich mit Ihnen privat sprechen?«

Thinnes nickte und sah sich nach einem freien Verhörraum um. Sie schienen alle besetzt zu sein. Er ging zu Karschs Tür und klopfte. Caleb folgte ihm.

»Kann ich mal Ihr Büro benutzen?« fragte Thinnes Karsch, als er die Tür öffnete.

Karsch warf Caleb einen Blick zu. »Sicher«, sagte er und ging noch einmal hinein, um seine Kaffeetasse zu holen.

Thinnes machte einen Schritt zurück, um Karsch vorbeizulassen, bat Caleb dann hinein und bot ihm einen Platz am anderen Ende des Zimmers gegenüber von Karschs Schreibtisch an. Sie setzten sich. Thinnes bemerkte, daß Caleb einen schnellen Blick durchs Zimmer gleiten ließ und an einem der Bilder hängenblieb. Zum ersten Mal fiel Thinnes auf, daß es sich tatsächlich um postergroße Fotos von Gebäuden in der Innenstadt handelte, nicht die üblichen Wahrzeichen, sondern nur künstlerische Aufnahmen von ganz normalen Immobilien, signiert J. K.

»Was kann ich für Sie tun, Doktor?«

»Jemand war in meiner Wohnung, als ich letzte Nacht weg war.«

»Kein Einbrecher, sonst hätten Sie die Polizei gerufen.« Caleb nickte. Thinnes sagte: »Fahren Sie fort.«

»Eine meiner Katzen oder beide begrüßen mich stets an der Tür, wenn ich heimkomme. Gestern abend brauchte ich zehn Minuten, um sie zu finden.« Er legte eine kurze Pause ein. »So benehmen sie sich nur, wenn Fremde in der Wohnung waren.«

»Das ist alles? Nichts am falschen Platz? Nichts zerbrochen?«

Caleb schüttelte den Kopf. »Ich habe gestern abend nicht weiter drüber nachgedacht. Ich dachte, vielleicht haben sie gezankt.«

»Und wieso haben Sie Ihre Meinung geändert?«

»Wie vertraulich ist Ihre Untersuchung?«

Thinnes sah ihn fragend an. »Jetzt kommen wir endlich zur Sache, nicht wahr?« Caleb wand sich, und Thinnes zuckte mit den Schultern. »Wenn ich Dinge herausfinde, die für den Fall nicht von Bedeutung und nicht gänzlich illegal sind, behalte ich sie für mich. Ist es das, was Sie meinen?«

Caleb nickte und zog einen Zettel aus der Tasche. »Ich fürchte, ich habe überall Fingerabdrücke hinterlassen, bevor mir klar wurde . . .« Er reichte ihn Thinnes.

Auf dem Zettel stand: HÖR AUF, IN FINLEYS ANGELEGENHEITEN RUMZUSCHNÜFFELN, SONST KOMMT DEIN PRIVATLEBEN AN DIE ÖFFENTLICHKEIT.

Erpressung, dachte Thinnes. Da hätten wir doch ein nettes Motiv. Er hatte eine Polizistenabscheu vor dem Thema, was seine Stimme auch deutlich verriet, als er sagte: »Worum geht's? Irgendeine kleine Indiskretion mit einer Minderjährigen vielleicht?«

Caleb schien amüsiert. »Wohl kaum.«

»Vielleicht eine Affäre mit einer Patientin? Rein therapeutisch, natürlich.«

Caleb war immer noch nicht beleidigt. »Meine Vermutung geht dahin, daß es sich um jemanden handelt, der etwa zwanzig Jahre hinter dem herhinkt, was in der Schwulenszene vor sich geht.«

Ein kleiner Schock der Enttäuschung durchfuhr Thinnes, und in seinen Gedärmen legte sich etwas ab wie zwei Pfund Frühstücksfleisch oder wie der Stein, den er verschluckt hatte, als er entdeckte, daß sein erster Partner bei den Detectives sich bestechen ließ. Man konnte sich einfach nicht mehr sicher sein. Vielleicht war das der Grund für die Feindseligkeit, die er verspürt hatte, trotz seiner gegenteiligen Bemühungen. Am unheimlichsten war es immer, wenn es einem selbst nicht aufgefallen war. So schnell, wie ihn das Gefühl gepackt hatte, so schnell unterdrückte er es.

Caleb begegnete seinem Blick ohne Entschuldigung oder Trotz, und Thinnes wußte, daß der Doktor seine Reaktion geahnt und verstanden hatte. Ein weiterer Schock durchfuhr ihn, als ihm klar wurde, wie weit ihm der Irrenarzt in dieser Sache voraus war. Und wobei noch? Er war es nicht gewohnt, ausgetrickst zu werden.

Er sagte: »Und?«

»Ich glaube, daß es nur zwei Möglichkeiten gibt, mit einem Erpresser umzugehen«, sagte Caleb. »Und ich werde ihn nicht erschießen.«

»Warum erzählen Sie mir das?«

»Weil unser Mörder, wenn er herausfindet, daß er mich nicht verscheuchen kann, vielleicht versuchen wird, es so aussehen zu lassen, daß ich Allan umgebracht habe, weil *er* mich erpreßt hat.«

»Es sei denn, Sie haben Finley umgebracht, und diese kleine Erpresserdrohung ist nur eine falsche Fährte.«

»Warum? Warum hätte ich ihn umbringen sollen?«

»Vielleicht, weil er das von Ihnen wußte. Es wäre Ihrer Praxis nicht sehr förderlich, wenn bekannt wird, daß Sie schwul sind.«

»Wirklich, Detective, wir leben in den Neunzigern. Und ich bezeichne uns gern als sexuell linkshändig – vielleicht ein wenig anders verkabelt, aber im Kern menschlich.« Er schwieg; Thinnes sagte nichts dazu.

»Das ist heutzutage kein Motiv für einen Mord«, fuhr Caleb fort. »Und wenn ich ihn umgebracht hätte, dann könnte ich mir bessere falsche Fährten einfallen lassen.«

28

Caleb schaffte es, nicht an das Gespräch mit Thinnes zu denken, bis er im Spaulding House eintraf. Dort lagen die Dinge im argen. Rafe war den ganzen Tag über von der Rolle gewesen – wegen Donald, vermutete Caleb. Rafe war darauf vorbereitet, daß Donald sterben würde, aber nicht darauf, ihn auf ewig an Maschinen hängen zu sehen, die ihm nicht helfen konnten. Donalds Familie war nicht bereit loszulassen. Caleb hatte Rafe bitten müssen, das Krankenhaus zu verlassen, um ihn vom Zertrümmern der Maschinen abzuhalten.

»Ich geh zu Lou's und besauf mich«, sagte Rafe. »Schick mir jemanden, der mich abholt, wenn es soweit ist.«

Er meinte, wenn Donald endlich gestorben war.

Caleb machte sich mit Paul daran, die Spülmaschine einzuräumen, und bohrte vorsichtig nach den Ängsten, die Paul davon abhielten, sein Leben zu leben.

Brian steckte den Kopf durch die Tür. »Da will dich eine Frau sprechen, Jack.« Er ließ es wie eine verächtliche Bemerkung klingen.

Caleb trocknete sich die Hände und ging hinaus, um zu sehen, von wem Brian sprach.

Die Szene im Vorderzimmer hätte komisch sein können. Mitten im Zimmer stand eine Frau und sah zu, wie sich Bill und Lenny bemühten, höfliche Konversation zu betreiben und ihr die Befangenheit zu nehmen, während sie unauffällig saubermachten. Sie schien verstört – so als wolle sie um Auszeit bitten, wisse aber nicht die Wörter dafür. Calebs Eintreten war wie ein Schiedsrichtersignal.

Die Frau war Donalds Mutter. Sie grüßte Caleb erleichtert, und als er sie vorstellte – Brian hatte das nicht getan, und Bill und Lenny waren zu nervös und peinlich berührt über den Zustand des Wohnzimmers, um daran zu denken –, gab sie jedem ernst die Hand.

Brian war plötzlich aufmerksam, so als sei das Erscheinen einer Mutter – ganz gleich, wessen – die Verpflichtung, sich zu benehmen.

»Ich bin gekommen, Dr. Caleb, um Ihnen zu sagen«, begann sie, sah sich dann um und fügte hinzu: »Ihnen allen zu sagen: Donald ist vor einer Stunde gestorben. Ich kann nicht behaupten, daß das ein Glück ist. Es ist eine Erleichterung.«

Nach dem üblichen Ritual des Händeschüttelns ließ diese Neuigkeit sie alle verstummen.

»Sie sind ihm in diesen letzten Monaten mehr wie eine Familie gewesen als seine eigene Verwandtschaft. Sie haben ein Recht darauf, es zu erfahren.«

Was für eine Art Mutter sie wohl war, fragte sich Caleb. Keine Medea. Auch keine Maria von Nazareth, obwohl die *Pietá* – kalt wie Stein – einen passenden Vergleich abgegeben hätte. Sie war so merkwürdig formell. Für eine Frau, die so viel durchgemacht hatte, hatte sie kein erkennbares Gefühl mehr übrig. Eine Frau, die die Kluft der Entfremdung zu spät überbrückt hatte, vielleicht festgestellt hatte, daß die Normen, nach denen sie gelebt hatte, nie die richtigen gewesen waren – wer dachte sich solche ungeheuren Regeln eigentlich aus? –, und nun war sie zu alt, um einfach neue zu lernen.

Die jüngeren Männer schienen von ihrer Anwesenheit und ihrer Nachricht zu betäubt, um zu handeln oder zu sprechen oder auch nur den Inhalt ihrer Neuigkeit zu registrieren.

Caleb fragte: »Können wir Ihnen etwas anbieten? Kaffee? Oder etwas Stärkeres?«

Sie setzte ein kleines, trauriges Lächeln auf. »Nein, danke. Draußen wartet ein Taxi auf mich. Ich bin nur schnell vorbeigekommen, um Bescheid zu sagen. Und zu sehen, wo er gelebt hat.« Sie sah sich im Zimmer um, blickte jedem ins Gesicht, dann machte sie kehrt und ging zur Tür, bevor sie noch jemand für sie öffnen konnte. Sie sagte: »Die Beerdigung ist am Donnerstag.« Sie sagte nicht auf Wiedersehen.

Brian sagte: »Ich hole Rafe.«

29

Lincoln Park Zoo. Zusammen mit ihrer Minicam-Crew nahm eine bekannte Lokalreporterin ihre Reportage vor dem alten Löwenhaus auf, als Thinnes eintraf. »Wir sind hier im Lincoln Park Zoo, wo die Freunde des Zoos eine Benefizgala veranstalten, um größere wichtige Verbesserungen finanzieren zu helfen . . .«

Thinnes schloß sich der Menge an, die das Gebäude betrat, das mit Leuten vollgepackt war, die sich piekfein gemacht hatten, Champagner tranken und die Hors d'œuvres probierten, die gereicht wurden. Die Tische waren für ein Diner gedeckt. Ein kleines Orchester spielte, und einige Paare tanzten. Unter den Gästen konnte Thinnes Vincent Margolis entdecken, der einem unglücklichen Marshall Close das Ohr abkaute. Er entdeckte Lieutenant Evanger, der mit einigen der Oberbosse, darunter dem Polizeichef, und ein paar der Hauspsychologen, darunter Karsch, Kriegsrat hielt. Tatsächlich war wahrscheinlich jeder, der in Chicago irgendwas darstellte, anwesend. Es ging das Gerücht um, daß der Bürgermeister später persönlich bei diesem als unparteilich und unpolitisch eingestuften Ereignis vorbeischauen würde.

Dr. Caleb nippte am Champagner und betrachtete die Schneeleoparden. Während Thinnes ihn beobachtete, trat eine attraktive

Frau Mitte Fünfzig zu ihm und hakte sich bei ihm ein. Caleb war offensichtlich überrascht, aber erfreut. Thinnes arbeitete sich nah genug heran, um Caleb zu der Frau sagen zu hören: »Soweit ich das beurteilen kann, locken Cocktailpartys die größte Versammlung von Hunden außerhalb des städtischen Hundezwingers an. Und bei jedem, der ihnen nicht jeden einzelnen Gedanken schriftlich mitteilt, fühlen sie sich unwohl.«

Die Frau lachte. »Du mit deiner berüchtigten Katzenmenschen-Hundemenschen-Theorie. Du solltest einen Artikel darüber schreiben.«

»Ja, vielleicht.« Er schien nüchtern zu werden und zum eigentlichen Punkt zu kommen. »Ich war Montag abend mit der Polizei unterwegs, als sie eine Frau entdeckten, die zu Tode geprügelt worden war.«

»Oh.«

»Sie haben den Mann geschnappt, der sie getötet hat.« Caleb schien sich zu winden. »Er hat sie vor den Augen ihres fünfjährigen Sohnes umgebracht. Ich begreif das immer noch nicht . . .« Er schüttelte langsam den Kopf und schien dann den Gedanken fallenzulassen, als er Thinnes bemerkte.

»Margaret, kann ich dir John Thinnes vorstellen? John, Dr. Margaret Linsey, eine Kollegin.«

»Wie geht es Ihnen?« sagte sie. »Jack und ich sprachen gerade über Motivierung.«

Thinnes nickte und reichte ihr die Hand.

»Sie meinen, so was wie Freuds Theorie, daß alles vom Sexualtrieb bestimmt wird?«

»Freud war nahe dran«, sagte Caleb milde.

Thinnes fand die Unterhaltung plötzlich faszinierend.

»Macht ist der Urtrieb, nicht Sex«, fügte Caleb hinzu.

»Wirklich?« fragte Thinnes.

»Es stimmt. Sehen Sie sich um.« Caleb gestikulierte mit seinem Glas. »Jeder von denen versucht, Macht zu erlangen, zu konsolidieren oder auszuüben.« Er sah scharf zu Vincent Margolis hinüber. »Oder jemanden um seine Macht zu bringen.«

Plötzlich tauchte Anita Margolis an Calebs Arm auf, ein Glas

Champagner in der Hand. Ihr schlichtes, bodenlanges schwarzes Kleid betonte eine tolle Figur und Diamanten – an Handgelenk, Hals und Ohrläppchen. Ihr Haar war in glänzenden Locken aufgetürmt – sie war unglaublich schön, eine Frau, für die Superlative erfunden worden waren.

»Sie sprechen sicher von Vincent«, sagte sie.

Caleb lächelte sie an und nickte. »Kennen Sie Dr. Linsey?«

»Margaret. Bitte.«

Anita reichte Margaret die Hand. »Wie geht es Ihnen, Margaret?«

Caleb wies auf Thinnes, während sie sich die Hand gaben, und Thinnes konnte die leise Ironie heraushören, als Caleb sagte: »Und Mr. Thinnes kennen Sie?«

Anita lächelte schelmisch und reichte Thinnes die Hand. »Wir sind uns schon begegnet. John, nicht wahr?« Thinnes nickte und schüttelte ihr die Hand. »Ich hätte nicht gedacht, daß dies hier Ihre Art von Party ist, John.«

»Ich bin dienstlich hier.«

Caleb runzelte die Stirn.

»Nichts, was mit unserem gemeinsamen Bekannten zu tun hat«, sagte Thinnes zu ihm. Er fragte Anita: »Was sagten Sie über Vincent?«

Sie lachte. »Macht ist Vincents Lebenszweck. Ich zitiere: ›Ich bin vielleicht mächtiger als Gott, weil Gott sich gut benehmen muß.‹«

Thinnes bemerkte, wie er mit Caleb Blicke wechselte, der amüsiert schien.

»Beweisaufnahme abgeschlossen«, sagte Caleb.

Anita wartete darauf, in die Unterhaltung einbezogen zu werden, und als niemand freiwillig beginnen wollte, sagte sie: »Wird mich einer der Herren wohl zum Tanz auffordern?«

»Möchten Sie gern tanzen?« fragte Caleb sie – zu Thinnes' Überraschung. Caleb nahm ihr Glas und stellte es zusammen mit seinem auf das Tablett eines vorbeigehenden Kellners, dann führte er sie auf die Tanzfläche. Thinnes sah mit großem Interesse zu.

Während sie tanzten, fragte Anita Caleb: »Amüsieren Sie sich gut?«

»Hmm-hmm.«

»Aber ich wette, Sie würden lieber mit Detective Thinnes tanzen.«

Caleb lächelte. »Nicht hier.«

Anita kicherte und sah über Calebs Schulter zu Thinnes hinüber. »Er *ist* sexy, nicht wahr?«

»Und so pfeilgerade wie ein Laserstrahl.«

»Licht wird doch gekrümmt, oder?«

»Nur in der Nähe von schwarzen Löchern.«

Sie legte ihr Gesicht an seine Brust und sagte leise: »Das Leben ist manchmal so ungerecht.« Caleb lächelte und drückte sie an sich. Sie sah wieder zu Thinnes hinüber. »Er scheint leicht verstört.«

»Weil er immer noch denkt, ›homosexuell‹ sei dasselbe wie ›frauenfeindlich‹.«

»Sie haben es ihm gesagt?«

»Hmm-hmm.«

»Ich nehme an, er ist verheiratet.«

»Wahrscheinlich. Aber er ist sowieso nicht Ihr Typ.«

»Ach?«

»Zu besessen. Man sagt, er gibt nie auf.«

»So ähnlich wie Sie?«

30

Es war recht spät, als Caleb den Jaguar in seine verlassene Tiefgarage fuhr. Sein üblicher Stellplatz war besetzt, und er fuhr herum, suchte nach einem anderen und parkte schließlich ein gutes Stück von der Tür entfernt. Als er auf den Ausgang zuging, hallten seine Schritte wie der Soundtrack eines spannungsgeladenen Films. Er blieb stehen, um sich umzuschauen und zu lauschen.

Er hatte fast den Fahrstuhl erreicht und seufzte vor Erleichterung, bei der er sich lächerlich vorkam, als hinter einem geparkten Wagen zwei Männer auftauchten und ihm den Weg versperrten. Ihre Gesichter waren durch die Strumpfhosen, die sie sich über die Köpfe gezogen hatten, verzerrt, ihre Hände steckten in Handschuhen. Als Caleb sich nach einem Fluchtweg umsah, kamen sie näher. Er sprang zur Seite und duckte sich, aber in dem engen Gang zwischen den parkenden Wagen war kein Platz zum Manövrieren. Einer sprang ihm an den Kopf, der andere ging mit der Rammbockqualität eines Profifootball-Verteidigers von hinten auf seine Beine los. Caleb stürzte, und es durchfuhr ihn ein stechender kleiner Schock darüber, daß er keinen Schmerz spürte.

Einer der Angreifer setzte sich auf seinen Rücken, drehte ihm die Arme nach hinten, krallte seine Haare und riß ihm den Kopf nach hinten, während der andere ihm einen Lappen vor Mund und Nase drückte und dort festhielt. Ein süßlicher, vertrauter Duft schoß Caleb eine Warnung durch den Kopf, und er versuchte, die Luft anzuhalten. Er versuchte, die Knie anzuziehen, den Mann von seinem Rücken zu hebeln, aber gegen zwei hatte er keine Chance. Sein Brustkorb fühlte sich an, als würde er implodieren. Als der Mann, der seine Arme hielt, sein volles Gewicht gegen Calebs Rückgrat drückte, konnte er nicht anders als durch den Lappen nach Luft zu schnappen. Wie unfair, war sein letzter Gedanke.

Caleb lag halb bewußtlos mit dem Gesicht nach unten auf seiner eigenen Couch. Die einzelne Lampe auf dem Beistelltisch warf einen warmen Lichtkegel über das Sofaende, auf den Boden daneben und auf den Tisch selber und beleuchtete auf dem polierten Holz eine unberührte Linie weißen Puders und die Überbleibsel einer zweiten. Das Telefon auf der anderen Seite der Lampe hätte genausogut in Indiana sein können.

B. F. Skinner kam ins Zimmer getrottet und stand auf den Hinterläufen, um sein Gesicht an Calebs zu reiben. Er sprang auf Calebs Rücken, saß da und beobachtete die Tür zum Hausflur. Er begann zu murren. Plötzlich schoß ein kleiner schwarzer Komet durch den dazwischenliegenden Raum, als Freud auf das andere

Ende der Couch sprang. Das Murren steigerte sich zu Schreien. Freud sprang Skinner an, und plötzlich brach mitten auf Caleb ein tobender Kampf aus. Krallenzeigend und zischend fielen die Katzen zu Boden.

Der Lärm weckte Caleb beinahe auf. Er sah verständnislos zu dem Kaffeetischchen hinüber, aber tief in ihm schlug etwas Alarm, und er griff nach dem Telefon. Es gelang ihm, es zu Boden zu werfen, bevor er wieder das Bewußtsein verlor. Die Katzen schrien, während der Kampf andauerte. Caleb öffnete die Augen und richtete seinen Blick langsam aufs Telefon. Er griff danach, versuchte, 911 zu wählen, und strengte sich an, bei Bewußtsein zu bleiben. Er fiel in Ohnmacht, nachdem er die zweite 1 gewählt hatte.

»POLIZEI. ÖFFNEN SIE!«

Die Tür brach auf, und ein uniformierter Polizist stürzte mit gezogener Waffe ins Zimmer. Er fand Caleb bewußtlos auf dem Sofa vor. Die Katzen waren verschwunden. Der Polizist steckte seine Waffe ein, als er zu Caleb eilte.

Blaulichter flammten auf. Während die Rettungsmannschaft der Feuerwehr Caleb aus dem Gebäude trug, verscheuchten Polizisten neugierige Nachbarn und Passanten.

31

Ferris bastelte Papierflieger. Swann tippte. Karsch kochte Kaffee. Crowne räkelte sich, die Füße auf dem Tisch, und las die ›Tribune‹, als Thinnes hereinkam. Ferris spendete Thinnes verächtlich klingenden Applaus, den er mit kaum verhohlener Abscheu ertrug. Er sah erklärungsheischend zu Crowne hinüber.

»Wenn du den Morgenappell verpaßt, dann bist du eben der letzte, der es erfährt«, sagte Crowne zu ihm. Er setzte sich auf und nahm die Füße vom Tisch.

Thinnes wartete.

»Ernstlich, weißt du nichts?«

Thinnes setzte sich und schüttelte den Kopf. Crowne warf den Chicago-Teil der Zeitung auf den Tisch. Die Schlagzeile lautete: PSYCHIATER NIMMT ÜBERDOSIS. Thinnes las die Story laut.

»›Der bekannte ortsansässige Psychiater Dr. James Caleb wurde am frühen Donnerstag morgen nach einem Anruf aus dessen Wohnung von der Rettungsmannschaft der Feuerwehr ins Northwestern Memorial Hospital gebracht. Die Polizei nimmt an, daß Dr. Caleb es noch schaffte, den Notruf zu wählen, bevor er nach einer Überdosis Kokain zusammenbrach, konnte Caleb aber, der sich in kritischem, aber stabilem Zustand befinden soll, noch nicht befragen. Ein Polizeisprecher teilte mit, daß Caleb wegen illegalen Besitzes einer verbotenen Substanz angeklagt wird ...‹«

»Du hattest also recht mit Caleb«, sagte Crowne. »Jetzt brauchen wir nur noch ein Motiv. Vielleicht hilft das: Finley führte die Bücher für das Spaulding House, und rat mal, wem es gehört.«

»Margolis?«

»Dr. Caleb!«

»Nett.«

»Die Thinnetuition hat mal wieder zugeschlagen!« unterbrach Ferris. »Spielst du eigentlich Lotto, Thinnes?« Thinnes ignorierte ihn. »Ich habe mal die Kreditwürdigkeit von deinem Irrenarzt überprüft, Thinnes.« Er reichte Thinnes den Bericht und fügte hinzu: »Sechsstelliges Einkommen, Grundbesitz, Aktien, von jedem etwas.«

Thinnes warf einen Blick auf das Blatt und spürte einen leichten Groll, daß Arschlöcher wie Ferris die intimen Einzelheiten aus dem Leben von Personen so leicht herausbekommen konnten. Er sagte scheinbar gleichgültig: »Willst du einen Orden dafür?«

Ferris wurde wütend und deutete auf den Bericht. »Willst du mir vielleicht erzählen, daß das nicht wichtig ist?«

Thinnes zuckte mit den Schultern. »Es gibt kein Gesetz, das

Reichsein verbietet.« Er wandte sich an Crowne. »Wo ist der Bericht über Caleb?«

Crowne warf ihm einen »Was-ist-denn-mit-dir-los?«-Blick zu, nahm die Akte vom Tisch vor sich und ließ sie vor Thinnes fallen. Dann wandte er sich wieder seiner Zeitung zu.

Das erste Blatt war der von Hand geschriebene Bericht des Streifenbeamten über seine Maßnahmen nach dem Notruf. Das zweite Blatt war getippt und von Detective Oster unterzeichnet, der Bericht einer Hausdurchsuchung, die mit einem aufgrund des Berichts des Streifenbeamten erteilten Durchsuchungsbefehl vorgenommen worden war.

Während Thinnes las, versuchte Ferris Karsch zu ködern, der gerade den Kaffee ausschenkte, den er gekocht hatte. »Heh, Karsch, wußten Sie nicht, daß man davon Krebs kriegt?«

»Karsch«, sagte Crowne, »vielleicht können Sie das Büro mit Ferris tauschen. Sie sind doch eh nie in Ihrem Büro. Wir könnten Ihren Schreibtisch gleich neben die Kaffeemaschine stellen, und Sie könnten Kaffee trinken, bis Sie davonschwimmen. Und wir müßten nicht länger diesen Scheiß ertragen.«

»Vielleicht sollten Sie beide mal zu einer kleinen Gruppentherapie in mein Büro kommen.«

»Hört euch den Kerl mal an«, verkündete Ferris. »Sie befördern ihn vom Berater zum Herrn Unwichtig mit Büro, und er hält sich für einen Bullen. Gewöhnen Sie sich dran«, sagte er zu Karsch. »Wenn dieses kleine Seelenklempner-im-Haus-Experiment vorbei ist, wird man Sie wieder zu Rent-a-Doc zurückschikken oder wo sonst immer man Sie hergeholt hat.«

Crowne schüttelte den Kopf. »Keine Sorge, Karsch. Auch wenn wir keinen Irrenarzt brauchen, werden wir Sie wahrscheinlich zum Kaffeekochen hierbehalten.«

Thinnes hatte nur halb zugehört, während er die Berichte studierte. Er legte sie hin und griff nach dem Telefon. »Ist Oster noch da? Thinnes.« Er wartete und sagte dann: »Hast du kein Zuhause? Ich hab noch ein paar Fragen wegen der Überdosis, die du gestern abend untersucht hast.« Er hörte einen Augenblick lang zu und sagte dann: »Ja, okay« und legte auf. »Er sagt, er kommt noch mal rauf«, sagte Thinnes zu Karsch, »weil wir besseren Kaffee haben, als er zu Hause kriegt.«

Der Mann, der ein paar Minuten später durch die Tür trat, war gut eins siebzig groß und bullig. Er trug einen Anzug, in dem er wie ein Versicherungsvertreter aussah. Thinnes trommelte auf dem Tisch herum, während sich Oster zur Kaffeemaschine durchschlängelte; er hörte damit auf, als sich Oster mit einer Tasse neben ihn setzte.

»Also, was ist mit dieser Überdosis?« fragte Thinnes.

»Nichts.« Oster wies auf den Bericht, der vor Thinnes lag. »Das da ist alles. Yuppie-Doktor gibt sich ne Überdosis Koks. Passiert doch andauernd. Das einzig Überraschende dabei ist, daß er den Notruf gewählt hat. Normalerweise fallen sie einfach in Ohnmacht und gehen dahin.«

»Hier steht, du hast ›eine Linie einer weißen, pulverigen Substanz – möglicherweise Kokain‹ gefunden ...«

»Mit Sicherheit Kokain. Sehr reiner Stoff. So was zu schnupfen ... Der Scheißkerl hat wirklich Glück, daß er noch am Leben ist.«

»... Und einen ›Plastikbeutel mit einem verdächtigen Pulver‹.«

»Eins Komma zwei neun Gramm, um genau zu sein.«

»Sonst noch was?«

Oster schüttelte den Kopf. »Ist das nicht genug? Jedenfalls hatten wir nur einen Durchsuchungsbefehl für Drogen und Waffen. Keine Waffen.«

Thinnes warf einen Blick in den Bericht. »Was war dieses trokkene Pflanzenmaterial?«

»Wir hielten es für Cannabis, aber es war bloß Oregano und so n Zeug.«

»Das ist schnelle Arbeit für die Jungs im Labor, findest du nicht?«

»Willst du dich beschweren?«

»Nein, ich wundere mich nur.«

Oster zuckte mit den Schultern.

Thinnes fragte: »Hast du mit Caleb gesprochen?«

Oster schüttelte den Kopf. »Der Arzt meinte, morgen. Ich hab

Besseres zu tun, als darauf zu warten, daß irgend so ein Kokser wieder zu sich kommt.«

»Aber er ist in Haft?«

»Nicht, solange er nicht von der Intensivstation runter ist. Aber ich hab natürlich einen Haftbefehl erlassen.«

»Wer hat die Papiere getippt?«

»Mit Sicherheit nicht ich.« Oster nahm noch einen Schluck Kaffee. »War's das?«

»Ja, danke.«

Oster goß sich noch einmal nach, bevor er ging, als Thinnes nach dem Telefon griff.

»Ich wollte Ihnen nur für die schnelle Arbeit an diesem Bericht danken«, sagte Thinnes, als er den Techniker an der Strippe hatte.

»Was meinen Sie damit?« brüllte der Techniker beinahe. »Ihr habt ja auch gerade so getan, als ob wir den Krieg verlieren, wenn ihr es nicht sofort kriegt!«

»Ich nicht.«

»Nun«, sagte der Techniker etwas ruhiger, »irgend jemand da oben war ganz heiß hinterher. Hat angerufen, noch bevor das Zeug überhaupt hier war.« Er dachte einen Augenblick nach. »Wahrscheinlich der Diensthabende. Mabley war nicht hier, aber er glaubt, es könnte Ferris gewesen sein.«

Thinnes glaubte nicht, daß es Ferris gewesen war, und er fragte sich, ob er versuchen sollte, den Anruf zurückzuverfolgen. Er sagte: »Danke, Kollege. Und meinen Dank auch an Mabley.«

32

Der *Fodor's Guide* beschreibt die Billy Goat Tavern auf der East Hubbard Avenue als einen der beliebten Treffpunkte der Zeitungsmenschen. Es war sicher kein beliebter Treffpunkt für Bullen, deren Gefühle Reportern gegenüber von einem Detective folgendermaßen zusammengefaßt wurden: »Reporter sind wie Krimischreiber – wenn es um eine gute Story geht, lassen sie sich nicht von den Fakten stören.«

Thinnes saß mit seinem Kontaktmann von der ›Tribune‹ an der Bar. Harry war doppelt so alt, wie er aussah, hatte rote Haare und Sommersprossen. Einige seiner Kollegen nannten ihn Jimmy Olsen, was er haßte. Er mochte Thinnes, weil Thinnes ihn immer Harry nannte. Er hatte ein gegrilltes Käsesandwich und ein Bier, Thinnes eine Limo und ein Thunfischsandwich.

Nachdem der Barkeeper außer Hörweite war, sagte Harry: »Also kaufst du mir die Geschichte nicht ab, weil du meine blauen Augen liebst. Worum geht's diesmal?«

»Ich muß wissen, wer dir den Tip mit dem ›ortsansässigen Psychiater‹ und der Überdosis gegeben hat.«

»Gestern?«

»Letzte Nacht.«

»Ich meine, willst du es gestern wissen?«

Thinnes lachte. »Was gibt's sonst Neues?«

Harry sah zu dem Barkeeper hinüber, der ihm einen fragenden Blick zuwarf. »Kann ich mal telefonieren?«

Der Barkeeper zuckte mit den Schultern und stellte das Telefon auf den Tresen. Harry wählte, sagte »Danke« zum Barkeeper und »Dave?« in den Hörer. »Ja, ich weiß, wie spät es ist. Hör mal, ich muß mal schnell was wissen.« Er nickte, als könne Dave ihn sehen. »Ja. Wer hat dir den Tip mit dem Psychiater gegeben?« Er hörte zu und sagte dann: »Paßt. Danke, Dave.« Er legte auf. Thinnes versuchte nicht zu drängeln, während er dem Barkeeper das Telefon zurückreichte. Schließlich sagte Harry: »Ein gewisser Herr A. Nonymus – ein guter Tipgeber. Hilft dir das weiter?«

Thinnes klopfte ihm auf die Schulter und legte mit der anderen Hand genug Geld auf den Tisch, um die Rechnung zu bezahlen. »Jede kleine Spende hilft. Danke.«

33

Cafeteria des Northwestern Memorial Hospital. Ein Teil der Ermittlungskunst besteht darin, Kontakte herzustellen. Die Stunden, die man damit verbringt, im Krankenhaus darauf zu warten, daß ein Verdächtiger zusammengeflickt wird oder daß man ein Opfer befragen kann – das oft genug nicht bereit ist, sich durch die Notwendigkeit, Polizeifragen zu beantworten, ein zweites Mal zum Opfer machen zu lassen –, werden dadurch genutzt, daß man sich mit dem Krankenhauspersonal anfreundet. Mitleid zeigen. Tratschen. Man kann sich bei den Krankenschwestern beliebt machen, indem man ihnen ab und zu einen Kaffee spendiert oder ihnen einfach nur zuhört, wenn sie mal einen Augenblick Zeit haben, um stehenzubleiben und sich zu unterhalten. Mit Assistenzärzten wird man leicht gut Freund, denn deren unerbittliche Tagespläne, ihre Isolation von der Außenwelt und die langen Arbeitszeiten ohne Schlaf lassen sie Anregungen gegenüber so aufgeschlossen werden wie Kriegsgefangene. Und es ist leicht, Mitleid zu zeigen – sie kämpfen einen aussichtslosen Kampf gegen die Mächte des Todes und der Zerstörung. Genau wie die Bullen. Und ihre Kontostände tendieren ebenfalls gegen Null. Ihnen also eine anständige Mahlzeit zu spendieren, kann einen zum lebenslangen Freund und Empfänger aller möglichen Informationen machen.

Thinnes, der im Billy Goat gegessen hatte, trank nur einen Kaffee, während der Assistenzarzt zu Mittag aß.

»Erzählen Sie mir doch von dem Überdosis-Fall, der letzte Nacht eingeliefert worden ist, ein gewisser Dr. Caleb.«

»Sehr merkwürdig. Vielleicht ein Selbstmordversuch.« Thinnes wartete auf die Erklärung. »Er hatte keinerlei Entzugserscheinungen. Und bei dem Kokainpegel im Blut müßte er eigentlich die Wände raufkriechen. Tut er aber nicht. Er war nicht süchtig.«

»Also nimmt er keine Drogen?«

»Ich würde sagen, nein. Und bei seinem Erfahrungsschatz hätte er wissen müssen, daß die Dosis, die er genommen hat, ihn hätte umbringen können. Hat sie ja auch beinahe getan.«

»Kommt er wieder auf die Beine?«

»Sieht so aus.«

»Irgendwelche anderen Drogen?«

»Nicht mal Alkohol.«

»Nadeleinstiche?«

»Wer kann das schon noch sagen, nachdem die Notärzte und die Leute auf der Intensivstation mit ihm fertig waren?«

»Irgendwelche Hinweise, daß er in eine Falle gelockt wurde?«

»Das gehört in Ihre Abteilung.«

34

Als Thinnes sich an den Krankenschwestern vorbeischlich, lag Caleb im Bett, mit Röhrchen in der Nase und einem Tropf am Arm, und sah aus, als hätte er einen schweren Kater. Der Doktor hatte ein Privatzimmer, aber es handelte sich immer noch um ein Krankenhauszimmer, und das weckte bei Thinnes unangenehme Erinnerungen.

»Glauben Sie, Sie könnten mir erzählen, was passiert ist?« fragte er.

Caleb verzog das Gesicht; offenbar nicht.

»Hat man Ihnen Ihre Rechte erklärt?« beharrte Thinnes. Caleb nickte. Thinnes deutete an, er solle fortfahren.

»Irgendwer ...« Caleb machte zwei tiefe Atemzüge. »Nein. Zwei Personen – glaube ich – haben mich in meiner Garage überfallen ...« Er holte noch einmal Luft. »Und haben mir irgendwas unter die Nase gehalten, das mit Äther getränkt war ... bis ich ohnmächtig wurde. Das ist alles, woran ich mich erinnere.«

»Woher wissen Sie, daß es Äther war?«

»Woher wissen Sie den Unterschied zwischen einem .38er und einem .45er?«

Thinnes nickte. »Haben Sie schon jemals Kokain genommen?«

»Einmal. Ich hab's mal probiert, in Vietnam.« Er lachte witzlos. »Ich hab in Vietnam alles probiert.«

Thinnes verbarg nur mühsam seine Überraschung. »Seit Vietnam?«

Caleb schüttelte den Kopf und zuckte. »Zu gefährlich.«

»Behandeln Sie auch Kokainsüchtige?«

»Ein paar.«

»Irgendwelche, die einen Grund hätten, Sie zu hassen?«

»Jeder Patient haßt irgendwann im Laufe der Behandlung seinen Therapeuten. Aber im Augenblick fällt mir kein bestimmter ein.« Er dachte eine Minute darüber nach. »Sollen diese Fragen heißen, daß ich nicht verdächtigt werde?«

»Kaum«, sagte Thinnes trocken. Caleb wartete darauf, daß er ausführlicher wurde. »Ich kann mir kaum eine bessere Möglichkeit vorstellen, sich selbst von der Täterliste zu streichen, als dadurch, Opfer zu werden.«

»Das wäre ziemlich dumm. Selbst wenn ich nicht wegen der Drogen angeklagt werde, könnte ich meine Lizenz verlieren.«

»Sie sehen nicht sehr besorgt aus.«

»Ich habe mich über Sie erkundigt. Man sagt, Sie seien ein richtiger Mountie.«

»Ist das irgend so ein Schwulenausdruck?«

Caleb war nicht beleidigt. Er schüttelte den Kopf und zuckte. »Man erzählt sich, Sie kriegen den Täter immer. Also, warum sollte ich mir Sorgen machen? *Ich* habe Allan nicht umgebracht.«

Thinnes nickte, ohne ihm irgendwie zuzustimmen. »Nichtsdestotrotz würde ich Ihnen raten, Doktor, sich einen Anwalt zu nehmen.«

»Habe ich schon.«

»Und wenn Sie so davon überzeugt sind, daß ich Ihnen nichts anhaben kann, dann macht es Ihnen doch sicher nichts aus, mir die Erlaubnis zu geben, mich ein wenig in Ihrer Wohnung umzusehen?« Er achtete sorgsam auf Calebs Reaktion und war doch leicht erstaunt darüber, daß Caleb erfreut schien.

»Sie sind hiermit herzlich eingeladen.«

35

Thinnes schloß auf und erschrak leicht, als die Katzen, die an der Tür auf Caleb warteten, auseinanderstoben.

Das Wohnzimmer befand sich in dem Zustand des Chaos, das die Notärzte und Spurensicherer hinterlassen hatten. Thinnes stellte sich mitten ins Zimmer und sah sich um. Die helle Ansammlung von Farben und Epochen hätte nicht zusammenpassen dürfen, tat es aber. Sein Blick fiel auf ein Bild, und er trat näher, um es genauer zu betrachten. Es handelte sich um das Porträt eines gutaussehenden Burschen Anfang Zwanzig. Thinnes betrachtete es lange.

Die Möbel stammten aus mehreren Stilrichtungen, alle aus massivem Holz. Thinnes zog eine Schublade auf und bemerkte die saubere Schreinerarbeit. Er drehte die Ecke eines der Orientteppiche um, um zu sehen, ob er maschinell hergestellt aussah. Das war nicht der Fall. Die Bücher waren alle gebunden, überwiegend Literatur, von Dostojewskij bis Zola, mit einem großen Schwerpunkt auf den Amerikanern – Faulkner, Hemingway, Steinbeck, Cheever, Updike und Bellows – und einem ganzen Krimifach – Doyle, Chandler, Hammett, John D. MacDonald und Ross Macdonald –, darunter viele aus Chicago – Granger, Paretsky, Turow, Levitsky, Zubro, Bland und D'Amato. Caleb besaß auch eine Stereoanlage neuester Bauart, Schallplatten und CDs – die meisten klassisch, aber auch ein paar gute Jazzplatten und Klassiker aus den Sechzigern und eine kleine Ansammlung von Bluegrass, Country und exotischem Zeugs. Beim Anblick seines Barfachs hätten sich die meisten Schnapsläden geschämt.

Die Küche war ein Feinschmeckerparadies. Sie war zwar so sauber wie die Finleys, erinnerte aber ansonsten in keiner Weise an die Küche des Buchhalters, so vollgestopft war sie mit dem Handwerkszeug eines Meisterkochs. Der Kühlschrank bot einen reichlichen Vorrat an gesunden Sachen – Tomaten und Alfalfasprossen und frischen Champignons –, nichts Vorgekochtem oder Eingeschweißtem, außer den Tacos ohne Konservierungsstoffe und einem dreiviertel Liter Eiscreme von Häagen-Dazs.

Eine der Katzen traute sich vor, die orangefarbene, und miaute neben einem leeren Napf. Thinnes fand einen Jahresvorrat an Gourmet-Katzenfutter in kleinen flachen Dosen. Er öffnete eine davon, stellte sie auf den Boden und kniete sich hin, um das Tier zu streicheln, während es fraß. Das Geräusch des Dosenöffners lockte eine schwarze Katze aus ihrem Versteck, was beinahe zu einem Kampf führte. Thinnes öffnete eine weitere Büchse und stellte sie in die andere Zimmerecke. In die Mitte zwischen den beiden stellte er einen Napf Wasser.

In Schlafzimmer und Bad öffnete er Schränke und Kommoden und registrierte mit nur geringem Interesse, was er da fand, wenn er auch die Seidenlaken mit Verwunderung betrachtete. Im letzten Zimmer, das offensichtlich als Büro diente, gab es noch eine Bücherwand, ebenfalls gebundene Bücher, überwiegend psychologische und medizinische Titel. Thinnes blätterte durch Calebs Terminkalender. Am Tag von Finleys Tod fand sich kein Eintrag. Für den Samstag davor fand er die Notiz MEXIKO. In jedem Monat des Jahres gab es diesen Eintrag. Neben dem Kalender lächelte der Bursche von dem Porträt im Wohnzimmer auf einem gerahmten Foto, unter welchem stand: FÜR JACK, MIT DEN BESTEN WÜNSCHEN. LOVE, CHRIS.

»Christopher Margolis, nehme ich an«, sagte Thinnes laut.

Er zog alle Schreibtischschubladen auf, fand Bürobedarf, Rechnungen, Ausleihzettel der Bücherei. In einer Schublade fand sich ein Flugticket nach Mexico City. Er notierte die Einzelheiten in seinem Notizbuch, und nach einem letzten Blick ging er zur Wohnungstür und trat hinaus.

36

Das Einsatzzimmer war verlassen, als Thinnes zurückkehrte. Er beschloß, den Fall Finley »aufzutischen«. Er breitete den Polizeibericht, den Autopsiebericht und die Laborergebnisse und dazu die Fotos zu dem Fall aus und suchte nach Punkten, die er übersehen hatte. Er hatte dasselbe jeden Tag getan, und er würde es weiterhin tun, bis er auf irgend etwas stieß.

Finley war es als jungem Mann recht gut gegangen, aber mit einem guten Gehalt und alleinstehend war das nicht überraschend. Sein Wagen neuesten Jahrgangs gehörte ihm, er hatte ihn bar bezahlt. Er hatte eine Menge Geld in seine Garderobe gesteckt, hatte nur vom Feinsten gekauft und es gut gepflegt. Er hatte ein paar tausend in Aktien, breit gestreut, seinem Anwalt zufolge. Er hatte fünfzehntausend als Festgeld angelegt und fünftausend auf einem Sparbuch. All dies ging an seine Schwester, zusammen mit den fünfzigtausend aus der Lebensversicherung, abzüglich der Beerdigungskosten – was nicht viel sein würde, weil Close angeboten hatte, die Kosten zu übernehmen. Warum? Andererseits: Warum nicht?

Welches Motiv könnte irgend jemand gehabt haben, ihn zu töten? Leidenschaft nicht. Für Leidenschaft hatte der Mörder zuviel Selbstkontrolle bewiesen. Leidenschaft war unordentlich. Leidenschaft war sorglos. Allen Aussagen zufolge hatte Finley bei niemandem wirklich Leidenschaft geweckt. Wenn er eine Frau gehabt hätte, dann hätte die vielleicht einen Grund gehabt, ihn umzubringen, aber es gab keine Frau. Selbst seine Freundin hatte ihm nicht so nahegestanden. Und er war nicht der Typ, der mit der Frau eines anderen herumgemacht hätte. Also mußte es sich um Vorsatz handeln: Finley wußte etwas oder war in der Lage, etwas herauszufinden, das irgend jemand für bedrohlich hielt. Was? Wer?

Thinnes machte sich eine Notiz, die Aufzeichnungen von Finleys Telefonaten in die Akten aufzunehmen. Die Chancen waren gering – genausogut hätte er von der Arbeit oder aus Margolis' Büro oder von einer Telefonzelle aus anrufen können. Oder gar nicht. Vielleicht dachte der Killer bloß, er *könnte* mit irgendwas zu den Bullen gehen oder zu sonstwem. Himmel!

Die einzige Hoffnung bestand darin, daß das Arschloch offenbar dumme Fehler beging, wenn man ihm angst machte. Es war ein dummer Fehler, Dr. Caleb erpressen und ermorden zu wollen. Der Killer mußte es mit der Angst gekriegt haben, daß sie auf was auch immer stoßen würden, wenn sie nur weitergruben. Also mußte man weitergraben. Und Dr. Caleb warnen, daß er sich da besser raushalten sollte.

Und apropos Caleb – er sollte besser diese Mexikogeschichte klären. Es wäre nicht gut, wenn sich später herausstellte, daß er ein Schmuggler war oder so was. Er nahm den Telefonhörer und wählte. »Special Agent James Avery, bitte.« Während er wartete, blätterte er durch sein Notizbuch.

Schließlich meldete sich jemand, und Thinnes sagte: »Avery? Thinnes.« Er wartete, bis der Groschen gefallen war, und fragte dann: »Erinnerst du dich noch, daß du mir einen Gefallen schuldest?«

Das Zollamt am O'Hare Airport liegt neben der Wartehalle für die internationalen Flüge. Averys Büro war das typische Regierungsbüro eines Diensthöheren mit einem Computer auf dem Schreibtisch. James Avery, fünfunddreißig, war ein typischer diensthöherer Beamter, Gehaltsklasse GS-12. Er war natürlich braun und unnatürlich blond, und für einen Schreibtischhengst schien er sehr fit. Er hing am Telefon, als Thinnes von der GS-6-Sekretärin hereingeführt wurde. Avery streckte ihm seine Hand entgegen und winkte ihn dann zu einem Stuhl. »Ja. Sicher«, sagte er dem Anrufer. »Tun Sie das. Und halten Sie mich auf dem laufenden.« Er legte auf. »Also, was kann ich heute für dich tun?« fragte er Thinnes.

»Erzähl mir was über Schmuggler.«

»Hast du ein paar Wochen Zeit?«

»Durchsucht ihr jeden, der hier durchkommt?«

Avery schüttelte den Kopf. »Meistens handeln wir nach Gefühl. Und manche betteln uns geradezu an, sie zu filzen. Manchmal verraten sie sich durch Nervosität, manchmal durch kleine Ungereimtheiten in ihren Geschichten.«

»Habt ihr ein Auge auf Mehrfachflieger?«

»Sicher. Und auf die, die ihre Tickets bar bezahlen.«

»Was habt ihr über einen gewissen Dr. James Caleb? C-A-L-E-B.«

Avery gab den Namen in den Computer ein, der nach ein paar

Sekunden piepste. Er drehte den Monitor um, so daß Thinnes den Eintrag lesen konnte. »Ist er das?« Thinnes nickte. Avery griff nach dem Telefonhörer. »Miss Henderson, ist Schifflin da? Ja, danke«, sagte er und legte auf. »Schifflin ist Inspektor«, sagte er zu Thinnes. »Er erinnert sich vielleicht an diesen Caleb.«

»Kontrolliert ihr auch, was die Leute ausführen?«

»Nur Geld und Elektronik.«

»Was ist mit Drogen?«

»Nur, ob sie reingeschmuggelt werden. Was rausgeht, ist nicht unser Problem.«

Es klopfte an der Tür, und Schifflin trat ein. Er sah aus wie achtzig und schlurfte, aber seine Augen waren sehr wach. Er studierte Thinnes eingehend, als sie sich vorgestellt wurden.

»Erinnern Sie sich an einen Dr. James Caleb?« fragte Thinnes ihn.

»Großer Kerl? Teure Anzüge? Fliegt einmal im Monat nach Mexiko?« Thinnes nickte beeindruckt. »Was ist mit ihm?«

»Haben Sie ihn jemals durchsucht?«

»Ja. Die ersten zwei Male. Beim dritten Mal hatten wir ihn schon soweit stubenrein, daß er von allein die Hosentaschen umkehrte, also haben wir uns weiter keine Mühe gemacht. Zeitverschwendung, jeden zu durchsuchen.«

»Haben Sie jemals gefragt, was er ausführt?«

»Arzneiproben für irgendeine Klinik, in der er da unten arbeitet.«

»Haben Sie ihn in letzter Zeit kontrolliert, ob er Drogen schmuggelt?«

»Sollten wir das?«

37

Twenty-sixth Street, Ecke California Avenue. Strafkammer des Cook County. Dritter Stock. Caleb stand im Warteraum vor dem Gerichtssaal von Richterin Leticia Wilson und wartete darauf, aufgerufen zu werden. Jetzt, wo er verhaftet worden war, fiel es ihm schwerer, seine Chancen, heil davonzukommen, optimistisch einzuschätzen, auch wenn Finleys Nemesis schlampig gearbeitet hatte. Daß er reingelegt werden sollte, war ein Beweis dafür, daß er jemandem auf die Zehen getreten war. Oder zumindest dafür sorgte, daß diesem jemand unbehaglich war. Caleb hätte hochgestimmt sein sollen, aber er war nur ungeheuer müde. Die Nachwirkung der Überdosis Kokain, sagte er sich, noch verstärkt durch die Hitze, die Luftfeuchtigkeit und die Rekord-Ozonwerte. Das würde vorübergehen.

An der Wand verkündete ein handgeschriebenes Schild:

HINTERLEGUNG DER KAUTION.
1) BITTEN SIE DEN SHERIFF UM DIE FORMULARE
2) GEHEN SIE IN DIE ABTEILUNG NR. 5 UND HINTERLEGEN SIE DIE KAUTION
3) KEHREN SIE MIT DEM BELEG ZUM SHERIFF ZURÜCK
4) SETZEN SIE SICH UND WARTEN SIE
5) DIENSTZEITEN 9.00 UHR BIS 15.00 UHR.

Durch die geöffnete Tür des Gerichtssaals konnte Caleb die Richterin verkünden hören: »Möglicher Prozeßgrund«, und sie setzte die Kaution auf zweitausend Dollar und den Gerichtstermin in sechs Wochen fest.

»Verstehen Sie, Mr. Washington«, fragte sie den Angeklagten, »daß es eine der Bedingungen Ihrer Kaution ist, daß Sie bei jedem Gerichtstermin anwesend sind? Wenn Sie nicht vor Gericht erscheinen, kann Ihr Fall nach den Gesetzen des Staates Illinois in Abwesenheit verhandelt werden. Und man könnte Sie in Abwesenheit schuldig sprechen und verurteilen.« Caleb konnte die Antwort des Angeklagten nicht hören. Kurz darauf wurde Mr. Washington, der gerade mal wie siebzehn aussah und zerrissene Jeans und Turnschuhe mit offenen Schnürsenkeln trug, von einem dunkel uniformierten Sheriff, der freundlich, aber vollkommen gleichgültig war, wieder zurück in den Warteraum eskortiert. Caleb hörte den Gerichtsdiener rufen: »James Caleb.

Detective Oster.« Der Sheriff bedeutete ihm, den Gerichtssaal zu betreten.

Der Raum hatte eine hohe Decke, die Wände waren mit Travertin gefliest, es gab hohe Fenster und Verzierungen aus echtem dunklem Holz und Bronze. Der Boden war mit grünem und weißem Linoleum ausgelegt, auf der vom Gericht besetzten Seite lag allerdings ein abgewetzter Teppich. An die Richterbank links von der Richterin war ein fotokopiertes Schild geheftet worden, auf dem stand: KEINE UNTERHALTUNG MIT DEM GERICHTSDIENER WÄHREND DER VERHANDLUNG. Oberhalb dieser Mitteilung saß der Gerichtsdiener in seiner braunen Uniformjacke und reichte die Unterlagen an die Richterin weiter, die aussah wie eine Großmutter, schmal und grauhaarig, und durch ihre kleine Lesebrille mit Halbgläsern nach unten linste. Als sie wieder aufschaute, bemerkte Caleb, daß ihre Augen so hart wie die Justitias hinter ihrem Augenverband waren und so kühl wie Marmor.

Harrison, Calebs Anwalt, wartete auf ihn an einem schweren Holztisch vor der Richterin. Ein weiterer Mann in einem blauen Geschäftsanzug stand an einem ähnlichen Tisch daneben und blätterte in einem braun-metallenen Aktenordner. Caleb nahm an, daß es sich um den Staatsanwalt handelte, und die sieben Männer, die auf der kirchenhaft wirkenden Geschworenenbank saßen, waren Polizisten; zwei trugen die reguläre Uniform der Chicagoer Polizei, mit Handschellen und Dienstrevolvern am Gürtel und Namensschildern und Stern an der Hemdbrust. Die anderen fünf, darunter der Detective, der ihn verhaftet hatte, trugen Anzug, Hemd und Kennkarte. Und unauffällige Waffen. Vier von ihnen trugen einen Schlips. Ihre Jacketts hatten sie auf die Plätze neben sich geworfen oder säuberlich zusammengelegt. Neben dem Gerichtsdiener saß ein Polizeisergeant in weißem Hemd. Er schien zum Gericht zu gehören, ebenso wie der dunkel uniformierte Sheriff. Im Zuschauerraum saßen etwa zwei Dutzend Personen, überwiegend Schwarze.

Im Saal war es heiß. Die Klimaanlage konnte nicht an gegen all die glühenden Körper, die von ihrem selbsterzeugten Dampf umhüllt waren. Ein in der Nähe der Richterbank angebrachter Ventilator diente nur dazu, die Hitze umzuschichten; Polizisten und Anwälte, Ankläger und Verteidiger litten gleichermaßen. Die Polizisten hatten ihre Jacken abgelegt und die Schlipse gelockert, aber der Staatsanwalt, Harrison und Caleb trugen ihre Jacketts noch. Caleb fragte sich, warum sie sich die Jacketts nicht in offener Rebellion herunterrissen. Waren sie von der Hitze schon zu betäubt, um noch über die Absurdität der Konvention nachzugrübeln? Selbst die Richterin wirkte leicht verwelkt in ihrer Robe.

Als Caleb an den Tisch trat, sagte der Gerichtsdiener: »Dr. Caleb ist des Besitzes verbotener Substanzen angeklagt.« Es hörte sich wie etwas an, über das man in der Zeitung las. Es war wahrscheinlich nicht ernst genug, um ihn für immer und ewig ins Gefängnis zu schicken, aber genug, um ihn seine Berufslizenz zu kosten.

Detective Oster trat neben den Staatsanwalt. Abgesehen von der Waffe an seinem Gürtel und seinen argwöhnisch blickenden Augen sah er aus wie ein Schuhverkäufer. Die Richterin fragte: »Sind Sie der Beamte, der die Verhaftung vorgenommen hat?« Oster nickte.

Der Gerichtsdiener sagte: »Heben Sie Ihre rechte Hand. Schwören Sie, die Wahrheit zu sagen, die ganze Wahrheit und nichts als die Wahrheit, so wahr Ihnen Gott helfe?«

»Ich schwöre.«

Der Staatsanwalt sagte: »Officer, würden Sie bitte Ihren Namen, Dienstnummer und Abteilung zu den Akten geben?«

Oster kam der Bitte nach. Caleb hörte zu, während der Staatsanwalt Osters Wiedergabe der Ereignisse verfolgte, wie er in Calebs Wohnung gerufen worden war, um eine verdächtige Substanz zu untersuchen, die man gefunden hatte, als Polizei und Notarzt auf einen Notruf reagierten. Eine sich anschließende Wohnungsdurchsuchung – mit vorschriftsmäßig erteiltem Durchsuchungsbefehl – hatte weitere 1,29 Gramm der Substanz zutage gefördert, die das Kriminallabor inzwischen als Kokain identifiziert hatte. Harrison wurde erlaubt, Oster ein paar Fragen zu stellen, doch schließlich sagte die Richterin: »Möglicher Prozeßgrund. Dr. Caleb, ist Ihnen die gegen Sie eingereichte Klage klar?«

Harrison sagte: »Ja, Euer Ehren.«

»Die Kaution wird auf fünfzigtausend Dollar festgelegt. Herr Anwalt, wollen Sie Ihrem Klienten bitte die Schwere der Anklage und die Folgen vor Augen führen, falls er nicht vor Gericht erscheint?«

»Das werde ich tun, Euer Ehren.«

Caleb war völlig desinteressiert, so als sei jemand anderes gerade unter Anklage gestellt worden. Das Verfahren war eine reine Formalität; für die Kaution war bereits gesorgt worden. Harrison war sich sicher gewesen, daß er freikommen würde, und Harrison erhielt ein sehr gutes Honorar dafür, so etwas zu wissen. »Sie haben Glück«, hatte er gesagt. »Man hätte Sie auch nach Cermack verfrachten oder uniformierte Polizisten schicken können, um Sie bei der Arbeit in Handschellen zu legen, oder Sie im Streifenwagen herbringen können.«

Und Caleb gab ihm recht. Er hatte Glück gehabt. Das County-Gefängnis war einer dieser Orte, über die man etwas las und die man so schnell wie möglich wieder aus dem Gedächtnis strich. Eine dieser großen Unwägbarkeiten, wie Analphabetismus oder Arbeitslosigkeit. Deprimierend. Er hatte Glück gehabt. Er war nicht vergewaltigt worden. Er war nicht bis ins Intimste durchsucht oder mit Zellengenossen zusammengesteckt worden wie die toughen Jungs in der Nachbarzelle, die sich nicht zurückhielten kundzutun, was sie mit einem Arsch von Weißen anstellen würden. Es war schon schlimm genug gewesen, daß sie ihm Handschellen anlegten, als sie ins Gefängnis kamen. Schlimm genug, Fingerabdrücke genommen zu bekommen und fotografiert zu werden und zusammen mit einem Besoffenen in eine Wartezelle gesperrt zu sein. Genug, um hetero zu werden. Auch wenn Detective Oster beinahe ehrerbietig gewesen war.

Darüber wunderte er sich. Schließlich war er, was die Polizei betraf, auf frischer Tat ertappt worden. Auf frischer Tat? Falsche Fährte. Caleb hatte Thinnes nicht gesehen, aber warum sollte er auch? Was die Polizei betraf, handelte es sich hierbei nicht um eine Gewalttat. Er fragte sich, ob Thinnes mit Oster gesprochen hatte, ob Thinnes ihm glaubte. Vielleicht ließen sie ihm einfach nur etwas längere Leine.

Dann sagte der Sheriff zu ihm, er könne gehen, und Harrison sagte zu ihm, sie würden sich in der Eingangshalle treffen. Als er hinausging, warf Caleb einen Blick über die Gesichter der Zuschauer. Wie viele von ihnen waren Reporter? Wie viele von ihnen suchten nach Gerechtigkeit? Wie viele nach deren Perversion?

Er entdeckte nahe der Tür Thinnes. Der Detective mußte während der Anhörung hereingekommen sein. Er hatte sich gleich neben der Tür zum Warteraum auf die Geschworenenbank gesetzt. Thinnes zog einen Schlüssel aus der Tasche, hielt ihn hoch und warf ihn dann Caleb zu, der ihn fing. Es war sein Wohnungsschlüssel. Thinnes sagte nichts, und auf seinem Gesicht fand sich nicht der leiseste Hinweis darauf, was er dachte.

Außerhalb des Gerichtsgebäudes fiel die Sonne durch einen chemischen Dunstschleier und spiegelte sich weit hinten auf der California Avenue in schimmernden Teichen einer Fata Morgana. Als er und Harrison das Gebäude verließen, traf die Hitze Caleb wie ein Betäubungsmittel. Ozon und Autoabgase reizten seine Augenlider wie der Sand vom Sandmännchen. *Nada*, dachte er und zitierte dabei Hemingway, *nichts. Nada y nada y nada. Nichts war wichtig.*

Harrison hatte einen Parkplatz vor dem alten schmuckvollen Eingang zum Gerichtsgebäude gefunden, der aus Sicherheitsgründen nicht mehr benutzt wurde. Sie gingen schweigend zum Wagen. Der Anwalt schloß ihn auf, und dann folgte Caleb seinem Beispiel, zog seine Jacke aus und legte sie säuberlich auf die Mitte des Rücksitzes. Sieht aus wie eine Katze, dachte Caleb. Katzen schlafen zwanzig Stunden am Tag. Sommerschlaf. Rollen sich zusammen und schlafen bis zum Herbst. Soll sich Thinnes um den Mord kümmern und Harrison ums Recht.

Harrison hielt inne, lehnte sich ans Wagendach, bevor er einstieg, und klopfte mit den Fingerknöcheln dagegen, um Calebs Aufmerksamkeit zu wecken. »Dies ist nur Kaution, Jack. Wenn du auch nur einen Strafzettel kriegst, bist du wieder drin, bevor du noch ›Hilfe‹ sagen kannst.«

Caleb unterdrückte ein Gähnen. *Wir halten diese Wahrheiten für selbstverständlich ... Wieder drin. Wieder drin. Wieder drin.* Er nickte und kam sich so wacklig vor wie ein Betrunkener. Muß einfach schlafen. Er stieg in den Wagen. Als Harrison sich in den Verkehr einfädelte, warf Caleb einen Blick zurück auf das Gebäude und sah, daß weit über dem Blickfeld eines Durchschnittspassanten, die Statuen auf ihren römischen Säulen flankierend, links VERITAS und rechts JVSTITIA eingraviert stand.

38

»Heh, Mister. Aufwachen! Wir sind da!«

Caleb schreckte auf. Er sah zum Beerdigungsinstitut, gähnte und reichte dem Taxifahrer einen Zwanziger. »Behalten Sie den Rest.«

Der Mann besah sich den Schein und stieg dann aus, um ihm die Tür aufzuhalten. Es dauerte eine ganze Weile, bis sein »Danke, Sir« bei Caleb ankam. Auf Calebs Uhr war es fünf nach zehn, aber ihm kam es vor wie vier Uhr früh. Es war heiß. Doppelt heiß außerhalb des klimatisierten Taxis. Zweiunddreißig Grad, mindestens.

Drinnen war es passenderweise kalt. Caleb konnte Allans Gesicht klarer vor seinem inneren Auge sehen als irgendwelche Spuren von Donald in den sterblichen Überresten vor sich. Die Leiche sah aus wie eine Wachsnachbildung von Donald, aber es war ihnen gelungen, ihn friedlich aussehen zu lassen.

Caleb hatte nicht zugelassen, Donald zu lieben, also verspürte er bei dessen Tod nur den unpersönlichen Schmerz über die Willkür der Natur. Höhere Gewalt gab ihm nicht das Gefühl von – was? Furcht? Vorahnung? Depression? –, das er bei Böswilligkeit hatte. Er konnte sich nicht vorstellen, daß Aids böswillig beabsichtigt war, nicht mal das zu langsame Handeln der Regierung.

»Ähem.« Caleb erschrak über den Mann, der so leise hereingekommen war. Professionell leise. »Tut mir leid, Sie stören zu müssen, Sir, aber leider ... Es ist Zeit ...«

Zeit, das Thema Donald im wahrsten Sinne des Wortes zu begraben. Caleb nickte und trat zurück, um den Mann seine Arbeit machen zu lassen.

Es fehlte ihnen ein Sargträger, einer von Donalds Cousins war zu spät oder hatte sich anders entschieden. Der Direktor des Beerdigungsinstituts räusperte sich und druckste herum, bis Caleb sich freiwillig meldete. Die anderen schienen erleichtert, daß sie die Sache endlich hinter sich bringen konnten.

Die Familie – Donalds Mutter, Schwester und Brüder – wartete an der Kirche, allen Beileidsbekundungen gegenüber – bis auf die allerflüchtigsten – verschlossen wie versiegelte Särge. Caleb, der Donald gekannt hatte, glaubte sie zu kennen und verspürte nicht allzuviel Mitgefühl, nur ein rein berufliches Interesse. Donald war für sie schon so lange tot gewesen, daß seine jetzige Beerdigung eher einer Umbettung gleichkam, gesellschaftlich lästig, weniger Grund für tiefe Trauer. Caleb dachte wieder an Allan, der, von niemandem abgeholt, im Leichenschauhaus lag, dessen Familie nicht vorbereitet sein würde und dessen Schwester niemanden mehr hatte.

Er schaffte es nicht, während des Gottesdienstes wach zu bleiben. Sitzend, stehend und kniend wie eine Maschine döste er, träumte unruhige Träume, die wieder vergessen waren, bevor er aufwachte. Jedes Nickerchen endete mit einem Aufschrecken und der Angst, daß seine Unaufmerksamkeit bemerkt worden war.

Auf dem Friedhof preßte die Augusthitze allen Trauergästen nur noch das Gefühl von Unbehagen ab. Caleb kämpfte gegen den Drang an, sich auf dem Gras auszustrecken. Die Beerdigung schien wie eine Scharade oder die Generalprobe für den Tod eines wirklich geliebten Menschen.

Jemand wie Chris.

Caleb spürte, wie ihn eine Welle der Angst durchflutete. Tod.

Leer. Furchtbar. Ewig.

Er war in jener Nacht ins Leichenschauhaus gegangen, hatte

sich an dem Beamten vorbei hineingequatscht. Er hatte sich gezwungen hinzuschauen. Und zu begreifen. Und zu glauben.

Die Totenwache war für Anita arrangiert worden, die Chris ebenfalls geliebt hatte. Und auf mondäne, menschliche Art auch für Margolis, der die ganze Nacht wie ein Katatoniker auf den geschlossenen Sarg gestarrt hatte – Chris war ihm im Tode ebenso verschlossen wie im Leben.

Der Tag der Beerdigung war kühl, wolkenlos und strahlend gewesen – frühlingsgrün und kristallblau –, mit einer Helligkeit, die in den Augen weh tat. Ein Tag der Superlative. Die private Beerdigung ironischerweise nur für die Familie.

Hör auf damit, sagte sich Caleb. *Hör endlich auf!*

39

Ein hoch aufgeschossener Teenager mit sandfarbenem Haar starrte in das Aquarium, als Caleb mit einem Patienten aus dem Büro kam. Der Junge kam ihm irgendwie bekannt vor. Irene wartete, bis Caleb die Tür hinter dem Mann geschlossen hatte, und sagte dann: »Dr. Caleb, dieser junge Mann hier hat auf Sie gewartet. Er hatte keinen Termin, aber er sagt, es sei dringend.«

Auf dieses Stichwort hin kam der Junge auf ihn zu und streckte ihm die Hand entgegen. »Dr. Caleb, ich bin Rob Thinnes.«

Caleb schüttelte ihm die Hand. »Wie geht es dir?« Der Junge sah seinem Vater derart ähnlich, daß Caleb das Gefühl hatte, ihm schon einmal begegnet zu sein. Déjà vu. Caleb wies zu seiner Bürotür. »Sollen wir uns drinnen unterhalten?«

Rob schien erleichtert. »Gern.«

Als sie das Zimmer durchquerten, sagte Caleb zu Irene: »Sie können für heute Schluß machen, Mrs. Sleighton. Ich werde abschließen.«

Rob wartete nervös an der Tür, bis Caleb ihm gefolgt war und auf einen Platz gedeutet hatte. »Setz dich, Rob.« Er setzte sich hin, Caleb nahm ihm gegenüber Platz. »Was kann ich für dich tun?«

»Mein Pa kommt zu Ihnen, nicht wahr?«

»Wie kommst du darauf?«

»Ich habe Ihre Visitenkarte auf seiner Kommode gefunden.«

»Einer meiner Patienten ist ermordet worden. Dein Vater ist mit dem Fall beschäftigt.«

»Verdammt! Mein Vater braucht Hilfe. Ich dachte ... Ich hatte gehofft ...«

»Warum bist du zu mir gekommen?«

»Meine Alten hatten heute einen Riesenstreit, und Ma ist abgehauen. Ich mußte mit ...« Caleb schaute weiter interessiert und wartete. »Ich meine, sie hat mir gesagt, ich soll mitkommen, und er hat nicht gesagt, ich soll bleiben ...« Rob zuckte mit den Schultern und sagte dann verteidigend: »Was würden Sie denn machen?« Er blickte auf seine Hände hinab, die seine zukünftige Körpergröße verrieten.

»Wahrscheinlich dasselbe. Wie bist du darauf gekommen, daß ich da helfen könnte?«

»Ich weiß nicht. Ich dachte ...« Rob sah flehend auf. »Wenn Sie meinen Vater behandelt hätten ... ich dachte nur, daß Sie das dann wissen sollten.« Er lehnte sich in den Sessel zurück und konnte seine Enttäuschung nicht verbergen.

»Hast du deinem Vater gesagt, wie du dich fühlst?«

»Ich hab's versucht, aber die Erwachsenen hören Kindern doch nie zu, vor allen Dingen, wenn es was Unangenehmes ist. Er sagt bloß: ›Mach dir keine Sorgen.‹«

»Und?«

»Er hat eine Waffe – und ab und zu flippt ein Bulle doch aus und erschießt sich oder so was«, beendete er den Satz schnell.

»Glaubst du, daß er selbstmordgefährdet ist?«

»Ich weiß nicht. Meine Ma sagt, er hat Angst, zum Polizeipsychologen zu gehen. Ich hab versucht anzurufen – das Telefon ist besetzt. Ich glaube, er hat den Hörer daneben gelegt.«

»Soll ich mal vorbeifahren und nachsehen, ob alles in Ordnung ist?«

»Würden Sie das tun?«

40

Thinnes' verbeulter Chevy stand in der Einfahrt. Caleb setzte seinen Jaguar dahinter und stieg aus. Er klingelte. Niemand antwortete. Niemand reagierte auf sein Klopfen. Er zog den Schlüssel, den Rob ihm gegeben hatte, aus der Tasche und schloß auf.

Der Flur fiel ihm als typisch Mittelklasse, Mittelwesten, typisch amerikanisch auf. Caleb schloß leise die Tür und rief: »Detective Thinnes? John?« Er warf einen Blick die Treppe rauf und schaute ins Familienzimmer, dann ging er durch das Wohn-Eßzimmer in die Küche. Das Haus war verlassen. Caleb verspürte das Unbehagen, das einem Mann anstand, der unter merkwürdigen Umständen in das Haus eines relativ Fremden eindrang.

Die Küche war sauber und leer. Er bemerkte die hellen Vorhänge, die sorgfältig ausgesuchte Tapete, die gepflegten Zimmerpflanzen und die echte, wenn auch verwelkende Rose in der kleinen Vase auf dem Tisch. Ihm kamen ernste Zweifel über seine Motive.

Uneingeladen das Haus einer unbekannten Familie zu betreten, ist wie eine Invasion. Was tue ich eigentlich hier? Was ist denn nur an Thinnes, das mich so interessiert?

Durch die offene Tür am anderen Ende des Zimmers konnte er ein großes Spülbecken und beim Näherkommen eine Waschmaschine und einen Trockner sehen. Das Licht in der Waschküche war aus. Er trat ein und tastete nach dem Lichtschalter. Durch die halbgeöffnete Tür einer sich daran anschließenden Toilette konnte er ein Waschbecken und auf dem Boden die untere Hälfte eines Männerkörpers sehen. Er stürzte alarmiert hin, drückte die Tür auf und schaltete das Licht an. Thinnes lag mit dem Kopf neben der Toilettenschüssel in einer Lache von Kotze. Caleb suchte schnell nach einem Puls und atmete aus, als er ihn fand. Er griff nach einem Handtuch.

Später kam er mit aufgekrempelten Ärmeln und ohne Jacke und Schlips in die Küche. Das Telefon war nicht aufgelegt. Er wischte sich die Hände an einem Handtuch ab, legte den Hörer auf, griff dann wieder danach und wählte eine Nummer. Während er wartete, besah er sich den Kühlschrankinhalt, nahm sich ein Bier, und als jemand ans Telefon ging, sagte er: »Hallo. Rob Thinnes bitte. Danke.« Wieder wartete er, trank dabei einen Schluck, öffnete dann den Besenschrank und zog einen Mop heraus. Rob kam ans Telefon.

»Rob? Ich bin's, Dr. Caleb. Er ist in Ordnung. Nein, er schläft.« Caleb zog einen Eimer und einen Haushaltsreiniger aus dem Schrank, während er sprach, und begann, den Eimer mit Wasser vollaufen zu lassen. »Er hat zuviel getrunken, aber er wird wieder in Ordnung kommen.«

41

Thinnes fühlte sich grau. Er kam nur in Jeans die Treppe runter und hatte einen fürchterlichen Kater. Als er am Fuße der Treppe war, hörte er etwas Ungewöhnliches und war augenblicklich wach. Er öffnete leise die Schranktür und zog seinen im Holster steckenden .38er aus dem obersten Regal. Er nahm die Waffe heraus, legte den leeren Holster leise auf die Treppe und trat ins Familienzimmer.

In dem Zimmer gab es einen Kamin; daneben stand ein großer Fernsehschrank. Seitlich vom Fernseher standen links und rechts bequeme Sessel, ihm gegenüber eine Couch. Auf dem Tischchen vor der Couch lagen Zeitschriften. Auf der Couch saß ein Mann mit dem Rücken zur Tür und blätterte durch das Thinnessche Familienalbum. Zitternd vom Kater und der Wut darüber, einen Fremden in seinem Haus vorzufinden, trat Thinnes ins Zimmer und nahm Schußposition ein. Er zielte mit der Waffe auf den Hinterkopf des Mannes und spannte.

»Keine Bewegung!«

Caleb drehte sich ruckartig auf der Couch um.

Thinnes war nicht sicher, wer von ihnen beiden mehr überrascht war. Sein Zittern wurde noch schlimmer, als er die Waffe senkte und den Hahn wieder in seine Ausgangslage zurückbrachte. »Was zum Teufel machen Sie denn hier?«

Caleb atmete aus. »Ihr Sohn hat mich gebeten nachzuschauen.«

»Warum Sie?«

»Hat meine Visitenkarte gefunden und daraus falsche Schlüsse gezogen.«

Thinnes ließ die Hand mit der Waffe zur Seite sinken und lehnte sich gegen den Türpfosten. »Wie lange sind Sie schon hier?«

»Seit gestern nacht. Ihr Ruf ist nun wohl endgültig hinüber, fürchte ich.«

»Was zum ...?« Thinnes spürte, wie seine Gesäßmuskeln zitterten und ihm ein Schauer über den Rücken lief, und er wußte, daß Caleb die plötzliche Furcht und die Abscheu, die ihn überkamen, ebenso bemerkte wie er Calebs zeitweilige Verachtung. Dann ging ihm auf, daß er verarscht worden war, und er wurde wütend.

»Keine Angst«, fuhr Caleb fort, »ich habe mir keine Freiheiten erlaubt.« Als Thinnes sich entspannte, fügte er trocken hinzu: »Viel schlimmer. Ich bin in Ihre Psyche eingedrungen.« Er deutete auf das Album.

»Und nun glauben Sie, Sie kennen mich gründlich.«

»Nein.«

»Sie glauben wohl, Sie wissen, warum ich mich betrunken habe?« Thinnes zog eine kleine Schublade an dem Tischchen auf und nahm einen Stapel Fotos hervor. Er besah sich das oberste Bild und klopfte dann mit dem Packen gegen seinen Oberschenkel. »Haben Sie sich die mal angeschaut, wenn Sie schon beim Rumschnüffeln waren?«

»Nein ...«

»Meine Entlassungspapiere. Gefälscht, aber wirkungsvoll.« Er warf die Fotos auf den Tisch. Caleb nahm sie auf. Sie zeigten Thinnes und eine Frau, beide nackt, beim Geschlechtsverkehr. Caleb blätterte sie durch und sagte nichts. »Meine Frau läßt sich scheiden«, sagte Thinnes. »Nach siebzehn Jahren.« Er schüttelte den Kopf. »Weiber!«

»Hören Sie endlich auf, wie ein beschissenes Machoarschloch nur mit dem Schwanz zu denken, und fangen Sie lieber an, wie ein Bulle zu denken.«

»Hä?« Thinnes mußte über die grobe Beleidigung lachen. Er faßte sich an den Kopf und sagte beinahe grinsend: »Sie können mich mal.«

Caleb grinste lasziv zurück. »Wirklich?«

Thinnes lachte erneut, diesmal herzhaft, dann stöhnte er und hielt sich den Kopf. »Worauf wollen Sie hinaus?«

»Wieso hat Ihre Frau gerade jetzt diese Bilder bekommen?«

»Ich schätze, irgendein Arschloch in ihrer Arbeit hat ein Auge auf sie geworfen und gedacht, daß die da ...«, er deutete auf die Bilder, »... reichen würden, um mich loszuwerden.« Während Caleb darüber nachdachte, fügte Thinnes hinzu: »Und was den Zeitpunkt betrifft: Murphys Gesetz. Was immer schiefgehen kann, *wird* schiefgehen, und zwar im unpassendsten Augenblick.«

»Unsinn! Solche Zufälle gibt es doch nur in schlechten Romanen.« Zu Thinnes Unbehagen ging Caleb sorgfältig die Fotos durch. »Wie vernünftig ist Ihre Frau?«

»Wieso?«

»Ich kenn mich mit Fotografie kaum aus, aber ich hab einen Freund in der Branche. Wenn er beweisen kann, daß die hier gefälscht sind, würde sie es glauben?«

»Wahrscheinlich.«

»Gut. Ich werde mich mit ihm in Verbindung setzen und Sie anrufen.«

»Und was haben Sie davon?«

»Vielleicht muß ich irgendwann mal einen Strafzettel verschwinden lassen.«

»Rechnen Sie nicht damit.«

42

Als Thinnes am Nachmittag am Hydranten vor Calebs Haus wartete, fühlte er sich noch nicht viel besser. Sein Unbehagen hatte nichts mit dem Kater zu tun, von dem er sich bleiern, fertig und zerschlagen fühlte; das Zwei-Pfund-Gewicht in seiner Magengrube kam, wie ihm langsam klar wurde, von der Situation, in der er nach der gestrigen Sauferei steckte. Der Hauptverdächtige in einem Mordfall hatte die Nacht in seinem Haus verbracht und half ihm gerade dabei, ein persönliches Problem zu lösen. Thinnes schauderte und erwog, die Expedition abzublasen. Ach, was soll's. Genausogut konnte er es durchziehen. Brachte er die Bilder zu den Bullen und konnte das Labor nicht beweisen, daß sie gefälscht waren, dann war seine Lage im Revier sowieso beschissen. Und Ronnie würde ihn immer noch verlassen. Ronnie war so ungefähr der einzige Mensch in der Welt, für den er seinen Job riskieren würde. Und selbst wenn die Laborratten bewiesen, daß die Bilder getürkt waren, würde er die Geschichte noch ewig zu hören bekommen. Sollte Calebs Kumpel versagen, könnte er immer noch stillschweigend in die Scheidung einwilligen und so wenigstens sein Gesicht wahren und den Job retten.

Es sei denn, Caleb hatte Finley umgebracht. Die Bereitwilligkeit des Doktors, ihm zu helfen, war vielleicht nur vom Wunsch beseelt, Thinnes in seine Schuld zu bringen, damit er den Mund hielt, daß Caleb ein Schwuli war.

Wenn er überhaupt einer war. Thinnes ging in Gedanken noch einmal die Begegnungen mit Caleb durch und versuchte, sich an eine Geste, einen Ausdruck, einen kurzen Blick auf einen vorbeigehenden Mann zu erinnern, der die Behauptung des Doktors bestätigte, aber ohne Erfolg. Er konnte keinen Grund erkennen, warum Caleb behaupten sollte, er sei schwul, ohne es zu sein, aber vielleicht gab es ja einen. Das war das Problem in so einem Fall; bis man sich alles zurechtgelegt hatte, auf all die verborgenen Motive gekommen war, konnte man tief in der Scheiße stecken. Bis zum Hals.

Er verfluchte den Impuls, auf den hin er es auch nur erwogen hatte, Caleb zu trauen. Vergiß doch die ganze Idee, soll sich Oster mal die Angelegenheit vornehmen. Er warf den Motor an und wollte gerade losfahren, als die Beifahrertür aufging und Caleb einstieg.

Caleb sagte: »North Halsted Street.«

Nachdem sie eine Meile gefahren waren, gab Thinnes auf, darüber zu grübeln, wie er seine Frage vorsichtig formulieren konnte. »Warum?« fragte er. »Selbst wenn Sie sauber sind, wozu die Mühe, jemandem zu helfen, der versucht, Ihnen einen Mord anzuhängen?«

»Ich habe niemanden umgebracht.«

»Unschuldsbeteuerungen klingen ja *so* überzeugend.«

»Vielleicht, weil es keine Unschuldigen gibt. Aber Allan war ehrlich und gewissenhaft. Ich kann nicht glauben, daß ich so unfähig sein soll und nicht bemerkt habe, wenn er jemanden erpreßt hätte oder bestahl oder suizidgefährdet war.«

»Haben Sie eine Vorstellung von dem Mörder?«

»Im Film stellt er sich immer als irgendein mörderischer Psychopath heraus – der einfach klüger ist als die Bullen. Aber wirklich Geisteskranke sind normalerweise nicht mal in der Lage, einen Einkaufszettel zu schreiben. Ich bin kein Experte, was Mörder angeht, aber ich denke mir, daß die wahren Killer von ganz weltlichen Lastern getrieben werden – Habsucht oder Wut oder Angst vor dem Ruin.«

Thinnes nickte.

»Jemand, der absichtlich einen Mord plant und ihn kaltblütig ausführt, distanziert sich so radikal von der Gesellschaft wie ein Selbstmörder. Dostojewskij hat einen Klassiker darüber geschrieben, daß ein durchschnittlicher Mensch dazu nicht fähig ist.«

»Also suchen wir nach einem professionellen Killer?«

»Normalerweise versuchen die nicht, einen Mord wie Selbstmord aussehen zu lassen, oder?«

»Nein. Die vorherrschende Meinung ist, daß Finley sich selbst umgebracht hat.«

»Sie und ich wissen es besser.« Als Thinnes keine Antwort

darauf gab, fügte Caleb hinzu: »Und um Ihre erste Frage zu beantworten, ich will Ihnen helfen, weil ich will, daß Sie Erfolg haben.«

Als sie in die Halsted Avenue einbogen, sagte Thinnes: »Selbst wenn es klappt, wird sie mich wahrscheinlich verlassen.«

»Hat sie einen anderen?«

»Nein. Ach, ich weiß nicht. Ich glaube nicht. Aber plötzlich hat sie diesen Job ...«

Caleb nickte. »Wissen Sie, Katzen kann man nicht festhalten – das hassen sie –, aber wenn Sie sie loslassen und einfach stillsitzen, werden die meisten Ihnen schließlich auf den Schoß klettern.«

»Was wollen Sie damit sagen? Was hat das denn damit zu tun?«

»Manche Frauen sind wie Katzen.«

»Was wissen *Sie* denn schon von Frauen?«

»Das ist mein Job. Und vielleicht bin ich etwas objektiver.«

Thinnes mußte ihm in diesem Punkt unwillig recht geben. »Hört sich an wie irgendein Hippie-Scheiß – ›If you love something, let it go.‹«

»Wie, glauben Sie, sind solche Sachen zu Clichés geworden?«

»Wollen Sie mir erzählen, ich soll einfach aufgeben und sie gehen lassen?«

»Nein. Aber Sie könnten an sie mal nicht als Ihre Frau denken, sondern als an ein menschliches Wesen mit Bedürfnissen und Hoffnungen, die vielleicht von den Ihren abweichen. Wie kommen Sie mit Crowne aus?«

»Gut. Wechseln Sie nicht das Thema.«

»Tu ich nicht. Glauben Sie, Sie wissen, was er will oder was ihn ärgert?«

»Ich frage ihn.«

»Und, fragen Sie Ihre Frau auch?«

»Ja sicher. Sie springt mir einfach an die Kehle.«

»Und *wie* fragen Sie?«

»Oh, um Gottes willen!«

Caleb lächelte, als hätte er den Punkt genau getroffen. »Mir scheint, Ihr Problem mit Ihrer Frau hat gewisse Ähnlichkeiten mit Allans Tod – es ist nicht das, was es zu sein scheint. Sie sollten mal Ihre beruflichen Fähigkeiten auf Ihre persönlichen Probleme anwenden.«

»Sie tun wohl alles, damit ich mich unwohl fühle?«

»Ich versuche, Sie zum Denken zu bewegen. Für die meisten Menschen ist das gleichbedeutend mit sich unwohl fühlen.«

Thinnes brauchte darüber nicht weiter nachzudenken.

43

Jeremys Laden war einer dieser kleinen Spezialgeschäft-Studios, wie man sie in den renovierten Häusern auf der Halsted Street südlich der Diversey findet. Das Ladenschild war verschwindend klein; wenn man nicht danach suchte, würde man es nicht bemerken. Es war eines dieser Geschäfte, in denen man Bilder rahmen lassen, sich gerahmte Bilder von jungen Fotografen im Stile Ansel Adams' anschauen, Fotografieranleitungen oder Bücher über Fotografie finden oder sich mit Fotobedarf eindecken konnte und wo man Hinweise, Tips oder Hintergrundgeschichten kostenlos dazubekam. Caleb zufolge brauchte Jeremy keinerlei Werbung; Mund-zu-Mund-Propaganda sorgte für gerade soviel Geschäft, wie er verkraften konnte.

Als Thinnes und Caleb eintrafen, stand ein junger Mann hinter der Theke neben der Kasse und las in einem Studientext. Er begrüßte Caleb und wies auf eine Tür am anderen Ende des Ladens. Der Durchgang wurde ihnen von einem weißen Pitbullterrier versperrt – grau gesprenkelt, wahrscheinlich von Druckerschwärze –, der auf bedruckten Zeitungsbögen ausgestreckt in der Tür lag. Caleb sagte: »Jeb, beweg dich.« Er rührte sich nicht. Er schlug nicht mal ein Auge auf, als sie über ihn hinwegstiegen. Thinnes konnte sich gut vorstellen, daß sie keine Schwierigkeiten mit Ladendieben hatten.

Das Studio selbst war ein loftartiger Raum, der dadurch entstanden war, daß man das Gebäude innen entkernt hatte. Die Wohnräume, die von einer Galerie abgingen, waren über eine gußeiserne Wendeltreppe zu erreichen. Der untere Bereich war durch bewegliche Wände in Arbeitsbereiche zum Fotografieren, Passepartoutschneiden und Rahmen aufgeteilt worden. Über der Tür mit der Aufschrift DUNKELKAMMER befand sich eine nackte Glühbirne, neben dem Türknauf ein Schild mit dem Hinweis BEI BRENNENDEM LICHT TÜR BITTE NICHT ÖFFNEN.

Ein spindeldürrer Mann Anfang Zwanzig schnitt, den Rücken zum Eingang, an einem Tisch ein Passepartout. Er trug nur einen Overall. Sein Haar hatte die gleiche Farbe wie Rhondas, staubblond; es reichte ihm bis über die Schultern und war zu einem Pferdeschwanz zusammengebunden. Er schaute nicht, wer hereingekommen war. »Einen Augenblick bitte.«

Caleb ging zu ihm und legte einen Arm um den Mann. Der erschrak, aber als er sah, um wen es sich handelte, atmete er auf, umarmte Caleb und gab ihm einen Kuß. Thinnes war etwas verwirrt, so plastisch daran erinnert zu werden, daß Caleb schwul war. Er spürte, wie er rot wurde. Caleb tat, als würde er es nicht bemerken. Er wies auf Thinnes, dann auf den dürren Mann.

»John. Mein Freund Jeremy.«

Jeremy sah Thinnes forschend an, als sie sich die Hand gaben. Als Caleb ihm mit dem Ellbogen gegen die Brust boxte und ihm die kompromittierenden Fotos hinhielt, warf er kaum einen Blick darauf. Das Bildmotiv war offenbar nicht von großem Interesse, und abgesehen von einem obligatorischen Grinsen war er nicht weiter daran interessiert, sich auf Kosten eines Fremden zu amüsieren. »Aha«, sagte er.

Caleb klopfte auf die Hand, die die Fotos hielt. »Nichts aha. John hat nicht für diese Bilder posiert. Könnten sie gefälscht sein?«

»Man kann alles fälschen. Außer einem Steifen.«

Caleb lachte; Thinnes genierte sich. Jeremy warf nun einen genaueren Blick auf die Fotos. Er nickte. »Kinderspiel.«

»Klär uns auf.«

»Man fängt mit dem Basisfoto an . . .« Er sah sich noch einmal die Bilder an und ging dann, um ein Notizbuch mit losen Blättern aus einem Regal zu ziehen. Er blätterte darin, bis er fand, was er suchte, und zeigte es dann Caleb. »Bild Nummer eins.«

Caleb zeigte es Thinnes – zwei kurvenreiche Frauen in Bikinis, die Arm in Arm am Strand standen. Am Rand des Fotos fand sich eine Registriernummer. Jeremy legte das Buch beiseite und zog das Negativ mit der dazu passenden Nummer aus einem Aktenschrank. Er steckte das Negativ ein, nahm eine professionell aussehende Nikon in die Hand und richtete sie auf Caleb. »Ich brauche außerdem ein paar Porträts.« Er fotografierte Caleb und dann Thinnes, bevor der noch protestieren konnte. Dann spulte er den Film zurück und nahm ihn aus der Kamera. Während er zur Dunkelkammer ging, sagte er: »Fühlt euch wie zu Hause.« Das Licht ging an, als er die Tür zur Dunkelkammer hinter sich schloß.

Thinnes lief ungeduldig hin und her, während er wartete; Caleb betrachtete das Bild, das Jeremy mattiert hatte.

Nach etwa zwanzig Minuten rief Jeremy durch die Tür. »Jack, sei doch so lieb und hol mir eine Weinschorle, bitte. Und irgendwas für John und dich.«

»Mach ich«, rief Caleb zurück und stieg die Wendeltreppe hinauf. Thinnes' Blick fiel auf ein gerahmtes Foto an der Wand. Er nahm es ab, um es genauer zu betrachten. Es zeigte Caleb, einen jungen Mann, der Jeremy ähnlich sah – ein älterer Bruder vielleicht – und einen dritten Mann. Alle drei trugen Kampfanzüge, hatten einander die Arme über die Schultern gelegt und lachten. Er betrachtete das Bild immer noch, als Jeremy aus der Dunkelkammer kam.

Jeremy warf einen Blick darauf. »Sie sollten sich von Jacks weichem Äußeren nicht täuschen lassen. Er ist mit ein paar Orden und einer Handvoll lobender Erwähnungen aus Vietnam zurückgekommen.«

»Ich kann ihn mir gar nicht mit einer Waffe in der Hand vorstellen.«

In dem Augenblick kehrte Caleb mit Weinschorlen und einem Bier zurück. »Ich hatte auch keine. Ich habe eine Bahre getragen.«

Jeremy lächelte ihn sarkastisch an. »Heikel!«

Caleb reichte Thinnes das Bier und Jeremy eine der Weinschorlen und fragte: »Wie läuft's?«

Jeremy sagte: »Da fällt mir gerade ein ...«, und verschwand

wieder in der Dunkelkammer. Kurz darauf kehrte er mit einem nassen Foto zurück. »Bitte sehr, die Herren.«

Auf dem Bild waren die beiden kurvenreichen Frauen von vorhin zu sehen; sie trugen nun allerdings Calebs und Thinnes' Köpfe. Die beiden konnten sich ein Lachen nicht verkneifen.

»Ich sollte für die Sonntagsarbeit eigentlich doppelten Stundenlohn berechnen.«

»Ich dachte, ihr Künstler berechnet jeden Abzug einzeln«, sagte Caleb.

»Stimmt. Wenn das eine limitierte Auflage werden soll, kommt das in etwa auf ...« Er bemerkte Thinnes' Gesicht und hielt inne.

Das Gequatsche ging Thinnes auf die Nerven.

Jeremy zuckte mit den Schultern. »Vergiß es.«

»Haben Sie etwas Ähnliches in letzter Zeit schon mal gemacht?« fragte Thinnes.

»Nicht mehr seit der High-School«, sagte Jeremy abweisend.

Caleb legte ihm einen Arm um den Hals und sagte: »Entspannen Sie sich.« Das tat Thinnes und wurde etwas ruhiger. »Jemand versucht sich zwischen John und seine Lady zu drängen. Da ist er natürlich etwas sauer.«

»Natürlich.« Jeremy versuchte seinen Sarkasmus nicht zu verbergen.

»Und er möchte gern herausfinden, bei wem er sich für diese reizenden Bilder mit versteckter Kamera bedanken soll.«

Jeremy nickte auf eine Art, die das Wort *natürlich* widerhallen ließ. »Tja, der einzige, der mir da einfällt, wäre über diese Art von Empfehlung nicht sehr erbaut.«

Caleb hob eine Augenbraue; Jeremy zuckte mit den Schultern. »Man erzählt sich, er führe eine sehr populäre Reihe an Kinderpornos. Er hat einen schmierigen Schuppen auf der Broadway. Er heißt Berringer ...«

44

»Thinnes«, sagte der diensthabende Sergeant, »zu Keys.« Keys war die Urlaubsvertretung des für die Öffentlichkeitsarbeit des District neunzehn zuständigen Officers. Thinnes ging links den Flur entlang zu den Revierbüros. Das Büro für Öffentlichkeitsarbeit lag rechts. Der Raum war zu klein für die drei hineingestopften Schreibtische. Keys saß an einem davon. Als Thinnes hereinkam, machte er ein erleichtertes Gesicht, das der Frau, die ihm gegenübersaß, aufgefallen sein mußte. Sie stand auf und wandte sich ihm zu.

»Detective Thinnes?«

Weiß, eins achtundfünfzig, fünfzig Kilo, blaue Augen, rotblond. Unter Schock. Ihr Gesicht war aufgedunsen und voller Falten. Thinnes hatte das Gesicht schon früher mal gesehen.

»Miss Finley.«

Er entschied, auf bösen Buben zu machen. Da er es weder mit einer Berufskriminellen noch mit einer Verdächtigen zu tun hatte, brauchte er nur mäßig amtlich zu werden. Crowne, der eher in ihrem Alter war, konnte ihr ja Kaffee und Mitleid anbieten.

»Schauen Sie doch bitte mal, ob Sie Ray Crowne für mich finden«, bat Thinnes Keys. »Wir gehen in einen unserer Befragungsräume.« Er meinte damit die Räume, die nicht ganz so nüchtern waren wie die ein Stockwerk höher im sechsten Revier. »Miss Finley, wenn Sie mir folgen würden . . .«

Er ließ ihr den Vortritt auf den Gang hinaus, dann ging er an ihr vorbei. Er führte sie durch den Vorraum des neunzehnten Reviers und dann den Flur entlang zum Zellentrakt. Er winkte sie in eines der Befragungszimmer, die sich an diesem Gang aufreihten. Das Zimmer war klein; Tisch und Stühle nahmen den größten Teil davon ein. Sie schob sich am Tisch vorbei und wandte sich ihm zu. Thinnes schloß die Tür.

Zuerst mal beruhigen. »Das mit Ihrem Bruder tut mir leid, Miss Finley.«

Sie zog an ihrer Unterlippe und nickte, so als könne sie nicht antworten. Sie kämpfte gegen die Tränen an.

Thinnes blieb ungerührt. Er hatte gelernt, die Tränen von Frauen zu ignorieren. So etwas schienen doch alle Frauen einzusetzen – wie Make-up oder BHs. Manche weinten so schnell und ohne darüber nachzudenken, wie sie redeten. Das liebte Thinnes an Rhonda so sehr: daß sie niemals Tränen gegen ihn einsetzte.

Er ging im Geiste noch einmal die Fakten durch, die die New Yorker Polizei ihm gefaxt hatte. Sie war siebenundzwanzig und verdiente hunderttausend Dollar im Jahr als Maklerin an der Warenbörse. Sehr kluge Frau. Was gar nicht zu dem schniefenden Wrack paßte, das vor ihm saß. Also paß besser auf. Warte einfach, bis die Schauspielerin sich im Text verhaut. Wenn nicht, dann spielt sie vielleicht doch nicht. Vielleicht ist sie aber auch nur sehr gut.

»Können Sie mir irgendeinen Grund nennen, warum Ihr Bruder Selbstmord begangen haben könnte, Miss Finley?«

»Das hat er nicht! Das kann er nicht getan haben!«

»Er wurde erschossen in seiner Wohnung aufgefunden, die Tür war von innen verschlossen. Nichts war durcheinander. Nichts fehlte. Er schien keinerlei Feinde gehabt zu haben. Wir müssen uns an die Indizien halten.«

»Jemand muß ihn ermordet und die Tür von außen abgeschlossen haben.«

»Wer?«

»Ich weiß nicht.«

»Und warum?«

»Das sollten Sie herausfinden. Sie sind der Detective.«

Sie hörte sich nicht an wie eine Mörderin. Wenn sie ihn umgebracht hatte, dann würde sie es mit Freude gesehen haben, wenn die Polizei es als Selbstmord abschrieb. Es war recht unwahrscheinlich, daß sie auf die Auszahlung einer Riesenversicherungssumme spekulierte; sie verdiente in sechs Monaten mehr, als die Auszahlung einbringen würde. Sie würde dafür kaum riskieren, sich zu ruinieren. Thinnes beschloß, die restlichen Formalitäten hinter sich zu bringen und wieder an die Arbeit zu gehen. Er wünschte, Crowne würde auftauchen. »Wann haben Sie ihn das letzte Mal gesehen?« fragte er.

»Zu Weihnachten.«

»Haben Sie seitdem mit ihm gesprochen?«

»Kurz bevor ich in den Urlaub gefahren bin. Und er klang *vollkommen normal.*«

Es klopfte. Thinnes entschuldigte sich und ging hinaus.

Crowne sagte: »Was gibt's?«

»Finleys Schwester ist hier.« Thinnes deutete mit dem Daumen in ihre Richtung. »Ich habe sie in dem Glauben gelassen, daß ich es für Selbstmord halte. Ich lasse euch zwei allein, und du kannst ihr erzählen, daß du nicht an Selbstmord glaubst. Mal sehen, was passiert.«

»Du spinnst, Thinnes.«

Thinnes wartete.

»Okay. Wenn du unbedingt willst.«

Sie betraten gemeinsam das Zimmer, und Thinnes stellte Crowne vor.

Crowne sagte: »Das mit Ihrem Bruder tut mir wirklich sehr leid, Miss Finley.«

Sie wirkte, als sei sie müde, das zu hören, fand Thinnes. Er sagte: »Entschuldigen Sie mich eine Minute«, und ging hinaus.

Er steckte seinen Kopf in Karschs Büro hinein und sagte: »Karsch, Finleys Schwester ist hier.«

»Finley?«

»Das Mordopfer, das der Leichenbeschauer als Selbstmord abgeschrieben hat.«

»Ah.«

»Glauben Sie, Sie könnten mal mit ihr reden oder so?«

»Natürlich, wenn sie will. Aber ich halte es für keine gute Idee, von Mord zu reden, ohne Beweise zu haben.«

Thinnes lachte humorlos. »Vielleicht ist Mord nicht gerade die allerbeste Todesart, aber wenn es mein Bruder wäre, dann würde ich schon verdammt gern wissen, daß er sich nicht umgebracht hat, auch wenn die Bullen den Kerl nie erwischen. Davon abgesehen, was macht das schon für nen Unterschied, was sie denkt, solange es sie glücklich macht?«

»Nur, daß sie die Abteilung als Sündenbock hinstellen könnte, wenn Sie nicht mit einem Mörder aufwarten können. Und in dem Fall stehen Sie ziemlich dumm da.«

Thinnes schüttelte den Kopf. »Sie haben zuviel Zeit mit Evanger verbracht – Sie hören sich langsam schon an wie er. Das Risiko gehe ich ein.«

»Sagen Sie ihr, ich würde mich freuen, mit ihr zu sprechen. Aber zwingen Sie sie nicht.«

»Ja. Danke.«

Thinnes ging wieder die Treppe runter zum Befragungszimmer und schloß die Tür hinter sich. Dann sagte er: »Miss Finley, wir haben einen Berater hier, einen Psychologen. Falls Sie sich aussprechen wollen.«

Sie holte tief Luft und sagte: »Ich glaube, ich kümmere mich besser wieder um die Vorbereitungen für die Beerdigung.«

Crowne sagte: »Können wir irgendwie dabei behilflich sein?« Sie schüttelte den Kopf. »Haben Sie noch irgendwelche Fragen?«

»Werde ich ihn identifizieren müssen?«

»Nein, das hat schon sein Vermieter getan. Aber Sie werden sich um – um seine sterblichen Überreste kümmern müssen.« Crowne schien das Wort *Leiche* nicht über die Lippen bringen zu können.

»Sie müssen allerdings noch mit dem Gerichtsmediziner reden.«

Crowne fügte hinzu: »Der Arbeitgeber Ihres Bruders, Mr. Close, hat sich angeboten, für die Kosten aufzukommen. Vielleicht wollen Sie ihn zuerst aufsuchen.«

»Haben Sie einen Wagen?« fragte Thinnes.

»Nein. Ich hab vom Flughafen aus ein Taxi genommen.«

»Detective Crowne wird Sie fahren.«

»Danke.« Sie sah Crowne an, als sie das sagte.

45

Thinnes arbeitete den Rest des Tages mit an anderen Fällen und vermied es tunlichst, an seine häuslichen Probleme zu denken. Er beendete gerade den letzten Bericht, als der diensthabende Sergeant ihn anrief. »Hier ist eine Frau, die Sie sprechen will, Thinnes. Sie ist auf dem Weg nach oben.« Dreißig Sekunden später trat Bettina Calder durch die Tür. Die Büroleiterin von WR & C entdeckte Thinnes und kam an seinen Schreibtisch. Eine Frau mit einem Auftrag. Oder einem Problem.

Thinnes stand auf und sagte sanft: »Miss Calder.«

Sie setzten sich, und sie fing unvermittelt an zu reden. »Ich war auf dem Heimweg – ich muß bei der Newberry-Bibliothek vorbei, also dachte ich, ich könnte Ihnen den Weg ins Büro ersparen. Ich habe vielleicht was gefunden.«

Er fragte sich, warum sie nicht angerufen hatte.

»Es ist wahrscheinlich nichts von Bedeutung, aber Sie sagten, ich solle Ihnen Bescheid geben, falls mir irgend etwas Ungewöhnliches auffällt.« Ihr Satzbau und ihre Aussprache waren gewählt und einwandfrei. Ein Zeichen von Unsicherheit?

»Und?«

»Ein paar Tage bevor Allan starb, tauschten er und Miss Baynes die Aufgaben, ohne mir darüber Bericht zu erstatten.«

Sie betonte »ohne mir darüber Bericht zu erstatten« nicht besonders, aber Thinnes wußte, daß es genau darauf ankam. Crowne reagierte ähnlich abwehrend, wenn er es mit Leuten wie Margolis zu tun hatte, die seine Autorität nicht anerkannten. Er fragte sich, ob Calders Wunsch nach Autorität irgend etwas mit der Tatsache zu tun hatte, daß sie schwarz und Alicia Baynes weiß war. Er sagte: »Können Sie mir das erklären?«

»Das kann ich nicht. Ich meine, ich kann nicht erklären, warum sie das getan haben. Es wäre mir nicht aufgefallen, wenn Allan nicht den Bericht unterschrieben hätte, den Alicia hätte einreichen sollen. Sie hat seinen Bericht mit *seinem* Namen unterzeichnet. Das hat sie zugegeben.«

»Ist das üblich?«

»Es ist vollkommen unüblich, möglicherweise illegal.«

»Haben Sie das Mr. Close erzählt?«

»Natürlich. Er sagte, ich solle die Sache vergessen. Er sagte, er werde sich darum kümmern. Mir fiel die Diskrepanz auf, als ich die Rechnungen ausstellte. Wir sind wegen Allans Tod etwa eine Woche hinterher, sonst wäre es mir schon früher aufgefallen. Auf der Erklärung stand Allans Name, nicht der von Alicia.« Thinnes nickte und ermutigte sie weiterzusprechen. »Alicia sagte, Allan habe sie um den Tausch gebeten, und sie habe mit seinem Namen unterschrieben, weil es sein Auftrag gewesen sei. Sie sagte, er habe ihr nicht sagen wollen, *warum* er tauschen wollte. Das sah Allan nicht ähnlich, und das habe ich ihr auch gesagt.«

»Was hat sie darauf erwidert?«

»Daß Selbstmord ihm auch nicht ähnlich sei.«

»Möglicherweise hat sie recht.«

Sie schnaufte. »Und möglicherweise gewinne ich in der Lotterie.«

»Ich werde mit ihr reden. Wird sie morgen im Büro sein?«

»Nein. Sie hat sich bei Mr. Close eingeschmeichelt und den Rest der Woche freibekommen. Um sich von Allans Tod zu erholen.«

»Ich verstehe.« Und er verstand wirklich etwas: Offenkundig hatten die beiden Frauen nichts füreinander übrig. »Nun, vielleicht treffe ich sie zu Hause an.«

»Falls nicht, dann kommt sie vielleicht zu der Feier, die Mr. Close für Mittwoch abend angesetzt hat. Allans Schwester kam heute morgen ins Büro, und Mr. Close war ihr dabei behilflich, eine Trauerfeier für ihn zu arrangieren.«

Sie nannte ihm Ort und Zeit, und Thinnes begleitete sie zu ihrem Wagen, hauptsächlich, weil er ihn sehen und sich die Mühe sparen wollte, bei der Zulassungsstelle anzurufen und nach dem Kennzeichen zu fragen. Wahrscheinlich unwichtig, aber man konnte ja nie wissen.

Er beschloß, vor dem Feierabend noch Alicia Baynes anzurufen. Falls sie zu Hause war, konnte er ja vielleicht auf dem Heimweg bei ihr vorbeischauen. Es ging niemand ans Telefon. Er wollte gerade das Gebäude verlassen, als der Diensthabende ihn anrief. »Thinnes, eine *Ms*. Margolis ist am Apparat.«

46

Thinnes stellte seinen Wagen in der Parkverbotszone vor den Glastüren ab. Er stellte den Warnblinker an und warf das Schild mit der Aufschrift POLIZEIEINSATZ sichtbar auf die Ablage des Armaturenbretts. Als er ans Glas klopfte, öffnete Anita Margolis die Tür, hielt sie ihm auf und schloß hinter ihm ab.

»Das ging ja schnell«, sagte sie, als sie nach hinten durchgingen. »Das waren doch nicht mal zwanzig Minuten seit meinem Anruf.«

Sie hatte angerufen, weil Thinnes gesagt hatte, er wolle eines der Bilder von dem Bohemien sehen, bevor sie es an Margolis weitergab. »Haben Sie jemals eines davon genauer begutachtet?« fragte er.

»Nein. Der Zoll ist verpflichtet, die Kisten nach Schmuggelware zu durchsuchen und sicherzugehen, daß sich in den Kisten auch tatsächlich das befindet, was auf den Ladepapieren steht. Und außerdem gibt es zu den Bildern jeweils ein Gutachten. Um sie sich genauer anzuschauen, sind die Bilder einfach zu häßlich.«

Im Büro wies Anita auf einen Tisch, auf dem eine flache Holzkiste von etwa einem Meter zwanzig im Quadrat lag, übersät mit Aufklebern und mit einer Zollmarke versehen. »Da ist es. Ich habe ihn noch nicht angerufen und gesagt, daß es eingetroffen ist.«

»Macht es Ihnen was aus, wenn wir es öffnen?«

»Nur zu.« Sie zog ein Brecheisen aus dem Durcheinander unter dem Tisch.

Thinnes machte sich an die Arbeit, hielt dann aber inne. »Wer war Christopher Margolis?«

Sie schien von dem plötzlichen Themenwechsel überrascht, antwortete aber, ohne zu zögern: »Genaugenommen mein Stiefsohn. Vincents einziges Kind.«

»Wie starb er?«

»Bei einem Autounfall.«

Sie nahm das Brecheisen und machte sich über die Kiste her. Thinnes wartete darauf, daß sie ausführlicher wurde. »Was für eine Verschwendung«, sagte sie traurig. »Er war ein wilder Junge – das typische, arme reiche Kind, dessen Vater bereit ist, ihm alles zu geben außer Zeit. Also wurde er schließlich drogensüchtig und bekam Schwierigkeiten ...« Sie arbeitete beim Sprechen weiter. Thinnes half ihr, ohne sie vom Thema abzubringen. »Dann lernte er Jack Caleb kennen. Jack gab ihm die Chance, von den Drogen loszukommen und etwas Vernünftiges mit seinem Leben anzufangen. Statt dankbar dafür zu sein, nahm Vincent ihm das übel.«

»Sie sagten, Jacks Spezialgebiet seien Menschen, die suizidgefährdet sind. War Chris suizidgefährdet?«

»Nein. Ich.«

Thinnes war überrascht.

Sie lächelte traurig. »Vor achteinhalb Jahren mußte ich mir die Brust abnehmen lassen und bin danach völlig zusammengebrochen. Suizidale Depressionen – das schwärzeste Loch. Nach einer Überdosis Pillen wurde Jack gerufen, um zu helfen. Er ist einer der wenigen Psychiater, die den Mut haben, Selbstmörder zu behandeln.« Sie zuckte mit den Schultern. »Mein Arzt wollte es mit einer Elektroschockbehandlung versuchen. Jack war dagegen – es kann zu Gedächtnisverlust führen –, und er setzte sich für mich ein. Als ich einen zweiten Selbstmordversuch unternahm, wies Jack darauf hin, daß ich wohl erheblich weniger deprimiert sein müsse, um den Versuch überhaupt zu unternehmen, statt einfach Vincent und seinem auf Äußerlichkeiten achtenden Psychoheini nachzugeben. Mit Jacks Hilfe kam ich wieder hoch. Ich war sogar stark genug, Vincent zu verlassen.«

Thinnes lächelte fast gegen seinen Willen. Er spürte wieder diese Faszination, die fast so stark war wie seine Gefühle für Ronnie. Er unterdrückte sein Verlangen augenblicklich. Er war klug genug zu wissen, daß das Gegenteil von Liebe nicht Haß ist, sondern Gleichgültigkeit. Er wußte, Ronnie haßte ihn nicht, wurde aber Tag für Tag gleichgültiger ihm gegenüber. Eine Affäre wäre nur noch ein weiterer Posten auf der Rechnung, die sie in ihrem

Kopf aufmachte. Sie würde es ihm nicht im Streit an den Kopf werfen – sie würde gar nicht erst streiten –, aber das Gewicht würde das Schweigen zwischen ihnen nur noch vertiefen und die lange Liste all der Dinge, die man nicht erklären konnte, nur noch länger werden lassen.

Er erinnerte sich an seine ursprüngliche Frage. »Erzählen Sie mir von dem Unfall.«

Sie seufzte. »Chris und Vincent hatten einen furchtbaren Streit, und Vincent sagte zu Chris, wenn er die Tradition der Familie Margolis nicht fortführen würde – womit er sein kleines Finanzimperium meinte –, dann wolle er ihn nie wiedersehen. Chris fuhr wütend davon und knallte gegen einen Baum. Davon haben wir uns alle nie so recht erholt.« Um die Tränen zu verbergen, die in ihren Augen aufstiegen, beschäftigte sie sich übereifrig damit, das Bild aus der Kiste zu ziehen.

»Entschuldigen Sie die Frage, aber waren Sie ein Paar?«

»Chris und ich? Nein; nur Freunde. Verwandte Seelen – wir hatten Vincent gemeinsam. Und wenn er noch leben würde, dann wäre aus Chris einer unser besten zeitgenössischen Maler geworden.« Sie nahm den letzten Bogen Papier vom Gemälde des Bohemiens und enthüllte ein furchtbares Impasto auf Holz. Sie schauderte. »Et voilà.«

Er grinste. »Würden Sie sich das Bild bitte genau anschauen und nachsehen, ob daran irgend etwas ungewöhnlich ist – mal abgesehen vom Geschmack des Malers?«

Sie zuckte mit den Schultern und untersuchte das Bild.

Er klopfte gegen die Rückseite. »Ist es ungewöhnlich, daß ein Bild auf Holz gemalt wird?«

»Nicht, wenn die Farbe mit einem Spatel aufgetragen wird.« Sie besah sich eine Bildecke genauer. »Das hier ist allerdings komisch.« Sie deutete darauf. »Sieht so aus, als befinde sich *unter* der Farbe Frischhaltefolie.«

»Wozu?«

»Ich habe keine Ahnung.« Sie nahm einen Brieföffner vom Schreibtisch und löste ein großes Stück Farbe von der Ecke. Unter der Folie kam ein ganz anderes Gemälde zum Vorschein.

Thinnes war fasziniert. »Sehr einfallsreich.«

»Dieser Bastard!«

»Was für ein Bild ist denn das?«

»Ich weiß nicht, aber ich wette, es ist gestohlen.« Sie suchte auf dem Schreibtisch herum, bis sie eine getippte Liste fand. »Hier ist sie ja. Eine Telefonnummer, die man anrufen soll, wenn man eines dieser gestohlenen Bilder findet.«

»Vielleicht sollte ich die Sache ab hier in die Hand nehmen.«

Sie nickte, reichte ihm die Liste und überließ ihm das Telefon. Thinnes nahm den Hörer ab und wählte.

Zwei Stunden später war es Anita Margolis, die telefonierte. Auf der anderen Seite des Zimmers wurde ihr Gespräch aufgezeichnet. Thinnes, Detective Oster, ein Zollfahnder und ein Mann vom FBI hörten zu.

»Mr. Margolis, bitte. Hier spricht *Ms.* Margolis ... Vincent? Deine neueste Scheußlichkeit ist eingetroffen. Es scheint ein wenig beschädigt worden zu sein, aber ich muß zugeben, daß es kaum auffällt. Soll ich es zurückschicken?« Sie runzelte die Stirn bei Margolis' Antwort. »Ich bin noch eine halbe Stunde hier.«

Später sah Thinnes, wie sie Vincent Margolis beobachtete, der zusammen mit einem Assistenten das wieder verpackte Gemälde in einen Kleintransporter lud. Sie stiegen ein und fuhren los. Thinnes folgte ihnen in einer Zivilstreife.

47

Wieder Uptown. Thinnes parkte neben einem Hydranten auf dem Broadway, ließ den Motor laufen und rutschte auf seinem Sitz etwas tiefer, um Oster im Rückspiegel zu beobachten. Oster war in dem Porno-Videoladen, stand mit dem Rücken zur verglasten Ladenfront mit ihren ständig verschlossenen Einbruchsgittern und blätterte durch ein schmieriges Heft. Er wartete auf jemanden. Er schien nervös zu sein.

Der Mann, der den Laden von der Rückseite betrat, war groß, dunkelhäutig und fett, trug einen Dreitagebart à la Miami Vice und einen kurzen glänzenden Pferdeschwanz. Berringer. Er drückte Oster eine braune Papiertüte in die Hand. Oster schob Berringer ein Bündel Scheine zu und verschwand so schnell aus dem Laden, wie ein glücklich verheirateter Vorstadtbewohner nur konnte. Thinnes folgte Oster in dem Zivilstreifenwagen um die Ecke. Als er sicher war, daß Oster nicht verfolgt wurde, hielt er an, und Oster stieg ein.

Er war völlig aufgedreht, als er das Päckchen hochhielt. »Mit ein wenig Glück reicht das schon, um einen Durchsuchungsbefehl zu erwirken.«

»Wir sollten das richtig organisieren«, sagte Thinnes. »Laß uns mal sehen, ob Berringer einen Schuppen hat, in dem er das Zeug lagert. Und vielleicht kommen wir an einen Grundriß, damit wir uns auskennen, bevor wir den Laden stürmen.«

Als sie sich dem Hauptquartier näherten, sagte Oster: »Betrachte es doch mal von der positiven Seite, Thinnes. Wenn Evanger diese Bilder gekriegt hätte und nicht deine Frau, hätte es doch noch schlimmer werden können.«

»Das wäre mir beinahe lieber. Ronnie hat nach einer Ausrede gesucht, um abzuhauen. Im schlimmsten Fall feuert Evanger mich. Und das würde er nicht tun.«

»Heh, mit ein wenig Glück kannst du diesem Scheißtyp ein Geständnis entlocken. Dann schickst du ihr Blumen, führst sie fein zum Essen aus, sagst ihr, daß es dir leid tut und du in die Beratung gehst.«

»Meinst du einen Psychiater?«

»Eheberatung. Frauen lieben so was. Die glauben, in dem Augenblick, in dem du einwilligst, zu einer Beratung zu gehen, sind alle Probleme gelöst.«

Thinnes warf Oster einen Blick zu und sah dann wieder auf die Straße. »Hört sich ja glatt so an, als sprichst du aus eigener Erfahrung.«

»Werd ja nicht unverschämt.« Oster schwieg eine Minute und beobachtete den Verkehr auf der Belmont Avenue. »Das hab ich noch niemandem erzählt.« Thinnes konnte eine Warnung im Klang seiner Stimme hören. »Vor acht Jahren war meine Frau soweit, die Brocken hinzuschmeißen. Ich geb ihr keine Schuld; ich war ziemlich fertig. Evanger – er war damals Sergeant – schickte mich zu Karsch. Er ist ziemlich gut. Und diskret. Also, so wie ich das sehe: Entweder redest du mit einem Eheberater oder mit einem Scheidungsanwalt.«

»Und erzähl ihm alles?«

»So schlimm ist das nicht. Der Typ bringt dich mit ein paar Fragen zum Reden und fungiert dann als Schiedsrichter und legt Pausen ein, wenn es hart auf hart kommt. Und billiger als die Alternative ist das allemal.«

»Aber Karsch?«

»Du könntest schlechter fahren. Ich weiß nicht, ob er so was immer noch macht, aber wenn nicht, dann kann er bestimmt jemand empfehlen, der gut ist, wette ich.«

48

Marina City. Chicagos Wahrzeichen. Zwillingstürme am Fluß. Thinnes fand es sehr symbolisch, daß sie aussahen wie sauber abgenagt. Er schlenderte zu dem Lieferwagen der Telefongesellschaft, der nördlich des Ostturms als Überwachung stand, und setzte sich neben den FBI-Agenten auf den Beifahrersitz.

Thinnes fragte: »Wie läuft's?«

»Immer dieselbe Leier.«

»Habt ihr das Bild schon identifiziert?«

»Ja. Vor etwa einem Jahr aus einem Museum in Italien gestohlen, Versicherungswert eins Komma sieben Millionen Dollar.« Thinnes pfiff. »Manche Diebe sitzen jahrelang auf so was, aber das hier ist schon fast kalt, weil es nicht berühmt ist. Wenn Margolis Händler wäre, dann würden wohl schon längst Prospekte herumschwirren, bildlich gesprochen. Aber wir haben uns umgehört, und es regt sich nicht das leiseste Lüftchen, daß dieses

Bild zum Verkauf steht. Wir vergeuden wahrscheinlich unsere Zeit.«

»Und?«

»Und deswegen haben wir das Telefon angezapft. Wir geben Margolis noch ein, zwei Tage, dann besorgen wir uns einen Durchsuchungsbefehl, um mal nachzusehen, was er so in seiner Privatsammlung hat.«

Thinnes hätte Margolis am liebsten auf der Stelle verhaftet, bevor er noch Gelegenheit hatte, das Bild verschwinden zu lassen. Aber die Obermuftis mußten ja unbedingt einen Staatsakt daraus machen. Mit kleinen Dingen gaben die sich nicht ab.

Wie schon in dem Graylord-Fall. Da brauchten sie drei Jahre, Tausende von Arbeitsstunden und wer weiß wie viele Millionen Dollar, um ein paar korrupte Richter einzusacken. Gott sei Dank hatten sie ihre Finger nicht in der Sache mit Berringer, wenigstens jetzt noch nicht. Später, falls irgendwelche Versandlisten in andere Staaten auftauchten, konnten die FBI-Leute ja mal eine nette Landpartie machen. Thinnes wollte nur dieses Fiasko mit den schmutzigen Fotos hinter sich bringen. Und Ronnie zurückholen.

49

Als Thinnes an jenem Nachmittag ins Büro kam und seinen Papierkram auf den Tisch neben der Kaffeemaschine fallen ließ, hingen Viernes und Swann am Telefon, und Crowne tippte. Karsch kam aus seinem Zimmer. Thinnes wählte eine Nummer, und während er darauf wartete, daß jemand dranging, goß sich Karsch einen Kaffee ein.

»Wie wär's mit dem letzten Rest, damit ich neuen aufsetzen kann?«

Thinnes hielt einen Finger hoch, sagte »Bob Fell bitte« ins Telefon und zu Karsch: »Okay.«

Fell kam an den Apparat. Thinnes konzentrierte sich auf den

Anruf und ignorierte Karsch, der die Kaffeemaschine wieder herrichtete, und Crowne, der aufgehört hatte zu tippen.

»Bob, John Thinnes. Wie geht's dir?« Er hörte einen Augenblick zu und lachte dann. Evanger kam auf einen Kaffee hereingeschlendert, stellte sich neben die Kaffeemaschine und wartete darauf, daß sie durchlief. Er, Crowne, Swann, Karsch und Viernes spitzten die Ohren, als Thinnes sagte: »Na klar. Hör mal, Bob, ich brauche mal ein paar Informationen über einen eurer Veteranen. Einen Typ namens Caleb. C-A-L-E-B. James Arthur. Ich weiß die Daten nicht, aber er soll in Vietnam ein paar Orden abgekriegt haben.« Thinnes hörte zu und sagte: »Das weiß ich zu schätzen. Ich habe keine heiße Spur, aber die hier könnte lauwarm sein. Kommt drauf an, was du ausgräbst. Danke.« Er legte auf und sah zu den anderen. »Habt ihr eigentlich nichts zu tun?«

Ein paar Minuten später stand Thinnes auf und klopfte an Karschs Tür. Karsch rief: »Herein«, und Thinnes fragte: »Haben Sie mal ne Minute Zeit?«

»Sicher.« Karsch winkte Thinnes zu einem Sessel, als er die Tür schloß. Das Telefon klingelte, noch bevor Thinnes beginnen konnte. Karsch ging dran, hörte zu, legte auf. Er sagte: »Entschuldigen Sie mich einen Augenblick«, ging hinaus und schloß die Tür hinter sich.

Thinnes verbrachte die zwei Minuten seiner Abwesenheit damit, die postergroßen Fotos zu betrachten. Als Karsch zurückkam, fragte Thinnes: »Haben Sie die gemacht?«

»Um ehrlich zu sein, ja.«

»Nicht übel.«

Karsch nahm das Kompliment lächelnd zur Kenntnis. »Was kann ich für Sie tun, Detective?«

Detective, nicht Detective Thinnes. Nicht einfach Thinnes. Es ging Thinnes auf, daß Karsch genau die Balance zwischen formell und vertraulich getroffen hatte. Thinnes hatte sich nicht zurechtgelegt, was er sagen wollte. Heutzutage konnte man sowieso keinen mehr mit der alten Ein-Freund-von-mir-hat-ein-Problem-Routine reinlegen.

»Einer der Jungs hat mir gesagt ...«

Karsch hob eine Augenbraue und wartete.

Sie haben das Recht zu schweigen, dachte Thinnes. *Raus damit, Thinnes.* »Alles, was man Ihnen erzählt, fällt unter die Schweigepflicht«, sagte er.

»Das stimmt.«

Alles, was du sagst, kann und wird gegen dich verwendet werden. Ist das das Gefühl, das man hat, wenn man im Befragungszimmer auf der anderen Seite sitzt? Karsch wird nichts weitersagen, also, wer wird schon davon erfahren?

»Reden Sie eigentlich untereinander über Ihre Fälle?«

»Nur hypothetisch.« Karsch lächelte. »Mit geänderten Namen, um den Schuldigen zu schützen.« Er wartete.

Wenn man wußte, daß man jemanden aus dem Gleichgewicht gebracht hatte, dann brauchte man nur noch zu warten. Er wollte fragen: »Sind Sie schwul?«, aber das war keine Frage, die man jemandem stellte, den man angeblich kannte. Dieser verdammte Caleb! Was für einen Unterschied machte es denn, wenn Karsch schwul wäre? Nun, was weiß denn schon eine Schwuchtel von Eheproblemen? Das wär ja so, als frage man einen Priester.

»Ich bräuchte den Namen eines Eheberaters.«

Falls Karsch überrascht war, so verbarg er es. »Sicher. Ich gebe Ihnen mehrere. Am besten, Sie suchen sich einen aus, bei dem Sie ein gutes Gefühl haben. Manchmal muß man sich ein wenig umschauen.« Karsch zog einen Aktenordner aus einer Schreibtischschublade und schrieb daraus Namen und Telefonnummern auf ein Blatt Papier. Er reichte es Thinnes. »Rufen Sie an, und sagen Sie ihnen, was Sie suchen. Wenn Sie am Telefon ein gutes Gefühl haben, machen Sie einen Termin aus.«

Thinnes hatte kein gutes Gefühl dabei, mit Karsch darüber zu reden. Da konnte er gleich mit einem der Kollegen reden. Und über so was redete man nicht bei der Arbeit. Aber mit irgendwem mußte er reden, sonst würde er Rhonda verlieren.

Gab es Auffrischungskurse darin, wie man mit seiner Frau redete? Wenn er lernte, romantisch zu sein, würde sie ihm noch eine Chance geben? *Konnte* er das lernen?

Thinnes faltete das Blatt zusammen und steckte es ein. Rhonda sollte wählen. »Danke«, sagte er.

Karsch nickte und sagte: »Viel Glück.«

Als er das hinter sich gebracht hatte, trat er wieder ins Einsatzbüro. Karsch folgte ihm und ging zur Kaffeemaschine.

Thinnes wollte gerade nach seinem eigenen Kaffee greifen, als sein Telefon klingelte. »Thinnes«, sprach er hinein und wartete. »Eine Sekunde.« Er griff nach Stift und Notizblock. »Okay, los. Zwölf siebenundachtzig West Argyle, hab ich. Haben Sie den Durchsuchungsbefehl? Soll sich noch mal jemand ansehen. Wir wollen diesen Fall nicht wegen irgendeines Formfehlers verlieren. Okay. Bis gleich.« Er legte auf und riß den Zettel vom Notizblock.

»Wir haben Berringers Lager geortet und schlagen morgen nacht zu. Kommt noch jemand mit auf die Party?«

50

Thinnes ging früh zu der Beerdigung, um die Karten an den Blumen lesen zu können. Mörder erleichterten manchmal ihr Gewissen dadurch, daß sie Blumen oder Beileidskarten schickten. Um das zu erklären, brauchte man keinen Psychiater. Manchmal konnte man das Maß der Schuld an der Größe der Schleife messen.

Etwa dreißig Stühle waren in mehreren Reihen, zur Vorderseite des Raumes zeigend, aufgestellt worden, dort, wo Finley bei der Totenwache aufgebahrt gewesen sein mochte. Der Leichnam war nicht mehr da; die Blumen waren um ein gerahmtes, zwanzig mal fünfundzwanzig Zentimeter großes Foto von ihm angeordnet. Als Thinnes fragte, stotterte und zögerte der Direktor des Begräbnisinstituts, gab aber schließlich zu, daß die sterblichen Überreste Finleys verbrannt wurden, damit seine Schwester sie am Ende der Woche mit nach New York nehmen konnte.

Es fanden sich ein protziger Kranz von Margolis Enterprises

und ein teures, aber geschmackvolles Blumenarrangement von der Margolis Gallery. Desgleichen von den North Michigan Avenue Associates. WR&C aber übertrumpfte sie alle. Deren Blumengesteck war das kleinste, aber aus Pflanzen zusammengestellt, die Thinnes noch nie zuvor gesehen hatte. Dazu Orchideen. Es sah sehr teuer aus.

Dr. Caleb war der erste, der kurz vor neunzehn Uhr eintraf. Thinnes stand still in einer Ecke neben der Tür und beobachtete, wie Caleb dasselbe tat, was er zuvor getan hatte – die Karten an all den Blumen lesen. Allerdings machte er keine Notizen. Als er sich wieder dem Vorraum zuwandte, entdeckte er Thinnes.

»Guten Abend, Detective Thinnes.« Calebs Benehmen ließ nicht den leisesten Hinweis auf ihr letztes Zusammentreffen erkennen.

Thinnes nickte. »Doktor.«

»Ist dies ein offizieller Besuch?«

»Ich bin nicht im Dienst.«

»Aber immer noch neugierig?«

Thinnes lächelte.

Caleb hakte nicht nach. Er sagte: »Dann sehen wir uns später«, und ging davon.

Thinnes konnte hören, daß die anderen eingetroffen waren, und binnen kurzem eskortierte Marshall Close Adriana Finley in den Raum. Wie Caleb und Thinnes traten sie nach vorn und lasen die Karten. Close sah sich in dem Raum um, als habe er dafür gezahlt. Er bemerkte Thinnes augenblicklich und nickte unmerklich. Wenn er neugierig war, so verbarg er es gut. Er stand mit Adriana Finley da, grüßte die Personen, die hereingeschlendert kamen, und machte sie miteinander bekannt.

Thinnes fand an der Gruppe der Anwesenden nichts Außergewöhnliches. Nahezu jeder, den sie bei WR&C befragt hatten, war gekommen, auch Alicia Baynes. Finleys Vermieter war da, zusammen mit ein paar Nachbarn – sie waren, so einer der Mieter, mit einer an den Briefkästen ausgehängten handschriftlichen Notiz darauf aufmerksam gemacht worden –, ebenso Joseph Remora, Finleys Anwalt. Remora sah aus wie der Typ von Anwalt, der Kleinganoven und Nutten verteidigt und schrille Anzüge trägt, damit sich seine Klienten wohler fühlen. Am Telefon klang er wie ein Harvardabsolvent, aalglatt und professionell. Wahrscheinlich hatte er entdeckt, welch gutes Geld man dabei verdienen konnte, arbeitende Mädchen und Verkehrssünder zu verteidigen, wenn man nicht zu sehr an seinem Image hing. Thinnes' Achtung für Finley wuchs: Der Junge war in der Lage gewesen, die Fassade zu durchschauen und nach Können zu gehen.

Thinnes glitt in den Vorraum, um die Namen im Gästebuch zu kontrollieren. Nur einer davon war ihm nicht vertraut; der Direktor identifizierte die ältere Dame als professionellen Trauergast. Die einzige überraschende Ankunft war Anita Margolis. Sie trug ein marineblaues Kostüm. Neben ihr sahen die anderen Frauen im Raum aus wie Putzfrauen. Dr. Caleb nahm ihren Arm und führte sie hinein, um sie vorzustellen.

Nachdem sie ihr Beileid ausgesprochen hatten, setzten sich die meisten Gäste auf die Klappstühle und sahen sich um. Alicia Baynes, in Schwarz, saß so weit wie möglich von Bettina Calder entfernt. Das erinnerte Thinnes an das, was er Caleb zu Margaret Linsey im Zoo hatte sagen hören; sie waren wie zwei fauchende Großkatzen, denen sich beim gegenseitigen Anblick die Haare sträubten. Die Blicke, mit denen sie sich grüßten, hätten Frostbeulen verursachen können. Caleb und Anita Margolis saßen zusammen, sprachen aber nicht miteinander. Sie schienen es nicht zu brauchen. Thinnes fragte sich, ob der Doktor nicht vielleicht doch an beiden Ufern mitspielte.

Um exakt neunzehn Uhr dreißig betrat ein Mann mit dem Kragen eines katholischen Pfarrers den Raum und begann die Trauerfeier mit einem Gebet. Thinnes beobachtete das Publikum. Adriana saß da und biß während der Lobrede die Zähne zusammen. Marshall Close, Dr. Caleb und Anita schienen aufmerksam zuzuhören. Alicia Baynes kämpfte gegen die Tränen. Die Hälfte der anderen Anwesenden schienen Tagträumen nachzuhängen oder einzunicken. Als der Redner geendet hatte, lud er die Traugäste ein, ihre Gedanken zu äußern. Close stand auf und sprach über Finley, als handele es sich um Einstein oder Abraham

Lincoln. Mehrere seiner Arbeitskollegen sprachen über ihn. Sie schienen sich dabei sehr unwohl zu fühlen, und Thinnes hatte das Gefühl, als hätte Close sie vielleicht dazu gezwungen. Dann dankte Adriana allen Freunden ihres Bruders für das Erscheinen, und der Priester beendete das Programm, indem er ein Vaterunser anstimmte. Er blieb beim Hinausgehen stehen und sprach der »Familie« sein Beileid aus. Kaum war er gegangen, begannen die Anwesenden sich zu zerstreuen.

Adriana trat zu Thinnes. Sie hatte sich seit ihrem letzten Treffen zusammengerissen, und die Tränen waren einer Feindseligkeit gewichen. Sie sagte: »Mir ist klar, warum Sie nicht sagen konnten, daß Allan ermordet wurde.« Es hörte sich so an, als vergebe sie ihm auf ironische Weise dafür, daß er etwas übersehen hatte.

Er war nicht besonders beleidigt. Polizisten erwischen die Menschen selten zu einem günstigen Zeitpunkt. Adrianas Wut war glaubwürdiger als die platte Trauer, die er am Montag gesehen hatte. Diese Frau hier konnte der Finanzhai sein, über den ihn die New Yorker Polizei unterrichtet hatte. Er wunderte sich über den Wandel.

»Was hat Ihnen Dr. Caleb erzählt?«

»Nur, daß Sie so lange die Katze spielen, bis Sie herausgefunden haben, welche Maus eigentlich eine Ratte ist.«

Thinnes ließ ein unbestimmtes »Hmm« vernehmen und entschuldigte sich.

Die Katze spielen. Ein treffender Vergleich. Und um ihn noch ein wenig weiterzutreiben: Manchmal mußte man etwas vom Regal schmeißen, um zu sehen, wer aufsprang. Er sah sich nach Close um.

»Detective Thinnes«, sagte Close zur Begrüßung. Thinnes nickte. »Deutet Ihre Anwesenheit hier auf eine gewisse Unzufriedenheit mit dem Ergebnis der Autopsie hin?«

»Der gerichtsmedizinischen Untersuchung«, korrigierte ihn Thinnes. »Nur ein paar offene Fragen. Es geht mich eigentlich nichts an, Mr. Close, aber ich bin nun mal neugierig; ist Ihnen jemals ein Fall von beruflicher Eifersüchtelei oder persönlichem Streit unter Ihren Angestellten untergekommen?«

»Ich nehme an, Sie haben einen guten Grund, das zu fragen?«

»Es handelt sich eher um das Fehlen eines guten Grundes, aus dem Finley hätte Selbstmord begehen sollen. Die gerichtsmedizinische Untersuchung gibt sich nicht mit Motiven ab, nur mit Ursache und Todesart. Wir würden aber gern mit einem Grund aufwarten. Das würde den Fall viel säuberlicher abschließen.«

Close dachte darüber nach. »Wollen Sie damit andeuten, Allan hätte Schwierigkeiten mit einem meiner Angestellten gehabt, die zu seinem Selbstmord geführt haben?«

Nett formuliert. »Versagen, beruflicher oder privater Natur, könnte ein Motiv sein.«

Close schien damit zufrieden. »Wie ich Ihnen schon sagte, beruflich war Finley sehr erfolgreich. Ich kümmere mich nicht um die persönlichen Angelegenheiten meiner Angestellten, weise sie sogar ausdrücklich darauf hin, sie für sich zu behalten. Und um Ihre Frage zu beantworten, meine Angestellten sind erwachsen. Und Profis.«

Das implizierte, daß sie sonst kaum länger bei ihm angestellt sein würden. Aber es deutete nichts darauf hin, daß ihre Dienstzeit auf andere als die allgemein übliche Art beendet werden würde.

»Sonst noch was?« Wenn Close über Baynes und Calder Bescheid wußte, dann behielt er es für sich.

Thinnes erwischte Caleb im Vorraum. Anita Margolis war gegangen. Thinnes sagte: »Doktor, ich dachte, ich hätte Sie gewarnt, meine Verdächtigen nicht zu verschrecken.«

»Wir verfolgen verschiedene Ziele, John. Das liegt in der Natur unserer Berufe. Davon abgesehen, Sie verdächtigen doch nicht wirklich Adriana?«

»Jeder ist verdächtig, solange ich den Mörder nicht habe.«

Caleb lächelte.

Thinnes sagte: »Am Montag bricht sie fast zusammen, und heute ist sie soweit, *mich* auseinanderzunehmen. Können Sie mir den Wandel erklären?«

»Als ich ihr sagte, Allan hätte sich nicht umgebracht, war das eine Bestätigung für sie.«

»Hmm?«

»Sie kannte ihn gut genug, um zu wissen, daß er niemals Selbstmord begehen würde, als aber die Polizei – Experte in solchen Fragen – darauf beharrte, fing sie an, an sich zu zweifeln. Außerdem löst der Tod eines geliebten Menschen eine Menge Wut aus, die oft gegen den Auslöser gerichtet wird – Krankheit, Schicksal, Gott. Wenn der Auslöser das Opfer selbst ist, dann hat der Überlebende meistens nicht die Chance, der Schuld, die er bereits dabei fühlt, den Tod nicht verhindert zu haben, noch die Wut auf den Verstorbenen hinzuzufügen. Auch wenn er das verdient. In Fällen von Selbstmord wandeln die Überlebenden oft ihre Wut in untröstliche Trauer oder psychosomatische Störungen um. Ich würde sagen, Adriana hat ihre Wut von sich selbst weg auf Allans Mörder gelenkt. Und vielleicht auch auf Sie, weil Sie sie dazu gebracht haben, das Schlimmste anzunehmen.«

Das ergab Sinn. Wie fast alles, was Caleb sagte. Er war so verdammt vernünftig, man konnte sich mit ihm über fast nichts streiten. Was irgendwie den Wunsch aufkommen ließ, ihn aus tiefstem Herzen zu hassen. Oder ihm einen Mordfall anzuhängen. Du bist doch bloß sauer, weil du nicht drauf gekommen bist, daß er schwul ist, sagte Thinnes bei sich. Du hattest nicht die geringste Ahnung.

Alicia Baynes war die letzte, die ging. Als sie bemerkte, daß Thinnes sie beobachtete, wandte sie sich an ihn und sagte: »Das ist so *ungerecht!*« Thinnes nickte. »Er war so nett. Ein wenig überpenibel, aber wenigstens konnte er Witze darüber machen.«

»Warum haben Sie die Aufträge miteinander getauscht?«

»Hat *sie* Ihnen das erzählt?«

Thinnes nickte.

»Weil er mich darum gebeten hat. Er war Oberbuchhalter. Man erzählte sich, daß Close ihn zum Partner machen wollte. Warum sollte ich nicht tauschen, wenn er mich drum bittet?«

Ihre Abwehrhaltung war verständlich, aber dahinter steckte noch etwas anderes. Sie log. Thinnes sagte: »Ich möchte, daß Sie in mein Büro kommen und eine Aussage darüber machen.«

Sie klang leicht beunruhigt. »Heute abend?«

Sie kann es sich ja noch mal überlegen. Vielleicht mit ihrem Anwalt reden. Vielleicht entschied sie, mit der Wahrheit herauszurücken. »Morgen oder übermorgen ist früh genug.«

51

Berringers Lagerhaus war ein altes Gebäude, solide gebaut, aber baufällig, an einer kleinen Straße im Norden der Stadt. Neben einer Tür mit der Hausnummer darauf befand sich ein garagenartiges Tor. Das Überfallkommando – Thinnes, Crowne, Swann, Oster, Ferris und noch ein halbes Dutzend anderer – trug Jakken mit der Aufschrift POLIZEI; man hatte das Gebäude umstellt und koordinierte die Aktionen per Sprechfunk. In der Nähe war ein Abschleppwagen mit einer riesigen vorderen Stoßstange postiert; einen Block weiter wartete ein Feuerwehrwagen auf Abruf.

Auf das Signal des Dienstältesten trat Oster an die Tür, dicht gefolgt von dem Laster. Der Fahrer setzte ihn so vor, daß eine Ecke der Stoßstange genau vor der Tür stand. Oster klopfte leise und sagte: »Polizei! Hausdurchsuchung. Öffnen Sie!« Nur der Lastwagenfahrer oder irgend jemand, der auf der anderen Seite mit dem Ohr an der Tür stand, konnte ihn hören. Natürlich passierte nichts. Oster trat beiseite und gab ein Zeichen. Mit aufheulendem Motor und knirschender Kupplung drückte der Laster die Tür ein und setzte zurück. Oster gab erneut ein Zeichen, und alle stürmten das Haus.

Drinnen wurde Feuer gelegt. Beißender Rauch stieg aus den hastig aufgerissenen und mit Benzin übergossenen Kartons. Helle Flammen stiegen in dem dunklen Innern auf. Als die Polizei stürmte, versuchten mehrere Männer zu fliehen. Einer drehte sich mit einem Gewehr zur Polizei, erkannte, welcher Überzahl er sich ausgesetzt sah, und warf die Waffe weg. Die anderen streckten ihre Arme in die Höhe und schrien: »Nicht schießen!«

Oster rief die Feuerwehr per Sprechfunk und öffnete das Garagentor, und die Feuerwehrleute rückten an, um die Flammen zu ersticken.

Thinnes, Crowne und Ferris umgingen das Hauptkampfgebiet, und Thinnes wies sie mit Handzeichen an, eine Tür mit der Aufschrift BÜRO zu umstellen, und sicherte sie. Ferris und Crowne stellten sich zu beiden Seiten der Tür auf. Crowne hielt einen Finger hoch, dann zwei. Bei drei trat Ferris die Tür ein. Das Schloß flog auseinander. Crowne stürzte ins Zimmer.

Es war leer, bis auf einen Metallschreibtisch, einen Stuhl und einen Stapel leerer Kartons.

Thinnes stürzte zur nächsten verschlossenen Tür und trat sie ein, während Crowne und Ferris weiter den Flur entlanggingen.

Das Klo war verdreckt. Eine Schmierschicht überzog das Waschbecken. Der Spiegel war mit Fliegendreck übersät, die Wände gelb von fehlgegangenen Zielversuchen. Berringer spülte etwas hinunter, als Thinnes die Tür mit gezückter Waffe aufbrach. Er flog in den Raum, donnerte Berringer gegen die Wand und hielt ihm den .38er an den Kopf. Dann griff er nach einem großen Zellophanpäckchen in der Toilette, das den Auslauf verstopfte. Er zog daran, und das Päckchen kam mit Spritzen und Gurgeln heraus. Thinnes ließ es ins Waschbecken fallen.

»Netter Versuch, Berringer. Hände an die Wand und Beine breit.«

Berringer drehte sich um und machte Anstalten, sich zu wehren. Angesichts des .38ers zuckte er jedoch mit den Schultern und gab auf. Thinnes richtete den Revolver weiter auf ihn, während er ihn nach Waffen abklopfte. Er fand einen .32er.

»Null zu drei, Berringer. Nicht dein Glückstag heute.«

»Ich hab einen Waffenschein.«

Thinnes stieß das durchgeweichte Päckchen im Waschbecken an. Weißes Pulver. Kokain. Bingo!

»Für den Dreck etwa?«

Berringer gab keine Antwort. Thinnes legte ihm Handschellen an und steckte seine Waffe ein. Er warf einen vorsichtigen Blick durch die Tür, sagte: »Sie sind verhaftet«, und schob Berringer auf den Flur hinaus. Er steckte den .32er ein und hob das tropfende Päckchen hoch. »Sie haben das Recht zu schweigen ...«

Während Thinnes Berringer zum Streifenwagen führte, waren bereits Säuberungsarbeiten im Gange. Als er zurückkam, dirigierte Oster fröhlich eine Armee von Bullen und Spurensicherern. Polizeifotografen nahmen die Szene auf, bevor die Beschlagnahmer kamen und sich die ungeöffneten und mit etwas Glück unbeschädigten Kisten mit Kinderpornos, Leichenfledderstreifen und S&M-Zeugs krallten, die aus den Flammen gerettet worden waren. Kartons unverbrannter Rechnungen und Akten boten der Staatsanwaltschaft auf Jahre hinaus Beschäftigung. Alle strahlten vor Freude wie Spielzeughändler zur Weihnachtszeit.

Thinnes machte sich auf die private Suche, bevor der Revierkommandierende seine Show für die Presse abzog. Verschiedene Winkel des Gebäudes waren für den jeweiligen Bereich der Pornoproduktion ausgestattet. Ein Großteil war für Lagerung und Verpackungsarbeiten genutzt worden, aber es gab auch beeindruckende Dunkelkammern und Schneideräume und einen Desktopcomputer für die Grafiken. Der Höhepunkt der Besichtigung war eine Kulisse mit einem seidenbezogenen Bett, umgeben von Beleuchtung, Ton und Kameraausrüstung.

Ferris entdeckte Thinnes und deutete darauf. »Kommt dir das bekannt vor, Thinnes?«

»Lach du nur, Ferris. Ich hab den Burschen.«

52

Das Befragungszimmer im Hauptquartier war klein und schlicht: harte Stühle, eine elektrische Uhr an der Wand und ein von der Rückseite durchsichtiger Spiegel. Die Schlichtheit war dazu bestimmt, Ablenkungen zu vermeiden. Nichts sollte Verdächtige von den Fragen abbringen, die ihnen gestellt wurden.

Berringer saß, eine Hand mit der Handschelle an die Wand gekettet, schweißgebadet da. »Hören Sie, ich sage nichts ohne meinen Anwalt.« Als Oster mit den Schultern zuckte, kam er ins Schwimmen. »Was für ein Geschäft könnte ich denn machen?«

»Kommt drauf an, was Sie anbieten können. Sie wissen ja, wir tun unser Bestes, wenn Sie kooperativ sind.«

»Sie werden es nicht glauben, aber ich weiß nichts.«

»Aber sicher doch.«

»Wirklich nicht!«

»Sie haben genug Koks, um halb North Shore zum Summen zu bringen, und erwarten von mir, daß ich Ihnen glaube, Sie wüßten nicht, wo Sie das Zeug herhaben?«

»Ich schwör's! Ich unterzieh mich auch nem Test mit dem Lügendetektor!«

Oster ließ seine Abscheu deutlich erkennen, als er sich erhob.

»Warten Sie! Hören Sie doch!«

Thinnes, der zusammen mit Ferris, Viernes, Crowne und Karsch die Show von der anderen Seite des Spiegels aus beobachtete, kam Berringer so verzweifelt vor, wie ein Mann nur sein kann, dessen Geschichte schwer zu glauben ist und dessen Zukunft davon abhängt, sie an den Mann zu bringen.

»Ray, nur mal so zum Spaß, aber ruf doch mal das Labor an und bitte sie, die Chromatographie von Berringers Koks mit der von dem Zeug zu vergleichen, das in Calebs Wohnung gefunden wurde.«

Crowne zuckte mit den Schultern, zog dann aber los. Thinnes steckte seinen Kopf zur Tür herein. »Oster?«

»Also immer mit der Ruhe«, sagte Oster zu Berringer. Er ging mit Thinnes hinaus.

»Er soll sich mal eine Minute abkühlen«, sagte Thinnes zu ihm. »Ich hab da so eine Ahnung, die ich gern klären möchte. Dann haben wir vielleicht noch mehr Druckmittel.«

Der Konferenzraum sah aus wie der Befragungsraum, nur ohne Spiegel. Berringer hatte sich mit seinem Anwalt beraten. Er sah verbissen drein. Sein Anwalt wirkte selbstgefällig. »Ich habe meinem Mandanten dringend angeraten, nichts mehr zu sagen.«

Oster ignorierte den Anwalt und redete Berringer direkt an. »Wir sind vor allem an der Person interessiert, von der Sie den Koks haben.«

»Wir suchen ihn wegen Mordes«, fügte Thinnes hinzu. »Wollen Sie da vielleicht reingezogen werden?«

Alarmiert sah der Anwalt Berringer an. »Sie haben mir nichts –«

»Er hat nie was von Mord gesagt!« plapperte Berringer heraus. »Ich mein, der Irrenarzt ist doch nicht tot.«

Oster war überrascht. Thinnes nickte.

»Sagen Sie kein Wort mehr!« verlangte der Anwalt.

»Das war Ihr Glück, Berringer«, sagte Thinnes, »aber wie das nun mal so ist, war das nicht der erste Mordversuch.«

»Der Plan sah gar nicht vor, ihn umzubringen!«

»Berringer, ich kann Sie nicht verteidigen, wenn Sie nicht auf meinen Rat hören!«

Das begriff Berringer schließlich. »Ja«, sagte er. Und zu Thinnes: »Ich sage nichts mehr.«

Thinnes zuckte mit den Schultern. »Na los«, sagte er zu dem Anwalt. »Beraten Sie ihn.« Er verließ das Zimmer. Oster folgte ihm wütend. »Thinnes, was läuft hier?«

»Mord, Oster. Wegen Besitz und Verbreitung von Pornographie hast du ihn ja sowieso schon. Hör mal, ich finde nicht, daß wir irgendwas zu verlieren haben. Darüber redet er nicht, nicht mal ohne Rechtsberatung. Aber vielleicht will er sich aus einer Mordanklage herausreden. Wenn der Staatsanwalt mitmacht –«

»Wenn, wenn, wenn. Wenn du überhaupt beweisen kannst, daß du hier einen Mord vor dir hast. Ich habe letzte Woche mit dem medizinischen Gutachter gesprochen. Er hat seinen Abschlußbericht über Finley schon geschrieben – Selbstmord.«

»Und ich habe mit der Drogenfahndung gesprochen. Sie wollen den Lieferanten. Und ich auch – wegen Mordes an Finley!« Er hielt inne und fuhr sich mit den Fingern durchs Haar. »Du mußt mir einfach vertrauen.«

Oster dachte einen Augenblick nach. »Na gut. Laß mich mit der Drogenfahndung und dem Staatsanwalt reden, und ich melde mich wieder.«

»Also, hier ist der Deal«, sagte Thinnes zu Berringer und seinem Anwalt. »Die Staatsanwaltschaft ist bereit, die Anklage auf einfachen Drogenbesitz zu reduzieren, wenn Sie uns dabei helfen, Ihren Lieferanten festzunageln. Sie könnten sich auch von jeglichem Verdacht der Mittäterschaft an diesem Mord befreien, den wir gerade untersuchen, und von der Anklage des versuchten Mordes, die wir gerade vorbereiten.«

Berringer sah zu seinem Anwalt hinüber, der nickte. »Ich weiß nicht, wer der Typ ist.« Er sah Thinnes und Oster an. »Warten Sie! Hören Sie! Der Typ erpreßt mich seit Jahren, damit er mich nicht verpfeift.« Berringer sah Thinnes an. »Nun, verlangt hat er nie viel. Es war wie Schutzgeld und billiger als umziehen. Damit wär ich ihn auch nicht losgeworden, bis die Verjährungsfrist abgelaufen ist. Also hab ich gezahlt.« Er sah seinen Anwalt an, der schwieg und mißbilligend blickte. »Ab und zu erließ er mir eine Zahlung, wenn ich ihm ein Foto fälschte.«

Thinnes reichte ihm eins der Pornofotos von sich. »Wie das hier?«

Berringer warf einen kurzen Blick darauf. »Ja.« Er sah noch mal hin, und ihm ging auf, wer darauf abgebildet war. Er wurde kreidebleich. »Himmel! Werden Sie mich verklagen?«

»Kommt drauf an, wie kooperativ Sie sind.«

»Hören Sie, es tut mir leid. Ich wußte nicht, wer die Typen waren oder was er mit den Fotos anstellte. Ich hab die Instruktionen immer per Telefon gekriegt – kurze Anrufe, damit ich sie nicht zurückverfolgen konnte.«

»Und wie lauteten die Instruktionen diesmal?« fragte Oster.

»Er sagte, er wolle ein paar Bilder von einem verheirateten Typen im Bett mit einer anderen. Er sagte: ›Lassen Sie Ihrer Phantasie freien Lauf.‹« Berringer sah Thinnes nervös an.

»Woher haben Sie das Bild von mir, Berringer?«

Berringer zuckte mit den Schultern. »Das Arschloch hat mir gesagt, wo Sie wohnen, und ich hab Sie abgepaßt. Der übliche Überwachungskram. Ich bin überrascht, daß Sie fragen.«

Thinnes runzelte die Stirn. »Ein rostiger weißer Econoline mit Zulassung vom Dezember?«

»Ja. Woher ...«

»Sie haben ihn hochgebockt und ein Rad abgeschraubt, damit sich keiner wundert, warum er so lange da steht.«

»Ja, und ein Weibsbild hat Sie nach dem Weg gefragt, als Sie das Haus verließen, und so hab ich ein paar gute Bilder geschossen.« Berringer schien auf seinen Einfallsreichtum stolz zu sein. Thinnes und Oster zeigten sich nicht beeindruckt.

»Erzählen Sie uns von Dr. Caleb«, sagte Oster.

»Er hat nicht gesagt, daß wir ihn umbringen sollen!« Sie warteten. »Der Typ sagte, der Irrenarzt sei schwer süchtig und schulde ihm einen Haufen Geld. Sagte, er würde nicht zahlen. Also sagte er, wir sollten ihn ruinieren – Sie wissen schon, das Ganze wie illegalen Drogenbesitz aussehen lassen. Bei einem Typ in seiner Position wär das das berufliche Ende.«

Thinnes fragte: »Wie sollte er denn in seiner eigenen Wohnung hoppgenommen werden?«

»Ich weiß es nicht! Ich hab nicht allzusehr drüber nachgedacht. Ich glaub, ich dachte, daß es ungefähr so ablaufen würde, wie es dann tatsächlich der Fall war. Ich hab dem Irrenarzt nicht soviel gegeben, um ihn umzubringen. Ich schwör's! Nur soviel, um ihn wirklich glücklich zu machen, bis die Bullen eintrafen.«

»Ihnen ist nicht aufgegangen, daß er vielleicht gar nicht süchtig war?«

»Machen Sie Witze? Er fährt nen Jaguar. Diese reichen Arschlöcher sind doch alle ... Wenn ich irgendeine Ahnung gehabt hätte, daß ich reingelegt wurde – ich meine, warum sonst würde ich das wohl machen? Ich kenn diesen Caleb doch gar nicht.« Er sah Oster mit ehrlichem Gesicht an. »Und wenn ich diese Ratte in die Finger kriege ... Seit fünf Jahren erpreßt er mich!«

Oster wartete.

»Ich hätte mich an die Instruktionen halten sollen. Ich sollte den Koks bei dem Irrenarzt lassen – damit er wie ein Dealer aussah –, aber ich hab gedacht, was soll's, merkt ja sowieso keiner.«

53

In Alicia Baynes' Papieren stand, sie sei sechsundzwanzig. Im Augenblick ging sie für vierzig durch. Die dunklen Haarwurzeln zeigten sich in ihrem blonden Haar; ihr Make-up verbarg die Falten und die dunklen Augenringe nicht. Thinnes nahm an, daß sie seit der Trauerfeier nicht mehr geschlafen hatte. Klassisches Beispiel von schlechtem Gewissen, da würde er wetten. Nicht notwendigerweise wegen des Mordes, aber zumindest, weil sie gelogen hatte. Sie sah so aus, als würde sie gleich wieder weinen. Sie faltete verkrampft die Hände auf dem Tisch vor sich und sah sich in dem kleinen Verhörraum des neunzehnten Reviers um – überallhin, nur nicht zu Thinnes hinauf, der ihr auf der anderen Tischseite gegenüberstand.

Er lehnte sich rückwärts an die Wand. Er hätte ihr am liebsten eine Ohrfeige verpaßt und gesagt, sie solle sich zusammenreißen. Statt dessen sagte er: »Sie kommen nicht allzu gut mit Miss Calder aus.«

»Nicht sehr.« Thinnes wartete. »Sie ist eine von diesen Menschen, die *nie* was falsch machen. Es ist immer meine Schuld.«

»Wie kam sie mit Finley aus?«

Baynes lächelte sarkastisch. »Als Allan neu war, versuchte sie ständig, ihm was anzuhängen. Dann, als Close begann, Gefallen an Allan zu finden, schmuste sie sich an ihn ran. Sie glaubt, wir seien alle zu blöd, das zu merken. Es ist beleidigend.«

»Und warum nehmen Sie das einfach hin?«

»Ich weiß nicht. Als ich anfing, war sie wirklich nett – bis sie feststellte, daß ich gut bin. Dann fing sie an, an allem herumzumäkeln, was ich tat.«

Thinnes fragte sich, wie sehr der Konflikt auf die Hautfarbe zurückging und wie sehr auf die gute alte Unsicherheit.

»Hat sie dasselbe mit Finley gemacht?«

Baynes lächelte ihn gequält an und vergaß dabei beinahe, daß sie weinen wollte. »Er war ein Mann. Außerdem gab es keinerlei Chance, daß sie mit Allan konkurrieren konnte. Er hatte einen M.B.A. von der Northwestern University. Aber sie versuchte sich so zu verhalten, als ob sie auf gleicher Ebene stünden. Sie erträgt es einfach nicht, wenn irgendwer besser ist als sie.«

Thinnes hatte solche Menschen kennengelernt. War einer davon dein Vorgesetzter, dann konntest du nichts anderes tun, als unauffällig zu sein und deinen Hintern zu schützen. Baynes klang glaubwürdig. Und was er von der Calder gesehen hatte: Sie war wohl so unsicher, daß sie Konkurrenz verachtete, vor allen Dingen von Untergebenen.

Genug, um Finley umzubringen? Thinnes bezweifelte es. Dieser Typ hatte nicht den Nerv dazu. Die Arroganz vielleicht, aber nicht den Mumm.

Es klopfte an der Tür. Thinnes ging hin, und Crowne trat mit drei Plastikbechern Kaffee ein. Er stellte sie auf den Tisch vor Thinnes, bot eine davon Baynes an und setzte sich ihr gegenüber hin. Er schlürfte seinen Kaffee, zog Notizbuch und Stift heraus, wartete und sah Baynes erwartungsvoll an.

»Ich möchte, daß Sie Detective Crowne gegenüber Ihre Aussage machen – über diesen Jobtausch mit Finley«, sagte Thinnes. »Dann werden wir es abtippen lassen, und Sie können unterschreiben und gehen.«

Sie wand sich. »Wozu? Was hat das mit Allans Tod zu tun, und warum muß ich irgendwas in der Sache unterschreiben?«

»Wir wissen nicht, ob es irgendwas mit Finleys Tod zu tun hat, aber es könnte ja sein. Daß er an Ihrer Stelle auftauchte, könnte der Grund sein, warum ihn jemand umgebracht hat. Und warum wir von Ihnen eine Aussage verlangen ...« Thinnes zuckte mit den Schultern. »Man vergißt schnell im Laufe der Zeit. Manchmal lügt man. Manchmal schmückt man aus. Wenn wir eine beeidete Aussage haben, haben wir die Geschichte in den Akten. Wenn Sie sie vollkommen vergessen, haben wir immer noch die Story. Wenn Sie gelogen haben, besteht die Chance, daß Sie die Geschichte vergessen, die Sie uns erzählt haben, und dann ertappen wir Sie dabei.« Er hielt inne, um das einsickern zu lassen. »Und bei Mord gibt es keine Verjährungsfrist. Es dauert vielleicht Jahre, bevor wir diesen Fall vor Gericht bringen können. Wir wollen sicherstellen, daß wir keine Details auslassen.«

Baynes nickte und wiederholte dann, was sie Thinnes bei der Totenwache gesagt hatte – wie er die Trauerwache nannte. Allan hatte gebeten, die Jobs zu tauschen. Finley hatte nicht gesagt, warum. Sie hatte den Auftrag, den er hatte bearbeiten sollen, mit seinem Namen unterzeichnet; er unterschrieb bei ihrem Auftrag mit seinem eigenen Namen, weil er ihn erledigt hatte. Offenbar war ihm nie aufgegangen, daß es irgend etwas zu verschleiern gab. Das war alles.

Thinnes war sich ziemlich sicher, daß sie log. Er sagte: »Ist das alles?« Sie nickte. »Wenn Sie noch ein paar Minuten warten, werden wir das tippen lassen, damit Sie es unterschreiben können, und dann können Sie gehen.« Er stupste Crowne mit dem Knie an, und Crowne stand auf. »Entschuldigen Sie uns einen Augenblick«, sagte Thinnes.

Als sie im Gang standen, sagte Crowne: »Die lügt doch wie gedruckt.«

»Ich rechne damit, daß sie ihre Meinung ändert, wenn sie wirklich unterschreiben muß. Wenn sie es schwarz auf weiß hat.«

Während Crowne die Aussage abtippte, führte Thinnes ein paar Telefonate in einem anderen Fall, an dem sie arbeiteten. Sie ließen Baynes eine halbe Stunde warten. Als Thinnes die Tür zum Verhörraum öffnete, sprang sie vor Schreck hoch, obwohl sie mit dem Gesicht zur Tür saß.

»Tut mir leid, daß Sie so lange warten mußten«, sagte Thinnes, während er die Aussage auf den Tisch legte. »Wenn Sie das bitte noch einmal lesen und unterschreiben, sind wir fertig.« Crowne schloß die Tür.

Sie las die Aussage. Und las sie noch einmal. Sie nahm den Stift, den Thinnes vor ihr abgelegt hatte, fing an zu unterschreiben und legte ihn wieder hin. Sie starrte das Blatt an und sagte zu ihnen: »Ich habe gelogen.«

Thinnes sagte: »Sind Sie bereit, uns zu sagen, was wirklich geschehen ist?«

Sie warf ihm einen Blick zu. Um seine Stimmung einzuschätzen, vermutete Thinnes. Dann holte sie tief Luft und fing an.

»Allan hat mich nicht gebeten, die Aufträge zu tauschen. Ich war das.« Sie wartete darauf, daß sie nach dem Warum fragten; das taten sie nicht. »Ich hatte das Gefühl, an den Konten, die ich führte, stimmte was nicht, aber ich wußte nicht was. Ich hatte den Verdacht, daß da Geld gewaschen werden sollte. Ich hatte einfach ... ich hatte nicht genug Erfahrung, um das aus den Unterlagen, die man mir gab, herauszulesen. Ohne Beweise konnte ich die Firma nicht beschuldigen. Und Bettina konnte ich auch nichts sagen – sie hätte mich feuern lassen. Also bat ich Allan, für mich einzuspringen. Ich wußte, er würde es rausfinden – er war ein Genie, wenn es um so was ging. Er liebte solche Herausforderungen. Ich hätte mir nie träumen lassen, daß da irgendeine Gefahr besteht – ich meine, wer bringt schon einen Buchhalter um!«

Das klang schon eher nach der Wahrheit. »Warum haben Sie uns das nicht gleich erzählt?« fragte Thinnes.

»Ich hatte Angst, daß der Mörder von Allan dann auch hinter mir her ist. Und ich hatte Angst, Ms. Calder würde mich rausschmeißen. Ich dachte, wenn ich die Berichte einfach einreiche, dann werden sie abgelegt. Sie wissen schon, bei Routinesachen schaut man nicht mehr so genau hin.«

Er wußte es. »Um Ihre eigene Haut zu retten, waren Sie bereit, jemand anderes mit dem Mord an Ihrem Freund davonkommen zu lassen.«

»Ich habe nicht nachgedacht ... ich hatte einfach nur Angst.«

Thinnes konnte spüren, wie sehr Crowne sie verachtete, und versuchte, seine eigene Verachtung zu verbergen. »Sind Sie bereit, diese neue Version zu beeiden? Werden Sie Ihre Geschichte nicht noch einmal ändern?«

»Nein. Ich meine, ja. Ich beeide sie. Und ich werde sie nicht wieder ändern.« Sie schien erleichtert. Das war sie wahrscheinlich auch. Beichte und all das.

»Na gut. Wir brauchen den Namen der Firma. Und Sie werden warten müssen, bis wir die zweite Aussage getippt haben.«

»Und«, fügte Crowne hinzu, »wir möchten gerne, daß Sie Ihren Verdacht einem unserer Detectives erzählen, der sich mit Geldwäsche auskennt.«

Thinnes schaffte es, seine Schadenfreude zu verbergen, aber

seine Aufregung konnte er nicht verbergen. Oder seine Enttäuschung, daß es sich bei der Firma, die Baynes nannte, nicht um Margolis Enterprises handelte. Aber wenn sie Finleys Mörder festnageln und eine Geldwaschanlage schließen konnten, dann war das wohl den Einsatz wert.

Crowne schaffte es, ihm seine Siegesparade zu verhageln. »Thinnes, wann haben wir das letzte Mal was gegen das organisierte Verbrechen unternehmen können? Und hier wird es sich um DIE Organisation handeln – bei Drogenbanden geht's erheblich schlampiger zu.«

54

Sie hatten sich noch nicht aus dem Papierkram in dem Fall Berringer freigeschaufelt, also war es im Büro voll. Crowne las, mit den Füßen auf dem Tisch; Viernes tippte; Swann redete vor der Tür zu Karschs Büro mit dessen Bewohner. Thinnes ging noch einmal Finleys Scheckbuch durch, so als ob die erneute Lektüre einen neuen Hinweis zutage fördern würde wie eine unsichtbare Schrift über einer Flamme. Der Plastikbeutel mit der Asservatennummer, aus der das Scheckbuch stammte, lag auf dem Schreibtisch neben einer Ausgabe von *Allgemein gebräuchliche Buchhaltungsmethoden*. Die neueste Ausgabe der Buchhalterbibel war in dem UPS-Päckchen gewesen, das Finleys Hausmeister entgegengenommen hatte; Thinnes hatte auch das überprüft. Finley hatte es telefonisch bei Kroch's and Brentano's bestellt und mit Kreditkarte bezahlt. Hier handelte es sich um kein Geheimnis. Es ging nur darum, auf dem laufenden zu bleiben.

Das Telefon klingelte, und Viernes ging dran. »Thinnes«, sagte er. »Irgendein Typ vom Veteranenverband namens Fell für dich. Leitung sechs.« Er legte auf, als Thinnes abhob. Viernes entdeckte Karsch, der in sein Büro ging. »Heh Karsch, haben Sie mal ne Minute?« Karsch nickte und winkte ihn herein.

Als Thinnes auflegte, war er aufgeregt. Er wollte gerade

Crowne davon erzählen, als das Telefon erneut klingelte. Swann ging dran.

»Thinnes.«

Thinnes nahm das Gespräch an und hörte eine Weile zu. »Zwanzig Minuten«, sagte er. Er legte auf und wandte sich an Crowne. »Sie haben einen Durchsuchungsbefehl, und sie sind dabei, Margolis hoppzunehmen. Willst du mit?«

Crowne nahm die Füße vom Tisch und setzte sich aufrecht. »Ich würd sogar Eintritt zahlen.« Er grinste wie ein kleiner Junge. »Wenn was passiert, dann alles auf einmal, stimmt's?« Als sie auf die Treppe zugingen, fragte er: »Was hat der Veteranenverband ausgespuckt?«

»Scheint, unser Dr. Caleb war Kriegsdienstverweigerer«, sagte Thinnes. »Hat als Sanitäter gedient. Lobende Erwähnung für ›ungewöhnlich mutigen Einsatz und Einfallsreichtum bei der Bergung Verwundeter‹.«

»Also, klug genug, Finley umzubringen, wäre er ja, aber es wäre doch verdammt unwahrscheinlich.«

Thinnes warf einen Blick zurück in den Raum. Swann hing wieder am Telefon, und Viernes verließ Karschs Büro.

»Da kommt noch was«, sagte Thinnes zu Crowne, als sie durch die Tür gingen. »Er hat einen Silver Star verliehen bekommen, weil er einen feindlichen Heckenschützen umgelegt hat, der zwei Dutzend Männer niedergeschossen hatte. Ist einfach auf den Kerl los und hat ihn umgepustet.«

»Ein Pazifist?«

»Behauptet, er sei zeitweilig ausgerastet.«

55

Margolis wohnte im östlichen Turm der Marina City. Thinnes und Crowne schlossen sich Regg an, einem FBI-Agenten, der genauso aussah, wie man sich einen Regierungsbeamten vorstellt: Geheimdiensthaarschnitt und dreiteiliger, in den Achseln großzügig geschnittener Anzug. Regg hielt dem weißbehemdeten Wachmann, der sie durch eine Tür führte, die jenen mit Gittern versehenen Edelstahltüren glich, die man in Banktresoren und Gefängnissen findet, seine Dienstmarke unter die Nase. Der Schriftsteller, den die Reporter immer zitierten, hatte recht mit seiner Meinung über die Reichen, fand Thinnes: Sie waren eine andere Gattung Mensch, genau wie die ganz Armen. Es war schwer, ihnen gegenüber nicht snobistisch zu sein. Sie waren Sklaven ihres Besitzes und der Vorstellungen, die sie von sich selbst hatten. Thinnes hatte sie schon recht merkwürdige Dinge tun sehen, um ihr Erscheinungsbild aufrechtzuerhalten.

Im Aufzug nach oben sprachen sie kein Wort. Als sie ausstiegen, stand ein als Arbeiter getarnter FBI-Agent – mit Werkzeuggürtel, Werkzeug und Leiter – zwischen Fahrstuhl und Margolis' Wohnung und beobachtete die Tür. Thinnes griff in den Aufzug und schaltete auf Stopp. Regg fragte den Agenten: »Ist er drin?«

Der Agent nickte. »Er hat sich grade eine Pizza liefern lassen.« Er lachte. »Der Typ liefert wohl noch einiges mehr. Er ist schon seit fünf Minuten drin.«

Margolis' Wohnungstür ging auf, und der Agent kletterte auf seine Leiter und beschäftigte sich damit, die Neonröhre in der Deckenbeleuchtung auszuwechseln. Thinnes, Crowne und Regg tauchten wieder in den Fahrstuhl, als der Lieferant mit einer großen Pizzaschachtel heraustrat. Er rief: »Halten Sie den Aufzug an!«

Thinnes tat so, als hielte er den Stoppknopf fest. Der Pizzamann beeilte sich einzusteigen, und Thinnes löste den Stoppknopf und drückte auf Erdgeschoß. Während der Fahrstuhl sank, starrten die drei Polizisten den Mann an, der unverkennbare Anzeichen von Nervosität zeigte. »Der Typ wollte sie nicht«, sagte er. »Sagte, sie sei kalt.«

»Damit Ihre Anfahrt kein Verlustgeschäft ist«, sagte Regg und zog seine Brieftasche hervor, »wie wär's, Sie würden sie mir verkaufen?« Er fing an, Geld abzuzählen.

Der Pizzamann schüttelte den Kopf. »Das ist gegen die Vorschrift.«

»Wie wär's, Sie ließen mich mal einen Blick tun?«

Der Mann schüttelte wieder den Kopf und sah Thinnes und Crowne nervös an. Crowne zog Handschuhe an.

Regg zeigte ihm seine Dienstmarke. »Bitte?«

Der Mann sah sehr unglücklich aus, protestierte aber nicht, als Crowne die Pappschachtel nahm und sie aufklappte. Darin lag das gestohlene Gemälde ohne die dicke Schicht aufgetragener Farbe. Der Mann erbleichte. »Der Typ hat mir gesagt, er wolle nicht, daß der Scheidungsanwalt seiner Frau das in die Finger kriegt.« Er sah von Thinnes zu Crowne zu Regg. »Er hat mir hundert Dollar gegeben, das zu liefern. Hier. Schauen Sie.« Er zog seine Brieftasche hervor, nahm einen Hundertdollarschein raus, bot ihn Regg an, der mit dem Kopf schüttelte und auf Crowne wies.

Der Mann gab Crowne den Schein. Crowne besah ihn sich. »Das ist ein Hunderter, stimmt«, sagte er und ließ ihn auf das Bild in der Schachtel fallen. Der Fahrstuhl blieb stehen.

Regg fragte den Pizzamann: »Würden Sie eine Aussage zu Protokoll geben und vor Gericht aussagen?«

»Ja, sicher.«

Die Tür öffnete sich. Thinnes zeigte den wartenden Personen, die einsteigen wollten, seine Dienstmarke. »Nehmen Sie einen anderen Fahrstuhl.«

Regg sagte zu Crowne: »Gib ihm eine Quittung.«

Der Pizzamann schluckte seine Wut herunter. Regg wies durch das Sicherheitsgitter auf einen Mann im Geschäftsanzug mit einer Zeitung – ein weiterer Agent – und eine elegant aussehende Frau mit Aktentasche, die in der Vorhalle warteten. Die Wache ließ sie passieren. Als sie zum Fahrstuhl kamen, wies Regg auf die Pizzaschachtel und fragte die Frau: »Suchen Sie danach?«

Sie sah hinein. »Ich werde es untersuchen müssen, aber es sieht so aus.« Ihr Akzent klang italienisch.

»Wir werden es zuerst auf Fingerabdrücke untersuchen müssen«, sagte Regg zu dem Agenten im Anzug. »Warum kümmern Sie sich nicht darum? Und nehmen Sie diesen Herrn mit« – er deutete auf den Pizzamann – »und nehmen Sie seine Aussage auf.« Der Agent nickte. »Ach, und wir brauchen noch einen Durchsuchungsbefehl, und zwar sofort, um nach gestohlenen Kunstwerken zu suchen.« Er deutete wieder auf den Pizzamann. »Er wird Ihnen die Adresse nennen.«

»Ja.« Der Agent zog eine zusammengefaltete Plastiktüte zwischen den Seiten der Zeitung hervor, schüttelte sie aus und hielt sie auf, während Crowne die Pizzaschachtel hineinsteckte. Dann nahm er die Schachtel, machte eine ruckende Kopfbewegung in Richtung Pizzamann, und sie beide gingen fort.

Regg sah die Frau an. »Machen wir weiter.«

Als Margolis mit selbstgefälligem Gesichtsausdruck die Tür öffnete, standen Thinnes, Crowne, Regg und die Frau davor.

»Vincent Margolis?« fragte Regg. Margolis nickte. Regg zog ein zusammengefaltetes Blatt Papier aus der Innentasche des Jacketts. »Wir haben einen Durchsuchungsbefehl für diese Wohnung.« Er reichte ihn Margolis und machte einen Schritt nach vorn, was Margolis zwang, einen Schritt zurück ins Zimmer zu machen.

Margolis starrte das Blatt an. Thinnes und die anderen traten an ihm vorbei und begannen sich umzusehen. Es handelte sich um eine sehr nach North Shore aussehende Wohnung, Kristall und Chrom, Modefarben, echte Kunst und erstklassige Reproduktionen. Das alles stank nach Geld.

Crowne schlenderte zu dem Bild, das ihm am nächsten hing. »Was ist mit dem?«

Die Frau schüttelte den Kopf. »Das ist eine Reproduktion.«

»Wer sind Sie?« verlangte Margolis zu wissen. Er klang leicht alarmiert.

»Dr. Giulietta Maserati«, antwortete Regg an ihrer Stelle. »Von der Antiquitätenabteilung des Ministeriums für Kultur in Rom.«

Margolis hatte darauf nichts zu erwidern. Thinnes wartete bei ihm, während Crowne, Regg und Dr. Maserati durch die Wohnung schlenderten und jedes einzelne Stück Kunst begutachteten. Margolis schien die ganze Aktion zu langweilen und zu ärgern. Als Crowne und die Expertin schließlich aufzugeben schienen, fing Margolis an, sich zu entspannen, verkrampfte aber wieder, als sie sich der Badezimmertür näherten.

Thinnes sagte: »Ray, schau mal im Bad nach.«

Margolis erstarrte.

Crowne ging hinein und kam mit einem winzigen Gemälde wieder heraus. Er fragte die Frau zweifelnd: »Was ist mit dem hier?«

Sie nahm das Bild, betrachtete es eingehend und wurde sehr aufgeregt. Thinnes nahm seinen Blick nicht von Margolis.

Maserati sah zu Regg. »Dies hier ist mit großer Sicherheit auf der Liste.«

Regg sagte: »Mr. Margolis, Sie sind verhaftet wegen Besitzes gestohlener Kunstwerke. Sie haben das Recht zu schweigen –«

»Ich will meinen Anwalt anrufen!«

»Alles zu seiner Zeit.«

56

Sie benutzten denselben Verhörraum wie bei Berringer. Thinnes und Crowne sahen zusammen mit Evanger von außen zu, während Oster, Regg und ein Zollbeamter Margolis verhörten. Margolis' Anwalt blockte bewundernswert gut ab.

Evanger resignierte. »Wir können ihn auch genausogut laufenlassen.«

»Macht es Ihnen was aus, wenn wir noch ein paar Runden mit ihm weitermachen?« fragte Thinnes.

»Warum nicht?« Der Lieutenant rief die drei Befrager hinaus.

Crowne ging zur Kaffeemaschine. Thinnes trat ein. Er nickte dem Anwalt zu.

»Herr Anwalt. Ich bin Thinnes, Gewaltverbrechen. Ich untersuche einen Mordfall.«

Damit hatte der Anwalt offensichtlich nicht gerechnet. »Haben Sie vor, meinem Mandanten einen Mord unterzuschieben?«

Margolis sagte nichts.

»Im Augenblick versuchen wir nur Fakten zu sammeln.«

»Mein Mandant muß keinerlei –«

»– Aussage gegen sich selbst machen«, sagte Thinnes scharf. »Aber wenn er nicht schuldig ist, wäre er klug beraten, uns bei unseren Untersuchungen behilflich zu sein. Oder etwa nicht?«

Der Anwalt schmollte. »Ja.«

Thinnes ignorierte ihn und sagte: »Setzen Sie sich, Margolis.«

Margolis setzte sich in eine Zimmerecke; Thinnes saß ihm gegenüber. Der Anwalt blieb mit verschränkten Armen und offenkundiger Ablehnung stehen, wo er war. In der Luft zwischen ihnen schien Feindseligkeit zu kondensieren.

Crowne kam mit vier Kaffee auf einem Tablett herein. Er reichte Thinnes einen und bot dem Anwalt einen an. Der, offensichtlich angewidert durch die Verzögerung, die der Kaffee darstellte, sah auf die Uhr und schüttelte den Kopf. Crowne reichte Margolis eine Tasse, der sie nahm, als handele es sich um seine Pflicht, und stellte die überzählige Tasse auf den Boden an der Wand. »Wenn Sie irgend etwas wissen, dann sollten Sie es Thinnes mitteilen«, sagte er zu Margolis. »Wir nennen ihn ›Pitbull‹, weil er niemals lockerläßt.« Er zog einen Stuhl heran und setzte sich. Er lehnte sich nach hinten an die Wand und zog Notizbuch und Stift heraus.

Thinnes sagte: »Also, Mr. Margolis – darf ich Sie Vincent nennen?« Margolis gab keine Antwort und sah nur finster drein. »Vincent. Vielleicht können Sie mir sagen, was Sie über Allan Finley wissen?«

»Nichts.« Thinnes wartete. Margolis fühlte sich schließlich gezwungen hinzuzufügen: »Ich kann mich nicht daran erinnern, dem Mann jemals begegnet zu sein, und ich kann mir nicht vorstellen, warum ihn jemand umbringen wollte.«

Thinnes wartete, bis er sicher war, daß Margolis nichts mehr sagen würde. »Wie lange beauftragen Sie schon Wilson, Reynolds and Close?«

»Fünf Jahre.«

»Gab es jemals Anlaß zu Klagen?«

Das weckte ihn auf. »Sollte es?«

»Ich weiß nicht. Ich bin bei der Mordkommission, nicht beim Betrugsdezernat.« Margolis entspannte sich. »Das erste Mal, daß Sie je von Finley gehört haben, war, als ich Sie nach ihm befragte?«

Margolis seufzte. »Ich hatte am Morgen, nachdem man ihn tot aufgefunden hatte, über ihn in der Zeitung gelesen. Mir war die Geschichte aufgefallen, weil es dabei um meine Buchhaltungsfirma ging. Aber ich erinnere mich genau daran, daß von Selbstmord die Rede war. Wie kommen Sie auf Mord?«

»Ich stelle die Fragen. Wo waren Sie in der Nacht, als er starb?«

»Um welche Uhrzeit?«

Er wurde unterbrochen, als ein Polizist den Kopf durch die Tür steckte und sagte: »Telefon für Sie, Thinnes.« Thinnes ging hinaus und beobachtete sie von der anderen Seite des Spiegels, als Crowne seinen Platz einnahm.

»Hören Sie, Margolis«, sagte er, »Thinnes' Ruf steht hier auf dem Spiel. Er wird nicht aufgeben, bis Sie ihm irgendwas geben.«

»Ich habe ihm nichts zu geben!«

Crowne schüttelte den Kopf. »Nur irgendeinen klitzekleinen Leckerbissen, damit er das Gesicht wahren kann.«

»Ich schwöre, ich bin Finley niemals begegnet.«

»Und was ist mit dieser anderen Geschichte? Der Schmuggelei?«

»Meine Ex-Frau hat mich reingelegt! *Sie* hat das Zeug importiert! Es kam aus ihrer Galerie! Ich hatte keine Ahnung, daß die Bilder gestohlen waren!«

»Okay, okay. Immer mit der Ruhe. Warum erzählen Sie das nicht Thinnes? Damit er nicht dauernd an Finley denkt. Er ist total besessen von Finley – verdirbt seine Bilanz.«

Der Anwalt trat vor und schlug mit den Fingerspitzen gegen die Rückenlehne des Stuhls neben Margolis. »Vincent, diese Männer ziehen hier den ältesten Trick ab, den es gibt! Der da« – er deutete auf die Tür, durch die Thinnes verschwunden war – »spielt den harten Burschen, und der hier« – er deutete auf Crowne – »tut so, als sei er dein guter Freund. Ich gebe dir den Rat zu schweigen!«

Crowne stand auf und spielte den Wütenden. »Anwalt, ich gebe

Ihnen den Rat, Ihre Ratschläge auf Fragen des Rechts zu beschränken.«

An der Stelle trat Thinnes wieder ein. Crowne räumte den Platz, und Thinnes setzte sich und starrte Margolis an. »Hat Finley Sie erpreßt?«

Margolis konnte seine Überraschung nicht verbergen.

»Haben Sie ihn deswegen umgebracht?«

»Nein!«

»Nein, er hat Sie nicht erpreßt, oder nein, Sie haben ihn nicht umgebracht?«

Der Anwalt sagte: »Ich protestiere!« Er trat von der Wand weg. Crowne stellte sich beiläufig zwischen ihn und Margolis, weil er den Versuch des Mannes ahnte, an ihm vorbeizukommen. Er tat zufällig einen Schritt in dieselbe Richtung wie der Anwalt und machte dann dieses Tanzbären-Manöver wieder zurück. In der Zwischenzeit fuhr Thinnes fort, Margolis zu grillen.

»Wer hat Sie erpreßt?«

»Ich weiß nicht! Niemand!«

»Warum ist Finley ermordet worden?«

»Ich weiß es nicht!« Margolis klang nicht überzeugend.

Der Anwalt machte sich schließlich von Crowne los. »Das ist alles!« sagte er zu Thinnes. »Vincent, Sie sagen kein Wort mehr. Thinnes, Sie haben nicht das Recht, meinen Mandanten derart –«

»Nur eine Frage noch«, sagte Thinnes sanft. Er wandte sich an Margolis und fragte leise: »Wer war *Christopher* Margolis?«

Margolis, der sowieso schon in den Seilen hing, wurde bleich. Er schien zu Tode erschrocken. »Woher wußten Sie?« Er sah Crowne an, der mit den Schultern zuckte.

Der Anwalt sah völlig verwirrt aus, während Margolis die Ellbogen auf die Knie stützte und sein Gesicht in den Händen verbarg.

»Wollen Sie mir davon erzählen?« fragte Thinnes Margolis vorsichtig. *Komisch*, dachte er. Ich kann wie Margolis denken, aber um alles in der Welt kann ich mir nicht vorstellen, wie es wohl ist, so wie er zu sein.

Thinnes fragte sich, wie wohl sein eigener Sohn über ihn

dachte. Die offene Heldenverehrung aus Robs Kindheit war schon seit langem vorüber, aber Thinnes wollte gern denken, daß der Junge sich zumindest seiner nicht schämte. Was dachte Margolis' Sohn über seinen alten Herrn? Was hätte er wohl gedacht, korrigierte er sich.

Margolis sagte: »Ich habe ihn umgebracht.« Er blickte nicht auf.

Crowne war perplex. »Finley?«

Der Anwalt fuhr ihn an: »Vincent, halten Sie den Mund!«

Margolis bemerkte den Anwalt gar nicht. Er sah zu Thinnes. »Ich habe ihm gesagt, wenn er nicht seinen Lebensstil ändere, würde ich ihn enterben. Ich sagte, ich wolle ihn nie wiedersehen.« Er sah weg. »Ich habe ihn nie wiedergesehen. Das nächste Mal ...« Margolis bedeckte sein Gesicht, um die Schluchzer zu verbergen. Die anderen waren schockiert, der Anwalt war überdies aschfahl geworden. Margolis beendete den Satz, ohne aufzublicken: »... war im Leichenschauhaus.«

Thinnes fragte noch sanfter: »Ihr Sohn?«

Margolis nickte. Der Anwalt machte eine Geste, als gebe er auf.

»Er war schwul, und jemand hat gedroht, es an die Öffentlichkeit zu bringen?«

»Schlimmer!« Der Anwalt wollte etwas sagen, aber Crowne stieß ihn an, um die Aufmerksamkeit auf sich zu lenken, und legte einen Finger auf die Lippen; die Verzögerung reichte, daß Margolis fortfuhr. »Er drohte mir, an die Öffentlichkeit zu bringen, daß – daß *mein Sohn* anschaffen ging. Das hätte das größte Geschäft meines Lebens sabotiert.«

»Stimmt das? Er war ein Stricher?«

Thinnes Frage durchbrach Margolis' Schmerz. »Ja!« rief er plötzlich wütend. »Ich hab Ihnen mein Herz ausgeschüttet – zufrieden?« spuckte er Thinnes entgegen.

Thinnes schien die Wut nicht zu bemerken. Er blieb dran wie eine Katze an einem Vogel. »Wer hat Sie erpreßt?«

»Ich weiß nicht!« Thinnes' mangelnde Gefühlsregung schien Margolis zu beruhigen. »Es fing an, kurz bevor Chris starb. Ein Anruf, ein Mann. Er sagte, er würde – alle würden erfahren, daß mein Sohn sich prostituierte, wenn ich nicht zahlte. Also zahlte ich. Nachdem Chris gestorben war, dachte ich, es würde aufhören. Tat es aber nicht. Da ging es nicht mehr um Geld, sondern um Immobilien. Er rief an und gab mir Instruktionen.«

»Haben Sie nie daran gedacht, zur Polizei zu gehen?«

»Ich steckte schon zu tief drin.« Er sah seinen Anwalt an. »Ich möchte mit meinem Anwalt sprechen, bevor ich mehr sage.« Thinnes nickte. »Glauben Sie mir, wenn ich ihn identifizieren könnte, den ...« Er schüttelte den Kopf. »Dann würde ich es sofort tun.«

»Ihr Sohn war Künstler, nicht wahr?«

»Eine Erfindung meiner Ex-Frau und ihres Liebhabers.«

»Wer?«

»Dr. James Caleb. Er hat meine Frau gegen mich aufgehetzt. Er hat meinen Sohn überzeugt, er sei Künstler und hätte nicht den Kopf fürs Geschäftliche. Caleb bestritt das natürlich. Er sagte, seine Anwälte würden mich kreuzigen, wenn ich in der Öffentlichkeit irgend etwas sagen würde, das ich nicht beweisen könne. Aber ich *wußte* es.«

»Wie kam Ihr Sohn ums Leben?«

»Bei einem Autounfall.«

Im Gang vor dem Verhörraum fragte Crowne: »Woher wußtest du, daß er erpreßt wurde?«

»Ich wußte es nicht, aber er scheint die Wahrheit zu sagen, was Finley betrifft. Also dreht sich die ganze Geschichte darum, ob wir Dr. Caleb glauben können. Wenn er ehrlich ist, dann ist unser Mörder auch noch ein Erpresser. Und es leuchtet ja ein: Wenn Margolis überhaupt an der Sache beteiligt ist, dann ist er ebenso leicht das Opfer wie sonstwer, der was zu verbergen hat.«

Crowne nickte. »*Wenn* wir Caleb glauben können.«

»Caleb ist derjenige, der als erster mit Erpressung ankam. Wenn er nicht sauber ist, dann könnte er unser Killer sein. Ich finde, es ist an der Zeit, daß ich mich mal etwas intensiver mit ihm beschäftige.« Er sah auf die Uhr. »Willst du ihn auflesen?«

»Was tust du in der Zeit?«

»Ich suche Christopher Margolis' Sterbeurkunde und den Untersuchungsbericht heraus.«

»Na gut, aber um fünf habe ich Feierabend, und ich habe eine Verabredung. Du kannst Caleb dann ja nach Hause fahren... oder was auch immer.«

57

In verständliche Sprache übertragen, führte die Sterbeurkunde als Todesursache Blutverlust aufgrund schwerer multipler, von einem Autounfall verursachter Verletzungen auf. Die Todesart war Unfall. Die einzige Überraschung war, daß Swann die Untersuchung durchgeführt hatte. Er hatte dem Bericht des Streifenbeamten nichts hinzuzufügen gehabt.

Der Diensthabende sagte Thinnes, daß Swann seinen freien Tag habe, also spürte Thinnes ihn per Telefon auf.

»Du hast die falsche Nummer erwischt, Kumpel«, sagte Swanns Stimme zu ihm. »Hier wohnt kein Bulle.«

»Macht's dir was aus, wenn ich mal vorbeikomme?«

»Ja, zum Teufel. Was gibt es denn so verdammt Wichtiges, daß es nicht bis morgen damit Zeit hat, Thinnes?«

»Du hast vor ein paar Jahren die Untersuchungen der Todesumstände eines gewissen Christopher Margolis durchgeführt.«

»Wenn du es sagst.«

»Das ist wichtig.«

»Das ist *Polizeikram*. Und ich bin nicht im Dienst. Ich bin nicht so verrückt wie du. Wenn ich freihabe, habe ich *frei*.«

»Bitte.« Als Swann nicht sofort darauf reagierte, fügte Thinnes hinzu: »Ich bin fast damit durch.«

»Ich erinnere mich nicht an den Namen.« In Swanns Stimme schwang ein resigniertes Schulterzucken mit. Thinnes las ihm ein paar Einzelheiten vor. »Wann war das?« fragte Swann.

»Vor fünf Jahren.«

»Vor fünf Jahren! Wie soll ich mich da ...? Ach ja, ich erinnere mich. Junger Bursche, der bei einem Unfall ums Leben kam. Muß mindestens hundertvierzig gefahren sein.«

»Irgendeinen Hinweis auf Manipulation?«

»Nein.«

»Bist du sicher?«

»Sehr sicher. Der alte Herr von dem Burschen kam ins Revier gestürmt und schrie, daß Schwule seinen Sohn umgebracht hätten. Der Typ hatte Geld und Beziehungen, also kannst du dir sicher sein, daß wir den Wagen von oben bis unten durchgekämmt haben.«

»Und?«

»Und wir haben das gefunden, was in dem Bericht steht. Und dem Alten haben die Anschuldigungen nur eingebracht, daß sich jeder, der mit dem Fall zu tun hatte, an seinen Namen erinnert und jeder im Revier darüber sprach. Blöder Hund.«

Es war nicht ungewöhnlich, daß trauernde Eltern an den Haaren herbeigezogene Vorwürfe machten. Normalerweise kümmerte sich niemand allzusehr darum. Thinnes wartete auf den springenden Punkt.

»Das Theater half dem Gedächtnis von jemandem bei der Sitte auf die Sprünge. Sieht so aus, als hätte der Bursche im Grant Park irgend jemand den Schwanz gelutscht, direkt vor den Augen ein paar geschockter alter Jungfern, die darauf bestanden, die Bullen zu rufen. Der Junge war damals noch minderjährig, also haute sein alter Herr ihn raus und vertuschte die ganze Sache. Aber natürlich konnte er dem Bullen von der Sitte nicht das Gedächtnis ausradieren.«

»Ist der Typ noch im Dienst?«

»Ist letztes Jahr in den Ruhestand getreten. Grove oder Groove, so ähnlich. Frag Evanger. Er war damals dabei.«

Thinnes war nicht gewillt, Evanger zu fragen. Noch nicht. Er sagte: »Danke, Swann«, und legte auf.

Ein hilfreicher Angestellter in der Personalabteilung fand den Namen des Beamten von der Sitte. Grove. Thinnes fand ihn im Telefonbuch. Er hatte Glück, Grove war zu Hause, aber er war nicht sehr begierig, über alte Fälle zu reden. Zumindest nicht über den Fall Margolis.

»Ja, ich erinnere mich an den Jungen«, sagte er zu Thinnes, nachdem er im Revier angerufen hatte, um sicherzugehen, daß Thinnes nicht log. »Im Grunde ein guter Kerl. Hatte ein Arschloch zum Vater. Tat mir richtig leid, daß es ihn erwischte; ich hab gehört, daß er sauber geworden war.«

»Womit hatte er sich denn die Finger schmutzig gemacht? Sie haben ihn einmal verhaftet.«

»Ihn und seinen Kumpel. War nicht meine Idee. Diese beiden alten Schreckschrauben bestanden drauf. Ich hätte ihnen nur die Ohren langgezogen.«

»Was haben Sie ihnen vorgeworfen?«

»Erregung öffentlichen Ärgernisses, nur für den Fall, daß jemand quatschte.«

»Was denn zum Beispiel?«

»Wie zum Beispiel, mit wem der Junge zusammen war.«

»Und?«

»Tut mir leid. Das war vor langer Zeit. Und der Tod des Jungen war seine eigene Schuld.«

»Und?«

»Ich habe mein Versprechen gegeben, daß ich nur vor Geschworenen etwas sage.«

»So weit oben, hmm?« Grove gab keine Antwort. »Würden Sie mir wenigstens sagen, wem Sie das versprochen haben?«

»Dem Einsatzleiter der Streife.« Thinnes wartete. »Einem gewissen Sergeant Evanger.«

Evanger unterhielt sich gerade in seinem Büro mit Karsch, als Thinnes seinen Kopf zur Tür hereinsteckte. Evanger sagte zu ihm, er solle eintreten.

Thinnes fragte Karsch: »Hat Ihnen der Lieutenant von Margolis' Beichte erzählt?«

Karsch nickte. »Seien Sie nicht zu hart mit ihm. Das Schuldgefühl der Hinterbliebenen treibt manche Menschen dazu, sehr irrationale Dinge zu tun und zu sagen.«

»Halten Sie es für möglich, daß er Finley umgebracht hat?«

»Ich bin nicht davon überzeugt, daß Finley sich nicht selbst umgebracht hat.«

Karsch konnte seine ursprüngliche Diagnose Selbstmord nicht einfach zurücknehmen, entschied Thinnes. Konnte nicht zugeben, daß er sich geirrt hatte.

»Jeder kann zum Mörder werden«, sagte Karsch, »wenn er nur richtig provoziert wird. Aber warum sollte Margolis Finley umbringen?«

»Vielleicht hat er ihn für einen Schwulen gehalten. Margolis mag Schwule nicht.« Thinnes wandte sich an Evanger. »Stimmt's nicht, Lieutenant?« Evanger erwiderte nichts. Thinnes wandte sich wieder an Karsch, der so aussah, als sei er ganz hin- und hergerissen: Sollte er verschwinden, um einer Szene aus dem Weg zu gehen, oder bleiben, um die letzten schmierigen Gerüchte zu hören? »Sehen Sie, das war nicht Margolis' erster Auftritt. Beim letzten Mal, als er hier war, behauptete er, sein Sohn sei von Schwulen umgebracht worden.« Thinnes sah Evanger an. »Haben Sie Karsch das erzählt, Lieutenant? Mir nicht.«

»Ich sehe nicht, welche Relevanz das hat.«

»Darüber sollte ich wohl urteilen«, sagte Thinnes leise. »Ich habe diesen Fall zur Bearbeitung.«

»Sie haben gar keinen Fall, Thinnes. Sie haben keinerlei Beweis, daß Finleys Tod nicht Selbstmord war.«

»Ich werde ihn finden.« Thinnes ließ in seiner Stimme mitschwingen, *mit oder ohne Ihrer Hilfe.*

»Und während Sie in fünf Jahre alten Unfällen und dreizehn Jahre alten Vergehen herumstochern, wer kümmert sich da um die anstehenden Fälle? Wissen Sie eigentlich, wie viele Morde wir in diesem Jahr hatten? Wenn wir zwei am Tag aufklären, lösen wir immer noch nicht alle Fälle.«

»Der hier bereitet mir Kopfzerbrechen.«

»Mir bereiten sie *alle* Kopfzerbrechen. Warum sich also den Kopf heiß machen mit den Fällen, die Sie nicht lösen können?«

»Früher oder später werde ich ihn lösen. Mord ist was anderes – selbst der sonst so intelligente Verbrecher wird nervös und versaut alles. Man muß nur lange genug herumstochern. Er hat den Drang, seine Spuren zu verwischen – auch wenn sie schon längst verwischt sind –, und dann verrät er sich.«

Evanger und Karsch tauschten Blicke aus, die Thinnes verrieten, daß sie sich bereits über ihn und den Fall Finley unterhalten hatten.

»Wer immer Finley umgebracht hat«, sagte Thinnes zu ihnen, so als glaube er sie überzeugen zu können, »verfügt über sehr gute Quellen. Er wußte, daß ich nicht glauben würde, Finleys Tod sei Selbstmord. Und er versuchte, die einzige andere Person, die nicht glaubte, daß Finley sich umgebracht hatte, zu verschrecken und reinzulegen. Er wußte, daß wir ihm nicht abkaufen würden, Dr. Caleb sei ein Dealer, also machte er sich sofort daran, mich reinzulegen, um mich von seiner Fährte abzubringen.«

»Mir scheint«, sagte Evanger, »das war nicht sehr klug.«

Es war sogar sehr dumm zu versuchen, einen Bullen reinzulegen. Thinnes brauchte das gar nicht erst zu sagen. »Er konnte nicht wissen, daß ich Berringer erwischen würde – hätte ich beinahe auch nicht.«

Thinnes fragte sich, woher der Killer wußte, wohin er Berringer schicken mußte, um von ihm Fotos zu machen. Nicht aus dem Telefonbuch; seine Nummer stand nicht drin. ». . . oder daß Margolis beim Schmuggeln erwischt werden und über die Erpressung plaudern würde.«

»Aber Sie haben keinerlei Beweise, daß derjenige, der Sie reinlegen wollte, irgendwas mit Finley zu tun hat. Sie haben eine Menge Leute eingebuchtet, Thinnes. Jeder einzelne von ihnen hat einen guten Grund, es Ihnen zu zeigen.«

»*Und* Dr. Caleb Koks unterzujubeln?« Thinnes schüttelte den Kopf. »Mit wem ist der junge Margolis verhaftet worden?«

Evanger schüttelte den Kopf. »Er hat nichts damit zu tun, und ich werde ihn da nicht mit hineinziehen.«

»So weit oben, hmm? Muß in der Zwischenzeit wohl Captain oder Stadtrat oder so was sein.« Evangers Blick sagte, daß er genug davon hatte. Thinnes wandte sich an Karsch. »Nur mal spaßeshalber, Doktor, sagen wir, Finley *ist* ermordet worden. Was könnten Sie uns über seinen Mörder sagen?«

»Bitten Sie mich darum, jemanden zu analysieren, dem ich noch nie begegnet bin?«

»Eine Beschreibung. Das FBI macht das doch andauernd.«

Karsch zuckte mit den Schultern. »Jeder reagiert anders darauf, jemanden umgebracht zu haben. Manche sind am Boden zerstört und müssen beichten und bestraft werden oder die Absolution erhalten. Andere sehen es als keine so große Sache an, wenn sie bemerken, daß Gott sie nicht vom Blitz erschlagen läßt. Vielleicht werden sie dazu verleitet, wieder zu morden, weil sie ja ungeschoren davongekommen sind. Ich würde sagen, wenn wir hier einen Mord vor uns haben, dann haben wir es mit dem zweiten Typus Mörder zu tun. Er wird sich nicht erwischen lassen.«

58

Caleb betrachtete nachdenklich sein Gesicht in dem Durchsichtspiegel, während er wartete. Für die meisten, die ihn von der anderen Seite beobachteten, sah es so aus, als kontrolliere er sein Haar, aber Thinnes wußte, daß Caleb wußte, daß er beobachtet wurde. Thinnes war sich sicher, daß Caleb sich sehr viel Zeit lassen würde, bevor er sich darüber beschweren würde, weil er wußte, daß der Grund für die Warterei darin bestand, ihn zu entnerven.

Thinnes ging zu ihm. »Guten Tag, Dr. Caleb.« Caleb nickte vorsichtig. »Wir untersuchen Vincent Margolis, und wir würden gern hören, was Sie uns über ihn erzählen können. Kennen Sie ihn gut?«

»Das kommt darauf an, was Sie unter *kennen* verstehen.«

»Was glauben Sie, was ich darunter verstehe?«

»Ich habe keine Ahnung.«

»Sie sind keine guten Freunde?«

»Er gibt mir die Schuld dafür, daß ihn seine Frau verlassen hat.« Thinnes nickte einfühlend.

»Ich glaubte, daß er sich mehr um Äußerlichkeiten kümmerte

als um die geistige Gesundheit seiner Frau, und das habe ich ihm gesagt. Das hat mich ihm nicht nähergebracht, vor allen Dingen nicht, nachdem Anita die Scheidung einreichte.«

»Könnte Margolis Finley umgebracht haben?«

»Er hat kein Alibi, nehme ich an, sonst würden Sie wohl nicht fragen.« Als Thinnes darauf keine Antwort gab, zuckte Caleb mit den Schultern und sagte: »Ich bezweifle es. Im Zorn vielleicht. Aber wenn er vorhatte, jemanden tot zu sehen, dann hätte er wohl jemanden dafür angeheuert, denke ich. Seine Arroganz ist nur Fassade für tiefe Unsicherheit.«

»Wissen Sie, Doktor, Sie sind ziemlich gut darin, sich in die Köpfe anderer Leute zu denken.«

»Nennen Sie mich Jack.«

Thinnes ignorierte den Versuch, die Unterhaltung freundlich zu halten. »Was können Sie mir über Christopher Margolis sagen?«

Caleb sah wieder in den Spiegel und dann zu Thinnes. »Können wir uns privat darüber unterhalten?«

Thinnes sah sich im Zimmer um, als wolle er darauf hinweisen, daß es leer war. Caleb schien verärgert. Thinnes wartete.

Schließlich sagte Caleb: »Ich sehe keinen Grund, über Christopher Margolis zu reden. Er ist seit fünf Jahren tot. Er dürfte damit wohl kaum etwas zu tun haben.«

Thinnes zuckte mit den Schultern, als sei es ohnehin egal. »Sie fliegen recht oft nach Mexiko. Was tun Sie dort?«

Die Frage kam offenbar nicht unerwartet. Caleb antwortete seelenruhig: »Ich arbeite freiwillig in einer Klinik.«

»Dient das als Tarnung für Drogenschmuggel?«

Caleb war leicht irritiert; Thinnes setzte nach. »Bringen Sie Kokain zurück?«

»Nein.«

»Was haben Sie zu verbergen?« fragte Thinnes etwas aggressiver.

»Ich weiß, wie das funktioniert, John: Sie versuchen mich wütend zu machen, damit ich die Kontrolle verliere und etwas ausplappere.«

»Sie verlieren also nie die Kontrolle?« Caleb schüttelte den Kopf. »Und was ist mit Vietnam?«

Caleb war für einen Augenblick leicht erschrocken, gewann aber schnell seine Ruhe wieder. »Aber natürlich, Sie mußten ja meine Akte einsehen.« Er zuckte mit den Schultern. »Also wissen Sie bereits davon. Mein Anwalt würde dazu sagen, das sei unerheblich und tue nichts zur Sache.«

Thinnes kam näher und flüsterte beinahe: »Es beweist, daß Sie töten *können*.«

»Nicht kaltblütig.« Caleb sah Thinnes an und sagte sehr gleichmütig und ruhig: »Sie können mich die ganze Nacht verhören, aber wir beide wissen, daß das nur ein Spiel ist. Die eigentliche Frage ist doch, ob Sie glauben, daß ich Allan Finley umgebracht habe, daß ich kaltblütig und vorsätzlich eine Waffe an seinen Kopf halten und ihm das Hirn wegpusten konnte – nachdem ich drei Jahre meines Lebens damit verbracht habe, ihm dabei zu helfen klarzukommen.« Er schien beinahe enttäuscht, daß Thinnes ihn einer solchen Tat für fähig hielt.

»Das ist etwas, was ich von niemandem glaube – bis ich den Beweis dafür habe.«

Caleb schien das befriedigend, wenn auch im doppelten Sinne. »Nun denn, dann tun Sie das auch nicht, bis Sie den Beweis haben.«

Ein ungemütliches Schweigen setzte ein. Thinnes fiel nichts ein, was er fragen konnte, um zu Caleb durchzudringen. Caleb schien irgendein Psychiater-Abwartespielchen zu spielen. Schließlich sagte der Doktor: »Ich würde ganz gern gehen. Ich habe Patienten.«

Thinnes zuckte mit den Schultern und ging an die Tür.

Caleb sagte beim Aufstehen: »Sagen Sie mir mal, Detective, wenn jemand anderes mit der Aufklärung des Mordes an Finley beauftragt worden wäre, dann wäre er als Selbstmord abgeschrieben worden, richtig?«

»Das kann immer noch passieren. Warum?«

»Wer ist die Person, die genug über uns beide weiß, um uns beide reinlegen zu können?«

»Ray Crowne jedenfalls nicht. Warum sollte er?«

»Hätte er Zugriff auf Kokain?«

»Machen Sie Witze? Abgesehen von einem pharmazeutischen Warenlager finden Sie nirgendwo sonst mehr Drogen als auf einem Revier.«

»Weiß er über mich Bescheid?«

»Das wußte ja nicht mal ich.«

»Würde er wissen, wie man mein Sicherheitssystem umgeht?«

Thinnes zuckte mit den Schultern. »Bei diesem Job lernt man alle möglichen Fertigkeiten. Aber warum? Er hat kein Motiv.«

»Irgendwer *hat* ein Motiv. Wir wissen nur noch nicht welches. Wo war Ray in der Nacht, als bei mir eingebrochen wurde?«

»Bei uns«, sagte Thinnes abwehrend.

»Während Sie Ihren Bericht einreichten?«

Thinnes schüttelte den Kopf, glaubte es einfach nicht. Während er Caleb zur Tür hinauswinkte, konnte er hören, wie die Jalousie vor dem Durchsichtspiegel draußen heruntergelassen wurde. Die Gruppe – Evanger, Viernes, Ferris und Karsch – versuchte sich unauffällig zu geben. Thinnes sagte: »Dr. Caleb, wenn Sie bitte unten warten, fahre ich Sie in Ihr Büro.«

Caleb, der die anderen gemustert hatte, nickte und ging wortlos davon.

Thinnes starrte Evanger wütend an. »Und?«

»Was hast du ihm gesagt?« Thinnes wußte, er meinte den Moment, als er die Stimme gesenkt hatte.

»Etwas, das wir nicht hören sollten«, sagte Viernes.

»Sie scheinen heute mit verdeckten Karten zu spielen, Thinnes«, sagte Karsch.

»Vielleicht stimmen die Gerüchte ja, daß es Thinnes langsam zuviel wird«, sagte Ferris zu Karsch. »Als er nicht die Spur eines Beweises gegen Caleb hatte, war er sicher, daß er schuldig war; jetzt haben wir Hinweise darauf, daß er damit zu tun hat, und er überschlägt sich, den Burschen reinzuwaschen.«

»Es würde durchaus *Sinn* ergeben«, sagte Evanger trocken,

»das Wort eines angesehenen Psychiaters über das eines auf frischer Tat ertappten Erpressers zu setzen.«

»Ich setze auf den Irrenarzt da«, sagte Ferris. »Ich denke, Thinnes hat endlich seinen Meister gefunden. Was glauben Sie, Karsch?«

»Dr. Caleb ist sehr gut«, sagte Karsch, »aber ob er Thinnes abschütteln kann . . .« Er zuckte mit den Schultern.

»Morgen früh will ich Ihren Bericht sehen«, sagte Evanger zu Thinnes.

Thinnes wandte sich um und ging.

59

Sie stiegen in Thinnes' Wagen, er brannte eine Reifenspur auf den Parkplatz und überfuhr die gelbe Ampel auf der Western Avenue. Seine Stimmung paßte zu den Gummispuren, die er auf dem Pflaster hinterließ. Crowne hatte nicht den Verstand und nicht den Ehrgeiz zu so was! Scheiß auf Caleb! Und scheiß auf Evanger!

Er bog in die Clybourn Avenue und fuhr seiner miesen Laune entsprechend, überholte und scherte ein, ohne zu blinken, trat auf die Bremsen, raste auf Ampeln zu. Caleb sagte nichts, selbst als sie sich der Cabrini Street, dieser entmilitarisierten Zone mit ihren leeren Grundstücken, näherten.

Scheiß auf Caleb! Er war so blöd gewesen, ihm zu trauen. Einem Psychiater. Einem professionellen Wortverdreher! Thinnes warf ihm einen verstohlenen Blick aus dem Augenwinkel zu: Er lehnte an der Tür wie die Cheshire-Katze und lächelte in sich hinein. Und wahrscheinlich wußten alle Bullen im Revier, daß er bei dem Verhör weiche Knie gekriegt hatte. Warum? Hatte er Angst, Caleb könne irgendwas über den Gefallen ausplappern, den er Thinnes getan hatte? Er hatte noch nie zuvor einen Verdächtigen so nah an sich rankommen, geschweige denn seine Gedanken von ihm verwirren lassen.

Caleb brach das Schweigen. »Haben Sie Angst, Sie könnten

sich wegen mir geirrt haben, oder haben Sie einfach nur Angst vor mir?«

»Das ist mir auch ein Rätsel.«

»Der durchschnittliche Mann hat keinerlei Ahnung von Homosexualität und will es auch nicht so genau wissen, weil er ja vielleicht was über sich selbst erfahren könnte, was ihm nicht recht wäre.« Sein Beinahelächeln forderte Thinnes geradezu heraus.

Das war aber nicht alles. Schwule *mußten* doch anders sein – und wenn nicht, wollte man das gar nicht wissen. Aber das Schlimmste daran war, man konnte es nicht immer erkennen. Bei Caleb hatte er nichts gemerkt. Hatte es nicht mal geahnt!

»Was gibt's denn schon zu erfahren? Wollen Sie vielleicht erzählen, Sie mögen keine Jungs?«

»Ich wäre ein verdammter Lügner, nicht wahr?«

»Wie steht's mit Ihrem Berufsethos, Doktor?«

»Sie haben doch in Ihrem Beruf eine Menge Nutten im Teenageralter kennengelernt, oder?«

»Worauf wollen Sie hinaus?« Thinnes ahnte, daß Caleb wußte, er hatte schon zu viele kennengelernt.

»Schlafen Sie je mit einer von ihnen?«

Der Vergleich ging ihm an die Nerven. Thinnes spürte, daß man seine Reaktion sehen konnte. Ganz leise sagte er: »Nein.«

»Wie kommen Sie also darauf ...«

Thinnes antwortete nicht darauf. Caleb hakte nach. »Waren Sie jemals in Versuchung?«

»Ja«, gab Thinnes unwillig zu.

»Ganz meine Erfahrung.«

»Sie haben mit dem Stiefsohn einer Patientin geschlafen. Wie paßt das zu Ihrem professionellen Ehrenkodex?«

»So gut, wie das Leben nun mal zu den Regeln paßt. Chris und ich hatten schon zwei Jahre zusammengelebt, als ich gebeten wurde, Anita zu beraten. Ich stimmte zu, ohne ihren Namen zu kennen – nur aufgrund ihrer Vorgeschichte.« Er hielt inne. »Wir können uns nicht immer den Luxus leisten, zwischen Gut und Böse zu entscheiden – meistens ist es böse oder noch schlimmer.

Wenn ich es abgelehnt hätte, Anita zu behandeln, dann wäre sie höchstwahrscheinlich drakonischen Maßnahmen unterworfen worden, nur um den Egoismus ihres Mannes zu befriedigen.«

»Haben Sie keine Angst, einen Prozeß an den Hals zu kriegen?«

Calebs verächtliches Lächeln war fast wie eine Grimasse. »Margolis hätte öffentlich zugeben müssen, daß sein Sohn schwul war. Es war leichter für ihn, so zu tun, als wisse er nicht, mit wem Chris zusammenlebte und als habe Anita ihn wegen eines anderen verlassen.«

»Was *wollen* Sie eigentlich?« fragte Thinnes.

Caleb lächelte, als sei es eine naive Frage. »Was die meisten wollen, nehme ich an.« Thinnes wartete. »Liebe und Arbeit.«

»Und Sie haben sie gefunden?«

»Die Arbeit.«

»Sie sind wirklich sehr offenherzig.«

»Ich dachte, Detectives sind an Geständnisse gewöhnt?«

»Und was wollen Sie eigentlich von *mir?*«

»Ich will, daß Sie Allans Mörder fassen.«

Calebs Überzeugung ließ einen erschauern. Aber da war noch mehr. Da mußte noch was anderes sein.

»Und?«

»Was denn noch?«

Ein langes, unbehagliches Schweigen setzte ein, bevor Thinnes leise sagte: »Erzählen Sie mir von Christopher Margolis. War er ein Patient?«

»Natürlich nicht.«

Thinnes nickte. Das hatte er sich gedacht. »Wie alt war er?«

»Siebzehn. Als ich ihn kennenlernte, schaffte er in einer Bar an. Einer dunklen Bar. Ich habe erst über sein Alter nachgedacht, als ich ihn da rausgeholt und ans Licht gebracht hatte.«

»Und?«

»Ich gab ihm zu essen und sagte ihm, er solle dorthin zurückkehren, wo er aufgewachsen war.«

»Anita zufolge haben Sie ihm dabei geholfen, als Künstler zu arbeiten?«

Caleb zuckte mit den Schultern. »Er tischte mir eine Geschichte auf – er wolle auf die Kunstschule gehen, aber sein alter Herr wolle nicht zahlen. Eine logische Variante der Standardstory. Sie kennen meine Wohnung. Man braucht kein Genie zu sein, um zu erkennen, daß ich mich für Kunst interessiere. Aber in solchen Lügengeschichten steckt oft ein Körnchen Wahrheit. Ich sagte zu ihm, wenn er mit seiner Kunstmappe von einer eingeschriebenen Kunstschule angenommen würde, dann würde ich mich darum kümmern, daß er sich um die Schulgebühr keine Sorgen machen müsse – eine Herausforderung, die er annahm, worauf ich stolz bin.«

»Und wann fingen Sie an, mit ihm zu schlafen?«

Caleb sah verärgert aus. »Jahre später.«

Thinnes wartete ab, ob Schweigen Caleb dazu bringen würde, ausführlicher zu werden.

»Was zu einem zurückkommt, gehört einem.«

»Bitte?«

»Noch so ein Motto der Sechziger. Chris entlohnte mich schließlich mit sechs Bildern, die von verschiedenen Personen unabhängig voneinander mit zehn Prozent über dem Preis bewertet wurden, den ich für seine Ausgaben bezahlte. Er *mußte* nie mit mir schlafen.«

»Er lebte mit Ihnen?«

»Nachdem er es geschafft hatte und jeden hätte haben können, den er wollte.« Caleb warf Thinnes einen herausfordernden Blick zu. »Wollen Sie vielleicht alle intimen Details?«

Thinnes zuckte zurück. »Wie wär's mit dem Kern?«

»Ich habe ihn geliebt. Mehr als irgend jemanden oder irgendwas auf der Welt.« Er sah Thinnes ganz bewußt an. »Können Sie das verstehen?«

Thinnes konzentrierte sich auf den Verkehr, was seine übliche Abwehr schwächte. Ohne nachzudenken, sagte er: »So fühle ich für meine Frau.« Er schlug mit der Faust aufs Lenkrad. »Warum erzähl ich Ihnen so was eigentlich?«

Caleb lächelte milde. »Weil Sie einsam und kampfesmüde sind und weil Sie sich zu sehr von Ihrer Frau entfremdet haben, um es ihr zu sagen. Und weil Sie auf irgendeiner Ebene gerade entschieden haben, daß ich Ihnen nichts Böses will.«

»Das *hatte* ich schon, bis ich das Foto von Ihnen bei Jeremy's sah und mir Ihre Kriegsunterlagen angesehen habe.« Er warf einen Blick auf Caleb, der starr nach vorn sah.

»Ich habe die Kontrolle verloren.«

Thinnes lachte humorlos. »Niemand ist je wirklich im Besitz der Kontrolle. Das ist eine Illusion.«

»Haben Sie je einen Mann umgebracht?«

»Nein, Gott sei Dank.«

An diesem Punkt schien die Unterhaltung abrupt beendet. Caleb starrte auf die Division Street hinaus. Thinnes konzentrierte sich auf den Verkehr. Das Schweigen war ungemütlich. Schließlich fühlte Thinnes sich gezwungen, es zu beenden.

»In der Polizeiakademie wird einem beigebracht, die Waffe nur zu ziehen, um Leben zu retten, und nur zu schießen, wenn es absolut notwendig ist. Aber man lernt zu töten, wenn man tatsächlich schießt.«

»Auf jeden Fall soll es sich dabei um eine Entscheidung handeln, die Sie treffen müssen.«

»Wenn Sie erst noch über Moral diskutieren wollen, sind Sie tot.«

Caleb sagte nichts.

»Ah, ich verstehe. Sie glauben, weil Sie nicht innegehalten und in aller Seelenruhe entschieden haben, daß das Arschloch, das Ihre Kumpel umlegte, es verdiente, erschossen zu werden, war es falsch?« Er warf einen kurzen Blick auf Caleb. »Oder sind Sie einer dieser Fanatiker von wegen ›Töten ist niemals gerechtfertigt‹?«

Caleb dachte nach, bevor er darauf antwortete. »So habe ich noch nie darüber nachgedacht. Ich war zu sehr von dem Gedanken erfüllt, die Kontrolle verloren zu haben.«

»Wie ich schon sagte, niemand ist wirklich im Besitz der Kontrolle, außer vielleicht jemand wie Finleys Mörder.« Caleb schauderte. Thinnes fügte hinzu: »Wir können nur hoffen, unsere kleinen Ausbrüche zu beherrschen. Oder in andere Bahnen zu lenken.« Er hielt inne, um sich mit dem Verkehr zu beschäftigen. »Wenn wir schon von Kontrollverlust sprechen: Margolis ist gekippt und hat gestanden, seinen Sohn ermordet zu haben. Sein Anwalt behauptet, wir hätten ihn bearbeitet und das sei alles Unsinn.«

»In gewisser Weise hat er ihn umgebracht, aber nicht im eigentlichen Sinne. Er hat ihn bis zur Weißglut gereizt und dann wütend davonfahren lassen. Chris fuhr zu schnell und verlor die Kontrolle über seinen Wagen.« Caleb versuchte anscheinend, ein starkes Gefühl unter Kontrolle zu bringen. »Ich glaube, Margolis wird seitdem jeden Tag von Gewissensbissen geplagt.«

Thinnes tat, als habe er die Pause nicht bemerkt. »Die Schuldgefühle der Hinterbliebenen?«

Caleb nickte.

Wenn man ein zweites Urteil einholt, und es stimmt mit dem ersten überein, ist es wahrscheinlich richtig.

»Wissen Sie, wer Margolis erpreßt haben könnte?«

»Jeder, der wußte, daß Chris schwul war.«

Thinnes nickte. »Und das mit Ihnen und ihm?«

Caleb schüttelte den Kopf. »Wir waren diskret. Aber Chris ist mal verhaftet worden – mit heruntergelassenen Hosen erwischt worden, sozusagen. Margolis hat ihn rausgehauen und schließlich dafür gesorgt, daß die Akte vernichtet wurde. Aber wer weiß, wer sie vorher gesehen hatte?«

60

Forest Avenue, Wilmette. Fünfzehn Meter hohe Ulmen und Ahornbäume überspannten und beschatteten die gepflasterte Straße, in der Thinnes seinen Chevy hatte stehenlassen. Er fragte sich, was aus der Wetteransage »in der Nähe des Sees kühler« geworden war, als er auf der eindrucksvollen Veranda seiner Schwiegereltern stand und darauf wartete, daß jemand an die Tür kam. Sein Hemd war kurzärmelig und aus Baumwolle, aber es war naßgeschwitzt, und er fächerte sich mit dem braunen Briefumschlag und den Papieren, die er dabeihatte, Luft zu. Das Haus schien kleiner als beim ersten Mal, als er hier gestanden hatte, aber es war nicht weniger beeindruckend – ein dreistöckiges, blaßgrau verputztes Gebäude mit weißem Stuck und hohen Fenstern. Er wollte gerade erneut den bronzenen Türklopfer benutzen, als Rhondas Mutter an die Tür kam.

Louise Coates war eins sechsundsechzig, hatte blonde Haare und graue Augen, und Thinnes' Mutter hätte sie vornehm genannt.

»Hallo, Louise. Wie geht es dir?«

Wut oder etwas Ähnliches ließ Runzeln in ihrem makellosen Make-up erscheinen. »Sie will dich nicht sehen.«

Er hatte Louise noch nie grob erlebt, nicht einmal, als er als Polizeianfänger die Unverschämtheit besessen hatte, um Rhondas Hand anzuhalten. »Sie muß.«

So etwas wie Angst ersetzte die Wut, und Thinnes erinnerte sich daran, was Caleb über Robs Einschätzung seines, Thinnes', Geisteszustands gesagt hatte. Er zog das Hemd über dem Gürtel hoch, damit Louise sehen konnte, daß er unbewaffnet war. Dann ließ er das Hemd wieder fallen.

»Sie will dich nicht sehen«, wiederholte Louise und schloß die Tür.

Thinnes nahm den Umschlag mit den Fotos zwischen die Zähne, rollte die Papiere zusammen und steckte sie in die Gesäßtasche. Er hämmerte fünf Minuten lang mit dem Türklopfer.

Louise öffnete schließlich die Tür, soweit die Vorhängekette dies zuließ. »Verschwinde«, sagte sie zu ihm, »oder ich rufe die Polizei.«

Zu einem Ehestreit, bei dem ein Chicagoer Polizist beteiligt war? Wilmettes feine Gesellschaft würde das liebend gern sehen. Aber er wußte, daß sie das nicht tun würde. Sie konnte keinerlei Art von Szene ertragen. Er sagte: »Dann mal los.«

Sie wollte wieder die Tür schließen, aber Thinnes lehnte seinen rechten Arm dagegen.

»Sag Ronnie, wenn sie mich nur einmal anhört, verschwinde

ich für immer. Wenn sie es dann immer noch will. Fünf Minuten nur – das ist alles.« Er trat zurück – und ließ Louise die Tür schließen.

Fünfzehn Minuten später trat Rhonda auf die Veranda; sie sah so fertig und elend aus, wie Thinnes sich fühlte. Sie zog die Tür hinter sich zu und lehnte sich dagegen. Ihr Gesichtsausdruck sprach Bände.

Thinnes zog das von Jeremy »gestaltete« Foto aus dem Umschlag. »Diese Bilder von mir waren gefälscht«, sagte er. »Genau wie dieses hier.« Er reichte ihr das Foto und sah zu, wie sich trotzige Wut in Verwirrung verwandelte, als sie es betrachtete.

Dann verwandelte sich ihre Verwirrung in Ungläubigkeit.

Thinnes zog die Papiere aus der Tasche und zog eine Kopie von Berringers Geständnis hervor. »Jemand hat gehofft, mich von einem Fall abzubringen, indem er mir zu Hause Ärger macht.«

Rhonda sah ihn zweifelnd an, nahm aber das Blatt. Er trat zurück und rollte die anderen Papiere – eine Kopie des Berichts über die Razzia, Aussagen von einigen der Mitarbeiter Berringers, und die Namen, die Karsch ihm gegeben hatte – noch fester zusammen. Er mußte seine Hände mit irgendwas beschäftigen. Um Rhonda nicht zu berühren.

Als sie den ersten Bericht gelesen hatte, reichte er ihr den zweiten, dann den dritten – so schnell, wie sie sie las –, bis er nur noch den Zettel mit den Empfehlungen in der Hand hielt.

Er streckte ihn ihr entgegen, und sie nahm ihn. Sie las ihn, drehte ihn um. »Was ist das?«

»Eheberater.« Als sie darauf nicht reagierte, fügte er hinzu: »Gib mir noch eine Chance, Ronnie – ich gehe mit dir zur Beratung. Zu einem von denen, oder zu wem immer du willst.«

Er sah ihr ins Gesicht. Sie biß sich auf die Unterlippe und versuchte, nicht zu weinen. Wenigstens war es ihr nicht egal. Schließlich gab sie ihm die Berichte zurück und behielt das Foto und die Namensliste. »Ich werde darüber nachdenken.« Sie konnte ein Lächeln nicht unterdrücken, als sie hinzufügte: »Und wer ist dein süßer Freund?«

Thinnes und Rhonda trafen mit Rhondas Auto zu Hause ein. Thinnes parkte in der Auffahrt hinter seinem eigenen Wagen und stellte den Motor ab, bevor er sich zu Rhonda wandte und einen übertriebenen Seufzer der Erleichterung von sich gab.

»Soll das heißen, daß du nächsten Donnerstag abend lang zu arbeiten hast?«

»Ich hab gesagt, ich gehe hin. Ich werd nicht versprechen, daß es mir gefällt.«

Sie saßen eine Minute schweigend da.

»Erinnerst du dich noch, wie wir so vor dem Haus deiner Eltern saßen?«

Sie lächelte. Er zog sie an sich und küßte sie mit gespielter Heftigkeit. Anfänglich zierte sie sich, dann reagierte sie eifrig, und sie küßten sich so lange, daß es ihnen beiden den Atem verschlug.

»Dieses Gespräch sollten wir drinnen fortsetzen«, sagte er lächelnd.

Sie nickte. Während sie ihre Sachen zusammensuchte, eilte er um den Wagen, um ihr die Tür aufzuhalten – eine ausreichend ungewöhnliche Geste, um sie zu überraschen.

Rob saß auf der Treppe, als sie hereinkamen. Er sah sie hoffnungsvoll an, während Thinnes seine Waffe abschnallte und sie auf das oberste Brett im Wandschrank legte. »Alles gut gelaufen?« fragte Rob. Vor lauter Angst war seine Stimme ein paar Tonlagen höher.

»Sie ist Eheberaterin«, sagte Thinnes trocken, »keine Fee.« Er streckte die Hand aus und wuschelte ihm durchs Haar. »Zeit fürs Bett.«

»Rob, dein Vater und ich, wir lieben uns. Wir kriegen das schon hin.«

Rob schien nur wenig getröstet. Er ging die Stufen nach oben und blieb dann stehen. »Hab ich fast vergessen«, sagte er und sah zu Thinnes hinunter. »Du sollst sofort auf dem Revier anrufen.«

Thinnes legte den Hörer ganz vorsichtig auf und trat grimmig an die Treppe. »Rhonda!« Er zog seine Waffe aus dem Schrank.

»Was gibt's, John?«

»Ich muß gehen. Sie haben gerade Ray Crownes Wagen im See gefunden.«

Es hatte sich eine Menschenmenge eingefunden; sie wurde von den Flutlichtern der Fernseh-Einsatzwagen beleuchtet. Uniformierte versuchten, die Neugierigen in Schach zu halten, und Thinnes bahnte sich einen Weg. Die blinkenden roten, gelben und blauen Warnlichter der Rettungswagen und Polizeifahrzeuge gaben der Szene etwas Surrealistisches. Ein riesiger Abschleppwagen setzte rückwärts ans Wasser. Sein Abschleppseil verschwand unter der Wasseroberfläche. Taucher folgten ihm und hinterließen kleine wirbelnde Strudel.

Augenblicke später wurde Crownes roter Sportwagen unter Rufen der Rettungsteams und aufgeregtem Gemurmel der Menge aus dem Wasser gezogen. Thinnes griff sich von irgendwem eine Taschenlampe und leuchtete durch die Frontscheibe. Er konnte Crownes Gesicht deutlich erkennen. Fieberhaft versuchte er die Tür zu öffnen, aber sie war verschlossen.

Ein Feuerwehrmann legte ihm eine Hand auf die Schulter. Er sprach leise. »Es hat keine Eile. Er ist schon seit über einer Stunde da drin.« Ein Polizist nahm Thinnes am Arm, und Thinnes ließ sich wegführen, während die Feuerwehrleute anfingen, die Tür aufzubrechen. Er warf einen Blick zurück und sah, wie sie aufsprang. Crowne schwamm wie Strandgut in einem Wasserschwall zu Boden. Sie legten seine Leiche auf eine Bahre und deckten sie mit einer Plane zu.

61

Swann übernahm den Fall. Noch eine Untersuchung eines merkwürdigen Todesfalls. Obwohl jeder wußte, daß Crowne wie ein Verrückter gefahren war.

Zwei »Unfälle« – wenn man das mysteriöse Versagen seiner Bremsen mitzählte – in zwei Wochen. Thinnes kaufte das niemandem ab. Irgendwer hatte beide Zwischenfälle inszeniert. Jemand, der Thinnes' Wagen kannte. Jemand aus dem Revier. Und wo war die Verbindung zu Finley?

Swanns erste Handlung hatte darin bestanden, Thinnes sanft, aber bestimmt vom Ort des Verbrechens wegzuführen.

»Er hat gesagt, er hätte heute abend eine Verabredung«, sagte Thinnes, als Swann ihn unter dem Absperrband durchschob.

»Wie heißt sie?«

»Ich weiß es nicht. Er hatte eine Menge Bekannte.«

»Hatte er ein Adreßbuch?«

»Nein.«

»Na gut, Thinnes, wir kümmern uns drum. Warum fährst du in der Zwischenzeit nicht nach Hause?«

Das tat er nicht. Nachdem das Einsatzkommando mit Crowne abgezogen war und der Abschleppfahrer den Fiero an den Haken genommen hatte, zerstreuten die Streifenpolizisten die Menge. Thinnes sah von der anderen Seite der Absperrung aus zu, wie Swann den Wagen einer ersten gründlichen Untersuchung unterzog, inklusive einer kurzen Inspektion der Unterseite mit der Taschenlampe. Swann listete seine Fundstücke Thinnes zuliebe laut auf. Die Frontscheibe war an der Stelle zerschlagen, wo Crownes Kopf sie getroffen hatte. Im Fußraum lag eine leere Schnapsflasche.

Swann streifte Handschuhe über und zog einen .45er unter dem Vordersitz hervor – Crownes Ersatzwaffe. Sie hatte ihm nicht mehr helfen können. Der Rest war nicht weiter bemerkenswert: im Handschuhfach Karten, Fahrzeugschein, Versicherungskarte und Profilmesser, auf der Rückbank ein Mantel und eine faltbare Sonnenblende fürs Armaturenbrett, die Crowne nie benutzt hatte; im Kofferraum ein Starterkabel, Fackeln, Reserverad und Schlüssel und ein paar Schachteln Munition. Ein Paar Stiefel. Und eine durchnäßte Ansammlung von Schotter, Flusen, Papierfetzen, Haaren und anderem Dreck, der sich auf dem Boden und im Kofferraum eines Wagens absetzt. Vielleicht konnte das Labor einiges davon bestimmen.

Swann kam zu ihm. »Ich begleite den Wagen zum Revierparkplatz. Du kannst mich fahren, wenn du willst, und mir erzählen, was du weißt.«

Thinnes nickte. Swann konnte den Fall nicht dadurch gefährden, daß er ihm mehr sagte.

Thinnes hatte schon früher Autopsien beigewohnt, aber diese hier war auf ihre Art eine Premiere. Der Raum war kalt. Der medizinische Gutachter, ein Pathologe, streifte Handschuhe über und schaltete das Mikrofon ein, das über dem Seziertisch hing. Er ließ seinen Assistenten Fotos machen und untersuchte Crownes Kleidung, bevor er sie ihm auszog. Er reichte Swann das durchgeweichte Notizbuch aus Crownes Jackentasche und bedeckte das Mikro mit der Hand, bevor er sagte: »Sorgen Sie dafür, daß es registriert wird, bevor Sie damit verschwinden.«

Swann sagte leise: »Ja.« Er hatte bereits Crownes Waffe, Brieftasche und Schlüssel.

Das Notizbuch war bei Calebs Adresse aufgeschlagen. Wichtig? Ein Hinweis darauf, daß Caleb die letzte Person war, mit der Crowne Kontakt gehabt hatte? Swann legte das Büchlein auf eine der Ablageflächen aus rostfreiem Edelstahl.

Der Pathologe entkleidete die Leiche vorsichtig. Thinnes erkannte in seiner dumpfen Trauer langsam, daß der Pathologe nicht auf ein Publikum erpicht war. Aber welcher Mensch bei klarem Verstand würde schon gerne arbeiten, wenn ihm zwei Bullen – die ein berechtigtes Interesse an dem Fall hatten – über die Schulter sahen? Der Mann beschrieb Farbe und Zustand, während er jedes einzelne Kleidungsstück auszog und den Markennamen nannte, bevor er es seinem Assistenten reichte.

»Ich habe hier vor mir die Leiche eines ausgewachsenen, gutgenährten Mannes weißer Hautfarbe, der nach Augenschein die angegebenen neunundzwanzig Jahre alt zu sein scheint ...«

Thinnes hatte Crowne noch nie nackt gesehen. Er kam sich wie ein Voyeur vor. Konnte nicht hinsehen. Konnte nicht wegsehen.

»... Hinweise auf einen Schlag ins Gesicht – vor allem an der Stirn.« Er fuhr fort, die blutige Wunde mit medizinischen Begriffen zu beschreiben. Er suchte eingehend, drehte die Leiche um, durchkämmte das Haar nach anderen besonderen Kennzeichen oder Spuren von Gewaltanwendung und gab für jeden Kratzer und jeden Pickel eine Beschreibung ins Mikrofon. Detailliert. Sein Assistent schoß mehr Fotos als ein werdender Vater beim ersten Kind. Thinnes fand es komisch, daß es auf Crownes Brust keine Spuren von dem Lenkrad gab. Der Arzt gab keinen Kommentar ab, sondern beschrieb nur mit entnervender Ausführlichkeit das, was er vorfand. Thinnes wollte schreien: *Mach endlich weiter!* Er hatte ausreichend Zeit, sich über seine Gefühle klarzuwerden. Zu viel Zeit. Nicht genügend Gefühle. Es ging ihm auf, wie wenig er Crowne gekannt hatte. Er fragte sich, ob Crowne selbst irgendeine Vorstellung davon gehabt hatte, wer er war oder was er hätte sein können. Die Schnellen und die Toten. Crowne war nicht schnell genug gewesen. Nun war er tot. »Tot bei Eintreffen der Polizei«.

Scheiß auf diesen süchtig machenden Job! Thinnes merkte, daß man, wie bei allen anderen Süchten auch, immer größere Dosen brauchte, um Entzugserscheinungen zu vermeiden. Warum mußte gerade Crowne eine Überdosis erwischen?

Der Arzt fing an, die Kopfverletzungen Crownes zu untersuchen. Thinnes spürte, daß er mit den Zähnen knirschte, als der Pathologe durch Kopfhaut und Knochen schnitt. Hirnchirurgie. Selbst Swann war bleich geworden.

»Massive subdurale Blutungen der Vorderlappen aufgrund eines stumpfen Traumas. Schnittwunden ... das ist merkwürdig. Es findet sich kein Gegenschlag.«

»Was?«

»Es finden sich keine der Sekundärschäden, die man aufgrund des Zurückschnellens des Hirns nach einem Aufschlag vorfinden würde.«

»Und was heißt das für Laien, Doc?« fragte Swann.

»In Fällen, in denen ein sich bewegender Kopf auf einen harten, unbeweglichen Gegenstand wie eine Windschutzscheibe oder ein Lenkrad trifft, schlägt die Frontpartie des Hirns beim Aufprall gegen die Innenseite des Schädels und wird verletzt. Das Hirn federt daraufhin vom Schädel zurück und trifft gegen die Schädelrückseite, was zu sekundären Schäden an der Hinterseite des Hirns führt. Hier findet sich davon kaum etwas. Das ist verdächtig, aber noch kein Beweis, vor allem, weil er so viel getrunken hatte.«

»Er trank nicht.« Thinnes meinte damit, nicht mehr als ein, zwei Biere. Crowne hatte nur verächtlich geschnaubt, wenn jemand damit angab, daß er letzte Nacht abgestürzt sei. Thinnes hatte ihn nie mit einem Kater erlebt.

Der Pathologe unterbrach seine Tätigkeit, drehte sich um und warf Thinnes vernichtende Blicke zu. »Dann riecht es hier also vielleicht nach Diesel.«

»Er hat recht, Thinnes«, sagte Swann. »Man kann es riechen. Also halt den Mund oder geh raus.«

Thinnes drehte sich um und ging. Er spürte einen Brechreiz, wußte aber, daß er sich nicht übergeben würde. Crowne trank nicht. Er hatte stets seinen Sicherheitsgurt angelegt. Er hatte immer gesagt, er würde ihm das Leben retten, wenn er wirklich mal zu schnell fahren sollte. Thinnes ging im Flur auf und ab, bis er sich wieder unter Kontrolle hatte. Dann trat er wieder ein.

Der Arzt hatte Crownes Leiche mit einem Y-förmigen Schnitt, der von den Schultern über die Brust zur Mitte und dann von dort bis in den Schambereich führte, geöffnet. Wundhaken hielten Brustkorb und Abdomen frei zur Untersuchung.

Nach einer Weile, die Thinnes wie eine Stunde vorkam, sagte der Arzt plötzlich: »Hier ist was. Flüssigkeit in der Lunge, die nach Schnaps riecht und so aussieht. Nehmen Sie eine Probe davon«, sagte er zu seinem Assistenten.

In der Lunge. Thinnes sagte nicht: Ich hab's ja gleich gesagt, aber Swann sagte: »Halt den Mund, Thinnes.«

Der Pathologe untersuchte noch einmal die Kehle.

Thinnes und Swann verließen den Raum, als der Arzt die Untersuchung abschloß. Während sie darauf warteten, daß der Pathologe fertig wurde, gingen sie die Fälle durch, an denen Crowne gearbeitet hatte. Er gab ihnen seinen Bericht mündlich, während er Kittel und Handschuhe wechselte, weil noch ein weiterer wichtiger Fall zur Autopsie anstand.

»Dies ist vorerst noch inoffiziell, wir haben den toxischen Befund noch nicht vorliegen, aber ich würde sagen, Todesursache ist Tod durch Ertrinken – in Alkohol. Dabei handelt es sich allerdings um eine schwer zu treffende Entscheidung, denn die Kopfverletzung hat ihn sicherlich bewußtlos gemacht – wodurch es einer Person, oder mehreren, möglich war, ihm den Schnaps einzuflößen – und hätte ihn vielleicht auch ohne den Alkohol getötet. Meine Vermutung geht dahin, daß der Alkohol mit einem harten Plastik- oder Metallröhrchen eingeflößt wurde. Man hat wahrscheinlich versucht, sie in den Magen einzuführen und sie die falsche Röhre hinuntergeschoben. Und wenn der Alkohol seine Wirkung verfehlt hätte, wäre Crownes zweifellos im See ertrunken.« Er sah von Swann zu Thinnes. »Die Umstände des Todes deuten unzweifelhaft auf Mord.«

62

Irene Sleighton öffnete die Rechnungen schwungvoll mit einem Brieföffner, und als Caleb seinen Patienten durch das Vorderbüro zum Ausgang geführt hatte, hielt sie einen der Umschläge hoch. Sie machte ein verstörtes Gesicht.

»Doktor, das hier kam mit der Morgenpost.«

Der Umschlag war nicht geöffnet, in Allan Finleys Handschrift an die North Michigan Avenue Associates adressiert und mit seinem Absender versehen. Caleb überlegte einen Moment, was zu tun sei, und lieh sich dann den Brieföffner. Er schlitzte den Umschlag auf und ließ den Inhalt auf Irenes Schreibtisch fallen, ohne etwas zu berühren. Er benutzte den Brieföffner, um die einzelnen Bestandteile umzudrehen, damit er sie sehen konnte. Es handelte sich um die monatliche Rechnung an Finley, einen Scheck über die entsprechende Summe, und einen kleinen Zettel mit zwei langen Ziffernfolgen und dem Wort *Chartreuse* darauf.

»Mrs. Sleighton, können Sie mir wohl bitte eine Pinzette borgen?«

Irene war überrascht, zog aber eine Pinzette aus ihrer Handtasche.

»Danke.«

Er nahm die Pinzette, um den Scheck, die Rechnung und den rätselhaften Zettel zum Kopierer zu tragen. Dann steckte er, immer noch mit der Pinzette, die Blätter wieder in den Umschlag, den er ebenfalls kopierte. Er gab ihr die Pinzette zurück, faltete die Kopien zusammen und steckte sie in die Tasche; dann ließ er sich von Irene einen Briefumschlag und Briefpapier geben und nahm alles mit in sein Büro.

Caleb legte die Papiere auf seinen Schreibtisch und griff nach dem Telefon.

»Detective Thinnes, bitte ... Ist er heute im Dienst? ... Wenn ich ihm per Boten etwas schicke, könnten Sie bitte dafür sorgen, daß er es erhält? ... Danke Ihnen.«

Er schrieb eine Notiz auf das Geschäftspapier und steckte sie mit Finleys Post in den Umschlag. Dann klebte er ihn zu und schrieb DETECTIVE JOHN THINNES, AREA SIX HAUPTQUARTIER, WESTERN AVENUE, ECKE BELMONT AVENUE darauf.

Es dauerte etwas länger, bis sein zweites Telefonat durchkam. Er sagte: »Hallo Joe. Wie sieht's bei dir heute nachmittag aus? Ich habe einen kleinen Job, der wär genau das richtige für dich. Mein letzter Termin ist um drei. Wie wär's bei dir so gegen halb fünf?« Joe hatte Zeit, obwohl er danach eine Verabredung zum Essen hatte, und wollte wissen, wie lange es wohl dauern würde.

»Das kommt darauf an, wie schnell du es rausgefunden hast.«

Caleb legte auf und nahm den Umschlag mit ins vordere Büro, wo Irene Rechnungen ausstellte. »Ich möchte, daß Sie das hier so schnell wie möglich rausschicken, Mrs. Sleighton. Lassen Sie sich von dem Boten den Ausweis zeigen und eine Quittung geben.«

»Sicher, Doktor.«

»Ich habe bis ein Uhr keinen Patienten; ich bin vorher zurück.«

»Guten Appetit.«

Das Siegel des Gerichtsmediziners war entfernt worden, und Allan Finleys Wohnungstür stand offen. Als Caleb klopfte, kam Adriana Finley an die Tür. Sie hatte geweint.

»Dr. Caleb.«

»Der Hausmeister hat mich heraufgeschickt. Er sagte, Sie würden gerade Allans Sachen zusammenpacken.«

»Nur die persönliche Habe. Ich habe dem Hausmeister gesagt, er solle den Rest wegschmeißen. Ich kann mich nicht damit beschäftigen.« Sie wandte sich ab, ohne ihn hereinzubitten, aber sie ließ die Tür offen und widersprach nicht, als er ihr in die Wohnung folgte. Die blutigen Spuren waren oberflächlich beseitigt worden, aber ansonsten war die Wohnung so, wie die Polizei sie verlassen hatte. Sie ging zur Couch und setzte sich. Sie bedeckte das Gesicht mit einer Hand und schluchzte. »Warum Allan? O Gott!«

Caleb sagte ganz freundlich: »Kann ich Ihnen irgendwie behilflich sein?«

Sie hörte auf zu weinen und schluckte. »Bitte.«

»Haben Sie zufällig eine Rechnung abgeschickt, die Allan in der Wohnung hinterließ?«

Sie schniefte und schüttelte den Kopf. »Mehrere. Der Hausmeister war das. Er hat sie gefunden, als er hereinkam, um sauberzumachen, und er fragte mich, ob es mir was ausmachen würde. Sie mußten bezahlt werden, und Allan hatte es wohl so gewollt.«

Er nickte. »Wie kann ich helfen?«

63

Acht Uhr fünfundvierzig. Niemand saß herum und las Zeitung. Diejenigen von der Nachtschicht, die nicht nach Hause gegangen waren, hatten sich der Tagschicht angeschlossen und waren unterwegs. Swann hockte mit dem Revierchef zusammen. Ferris und Viernes telefonierten. Alle anderen bewegten sich diensteifrig durch das Büro.

Außer Thinnes. Er saß da und dachte an seine eigenen privaten Dämonen. Vor nicht mal zwei Jahren war Frank Flynn erschossen worden. Er hatte versucht, einen Streit zu schlichten, der nach einem Verkehrsunfall in der Wohngegend ausgebrochen war, in die er gezogen war, weil es dort sicherer war. Rays Tod war ebenfalls voll kranker Ironie.

Evanger und Karsch traten ein. Karsch sagte: »Entschuldigen Sie mich, Lieutenant.« Er ging hinüber und legte Thinnes eine Hand auf die Schulter. »Thinnes, was ist los?«

»Ray ist ermordet worden.«

Das hieß, es könnte Caleb gewesen sein. Caleb hätte Crowne als Finleys Mörder aufbauen und dann einen passenden »Unfall« inszenieren können, um die Frage unwichtig werden zu lassen. Oder aber es war einer der Bullen, die dabei waren, als Caleb die Vermutung anstellte, Crowne könne es gewesen sein – Evanger, Viernes, Ferris. Karsch. Aber Karsch war ja immer dabei. Evanger! Evanger hatte über den Sohn von Margolis Bescheid gewußt.

Karsch sagte: »Verdammt! Bist du sicher?«

Evanger sagte: »Was?«

Thinnes sah sie nicht an. »Ich komme gerade von der Autopsie. Ray war tot, bevor der Wagen im Wasser landete. Er starb an Alkohol in der Lunge, nachdem er einen über den Schädel gekriegt hatte. Es wurden keine anderen Drogen bei ihm gefunden. Kein Wasser in den Lungen.« Er sah Evanger an. »Irgend jemand hat ihn umgebracht, dann von innen die Windschutzscheibe zertrümmert und den Wagen in den See geschoben.« Er saß mit den Händen auf dem Schoß da und starrte die Tischplatte an. Plötzlich hob er die Fäuste und knallte sie auf den Tisch.

»Verdammt noch mal!«

Alle in dem Zimmer sahen Thinnes an, außer Evanger. Evanger sah Karsch an.

Karsch sagte: »Wir sollten uns mal privat darüber unterhalten.« Er schob eine Hand unter Thinnes' Ellbogen, schob ihn zu seinem Büro und hielt nur an, um einen Becher Wasser aus dem Sodaspender mitzunehmen.

Evanger rief ihnen hinterher: »Ich werd die Sache ins Rollen bringen.« Als er an Ferris und Viernes vorbeikam, sagte er zu ihnen: »Kommt mit.«

Karsch schloß die Tür. »Setzen Sie sich, Thinnes.« Er nahm ein Pillenröhrchen aus der obersten Schreibtischschublade und schüttelte daraus zwei Tabletten in Thinnes offene Hand.

»Was ist das?«

»Valium. Nehmen Sie sie.« Thinnes gehorchte. »Und jetzt trinken Sie.« Er leerte den Becher. »Gut. Nun erzählen Sie.«

»Wir müssen zu nahe dran gewesen sein. Deshalb mußte er Ray als Finleys Mörder aufbauen – gestern im Verhörraum – und ihn dann umbringen.«

»Wer?«

»Es muß Caleb sein!«

»Das sollten Sie besser erklären.«

»Er fragte, wer denn genug über ihn und mich wußte, um uns beiden Ärger zu machen. Und dann versuchte er, es so aussehen zu lassen, als ob Crownes rücksichtslose Fahrweise ihn schließlich erledigt hatte. Er wußte davon – er hat gesehen, wie Crowne in der Nacht, als die Williams umgebracht wurde, vom Parkplatz raste. Crowne würde keinen körperlichen Angriff von einem Irrenarzt erwarten.«

Noch während er sprach, fragte Thinnes sich, ob er recht hatte. Was war mit dem Versagen seiner eigenen Bremsen? Hatte Caleb genug Ahnung, um an Bremsen herumzupfuschen? Wie würde er das anstellen, ohne dabei gesehen zu werden? Nein. *Es mußte jemand von hier drinnen sein.* Viernes oder Ferris oder Evanger.

Und Karsch gab alles an Evanger weiter!

»Ich glaube, ich mach mich besser wieder an die Arbeit«, sagte Thinnes.

Karsch begleitete ihn hinaus. Thinnes ging zu dem Tisch, wo er die Akten liegengelassen hatte. Thinnes hatte seine Gefühle unter Kontrolle. Wie erwartet ging Karsch zu Evangers Tür, klopfte an und trat ein.

Thinnes war aus reiner Gewohnheit zur Arbeit gegangen. Auf der Schreibmaschine lag ein an ihn adressierter Umschlag. Von Caleb. Er zog den Umschlag von Finley und Calebs Notiz heraus: John, das kam heute morgen mit der Post. Ich habe meine Neugier gestillt und ihn geöffnet, aber ich habe darauf achtgegeben, keine Fingerabdrücke zu hinterlassen. Jack Caleb. PS: Die Schrift auf dem merkwürdigen Stück Papier ist nicht die von Allan.

Thinnes fand Finleys Rechnung, den Scheck und die rätselhafte Notiz und besah sie sich, faßte sie dabei aber nur an den Ecken an, um keine Fingerabdrücke darauf zu hinterlassen. Wenn man etwas lang genug macht, dann erledigt ein Teil des Gehirns einfach die Arbeit, ganz gleich, wie beschissen man drauf ist oder wie sehr man abgelenkt wird.

Warum hatte Finley das Papier in den Umschlag mit Dr. Calebs Rechnung gesteckt? Konnte es sein, daß er das alles so schnell herausgefunden hatte? Vielleicht wollte er noch mal mit Caleb sprechen, bevor er zur Polizei ging. Er hatte für den nächsten Tag einen Termin. Vielleicht hatte er das Blatt zur Rechnung gesteckt, um es nicht zu vergessen. Wenn sie den Killer finden würden, könnte der vielleicht darüber Aufschluß geben. Vielleicht würden sie es nie herausbekommen.

Er griff nach dem Telefon. Er sprach so leise, daß ihn niemand anderes hören konnte. »Haben wir jemanden von der Spurensicherung im Haus? Ich habe was Wichtiges.« Er legte auf, als Karsch Evangers Büro verließ.

Karsch kam zu Thinnes' Tisch. »Evanger möchte Sie sprechen.« Er beugte sich über Thinnes, während der Calebs Notiz und Finleys Papiere in den Umschlag zurücksteckte.

Thinnes sagte: »Schon unterwegs.«

Er ging zu Evangers Büro, steckte den Umschlag ein und fragte sich, wieviel Ahnung Evanger von verdammten Bremsen hatte.

»Setzen Sie sich, John«, sagte Evanger und wies auf einen Stuhl.

»John, hmm? Warum kommen Sie nicht einfach zur Sache?«

»Also gut. Immer mit der Ruhe. Ich nehme an, Sie haben Swann alles erzählt, was ihm irgendwie helfen könnte.« Thinnes nickte. »Dann möchte ich, daß Sie den Rest des Tages freinehmen.«

»Was hat Karsch Ihnen erzählt?«

»Nichts, was ich nicht schon wüßte. Sie haben unter Streß gestanden, Ihr Urlaub ist längst überfällig, und das ist der zweite Partner, den Sie innerhalb von zwei Jahren verloren haben. Außerdem haben Sie letzte Nacht nicht geschlafen.«

Thinnes war so wütend, daß er Evanger nicht direkt ansehen konnte. Er gab keine Antwort.

»Dies ist ein Befehl, Thinnes. Geben Sie Ihre Wagenschlüssel und das Sprechfunkgerät ab, und gehen Sie nach Hause. Kommen Sie Montag wieder. Ich habe zwanzig Leute an dem Fall sitzen, alles gute Leute. Wenn sie irgend etwas finden, werde ich Sie anrufen. Und in der Zwischenzeit gehen Sie nach Hause.«

Thinnes gähnte, während er in einem der Räume des neunzehnten Reviers dem Spurenfahnder zusah, der Finleys Scheck, die Rechnung und den Zettel mit schwarzem Pulver einstäubte. Er hätte das Valium nicht nehmen sollen.

Der Techniker zuckte schließlich mit den Schultern. »Tut mir leid, Thinnes. Nichts.«

»Trotzdem danke.« Er sah sich im Zimmer um, als suche er nach einer Antwort. Er war müde. »Könnten Sie mir einen Gefallen tun?«

Der Techniker sah ihn erwartungsvoll an.

»Ich möchte davon Kopien machen, vielleicht können Sie sie dann als Beweis zum Fall Finley ablegen und ins Labor bringen. Bitten Sie sie darum, alles darüber herauszufinden, was sie können.«

»Klar.«

Thinnes nannte ihm die Aktennummer. »Und erzählen Sie niemandem davon, daß wir das hier haben. Nicht mal Evanger.«

Der Parkplatz war leer, als Thinnes, mit seinen Gedanken beschäftigt und deprimiert und durch das Beruhigungsmittel langsamer geworden, das Gebäude verließ. Er öffnete seine Wagentür und wollte gerade einsteigen, als ihm etwas auf dem Boden an der Ecke des Gebäudes ins Auge stach. Er ging zu dem Gegenstand. Eine Brieftasche. Er beugte sich vor, um sie aufzuheben. Einen

Augenblick lang sah er, wie sich etwas über ihn beugte; er hatte nicht mehr die Zeit zu sehen, was es war. Etwas Hartes und Schweres traf ihn am Hinterkopf. Er hörte ein dumpfes Geräusch. Wie ein Hammerschlag auf eine Melone. Er spürte, wie die Sandpapieroberfläche des Betons sein Gesicht traf, als er umfiel.

So wie Thinnes es sich später zusammenreimte, hob jemand in einem weißen Hemd und mit Handschuhen die Brieftasche auf, durchsuchte ihn dann und nahm ihm die Schlüssel ab. Handschellen. Waffe. Jemand schleifte ihn zum Wagen, öffnete den Kofferraum und hob ihn hinein. Jemand klebte ihm Mund und Augen zu. Jemand zog ihm die Jacke aus und schloß seine Hände hinterm Rücken zusammen. Jemand zog seine Jacke an.

Thinnes erinnerte sich dunkel daran, daß der Kofferraumdeckel zuschlug. Das Heck des Fahrzeugs senkte sich leicht. Die Tür schlug zu. Der Motor sprang an.

Er nahm an, daß dieser Jemand die Sonnenblende herunterklappte, um sein Gesicht zu verbergen, als er den Parkplatz verließ, und den anderen Polizisten zuwinkte, wie Thinnes es getan hätte.

64

Joe war Mathematikprofessor an der Northwestern University, der sich nebenbei mit Computerhacken, Steuergesetzen und Geldanlagemöglichkeiten beschäftigte. Sein Büro war das Spielzimmer eines Genies. An einer Wand bedeckten Gleichungen eine Tafel. Regale mit esoterischen Büchern füllten eine zweite Wand, geometrische Poster und Zitate von Albert Einstein schmückten eine dritte. Ausgeklügelte Stereo- und Computeranlagen, eine kinetische Skulptur und ein unaufgeräumter Schreibtisch füllten den Platz dazwischen. Joes Spielzeug. Joe begrüßte Caleb herzlich und wollte dann wissen: »Was hat es mit dieser ›äußerst wichtigen Angelegenheit‹ auf sich?«

Caleb reichte ihm die Fotokopie von Allan Finleys Zettel.

Joe brauchte nur einen kurzen Blick darauf zu werfen. »Ich denke, daß es sich dabei um Steuernummern handelt. Das andere ist wahrscheinlich ein Codewort.« Als Antwort auf Calebs fragenden Blick sagte er: »Ich würde sagen, dieser Zettel gehört einem Typen, der umfangreichen Immobilienbesitz hat – vielleicht in irgendwelchen Treuhandgesellschaften. Er ordnet sie wahrscheinlich nach Steuernummern.«

»Aber sie aufzuschreiben vereitelt doch den Zweck.«

»Vielleicht ist es das Codewort von jemand anderes, oder der Typ hat es gerade geändert und es sich aufgeschrieben, um es nicht zu vergessen. Viele Leute wissen nicht genug über ihre eigenen Computersysteme, um das Codewort selbst zu ändern.« Caleb nickte. Joe lachte. »Es nützt dir allerdings nicht sehr viel, das Codewort zu haben, wenn du nicht weißt, wem es gehört.«

»Ich habe da so eine Idee. Hast du ein Telefonbuch?«

Joe reichte es ihm, und Caleb schlug Margolis Enterprises auf. »Haben Firmen mit mehreren Telefonanschlüssen normalerweise nicht fortlaufende Nummern?«

»Ja, wenn möglich.«

»Okay, hier ist der Hauptanschluß.« Caleb deutete ins Telefonbuch. Joe nickte und tippte unter anderem eine fortlaufende Nummer in seinen Computer. Als das nicht funktionierte, versuchte er zwei weitere Nummern. Die zweite führte zur Antwort BENUTZERNAME auf dem Monitor. Er tippte MARGOLIS, und der Computer reagierte mit einem Piepen und der Information CODEWORT EINGEBEN. Joe tippte CHARTREUSE. Der Computer reagierte darauf mit CODEWORT UNGÜLTIG.

»Entweder handelt es sich um den falschen Computer, oder man hat das Codewort geändert.«

»Ich bin mir ziemlich sicher, daß das der richtige Computer ist.«

»Okay. Was für ein Typ ist das?«

»Neureich. Arrogant. Er sammelt moderne Kunst und Immobilien.«

Joe nickte und versuchte in den folgenden fünf Minuten andere

Wörter, erhielt noch mehr Pieptöne und CODEWORT UNGÜLTIG-Meldungen als Antwort. Schließlich reagierte der Computer: WILLKOMMEN IM HAUPTREGISTER VON MARGOLIS ENTERPRISES.

Joe grinste. »Bingo!«

»Wie hast du das gemacht?«

»Frag lieber nicht. Also, was willst du sehen?«

»Etwas, womit man diese Ziffernfolgen erklären kann.«

Joe rief das Hauptmenü auf und ging es durch. »Das hier dürften Immobilien sein.«

Er tippte eine weitere Befehlsfolge ein, und der Drucker an seinem Computer fing ungestüm an zu drucken. Caleb schreckte auf.

»Ich drucke das alles aus«, erklärte Joe, »damit wir uns ausklinken können. Je länger wir in Verbindung stehen, desto größer die Wahrscheinlichkeit, daß wir erwischt werden.«

Auf dem Monitor erschien wieder das Hauptmenü, und Joe meldete sich ab und ging dann den Ausdruck durch. Schließlich sagte er: »Hier sind deine Nummern.« Er pfiff, als er auf die Adressen neben den Nummern und dann auf die Eigentümer wies, die als Treuhänder eingesetzt waren. »Weißt du, was wir hier haben?«

»Wenn diese Pakete soviel wert sind, wie ich denke, dann haben wir hier ein Mordmotiv.«

Joe ging zu seinem Schreibtisch und zog ein paar Blatt Papier hervor. Er wies auf eine der Nummern auf dem Ausdruck. »Das hier arbeitet sich still und leise durch eine Anhörung des Bauausschusses. Und damit meine ich *leise*. Wenn die gewünschten Änderungen durchkommen, dann wird sich allein die Kommission des Maklers schon im sechsstelligen Bereich bewegen. Wer ist dieser Margolis überhaupt?«

»Die Gans, die goldene Eier legt.«

Joe war offenkundig verwirrt. »Der Name kommt mir bekannt vor. Hat er mit Immobilien zu tun?«

»Jemand hat ihn erpreßt. Als sein Buchhalter das hier in die Finger kriegte ...«, Caleb wedelte mit der Fotokopie herum, »... hat dieser Jemand ihn umgebracht, mich fast getötet und versucht, den mit dem Fall betrauten Polizisten umzulegen ... Der Buchhalter war ein Patient von mir. Er muß das hier in den Umschlag mit dem Scheck gesteckt haben, um es vor seinem Mörder zu verstecken.«

»Also, spann mich nicht auf die Folter. Wer war es?«

»Ich weiß es nicht. Noch nicht.«

65

Caleb durchquerte das Vorderbüro, ging an Miss Ellis vorbei, die nach ihrem Telefon griff, und trat in Margolis' Büro. Er unternahm nicht einmal den Versuch zu verbergen, wie nah er dran war, die Geduld zu verlieren, und in der Art, wie er seinen großen Körper über den Schreibtisch beugte und so Margolis' persönliche Sphäre verletzte, lag eine sorgfältig angedeutete Drohung. Er knallte die rätselhafte Fotokopie vor Margolis hin.

»Wer wußte davon, daß Sie das hier verloren hatten?«

Margolis war zu überrascht, um Ausflüchte zu finden. »Woher haben Sie das?«

»Allan hatte es. Und er war kein Dieb oder Spion, also muß er zufällig darauf gestoßen sein. Wem haben Sie davon erzählt?«

»Niemandem.«

»Indem Sie sich bei diesem Grundstücksschwindel schützen, decken Sie einen Mord!« Caleb spürte, wie er die Kontrolle verlor, und er zwang sich, langsam und tief zu atmen.

Sein Benehmen flößte Margolis tiefe Angst ein. »Wenn mein Name mit diesem Besitz in Zusammenhang gebracht wird, dann ist dieses Geschäft geplatzt, und vielleicht ist der Wirbel groß genug und zieht eine Untersuchung nach sich. Ich bin ruiniert!« Caleb wartete und ließ Margolis spüren, daß ihn das nicht beeindruckte. »Ich schwöre, ich weiß nicht, wer es ist!«

»Wem haben Sie davon erzählt, daß Sie diesen Zettel verloren haben?«

»Dem Mann, der mich erpreßt hat. Am Telefon. Als er anrief,

um sich diese Zahlen geben zu lassen. Ich konnte sie ihm nicht nennen, weil ich den Zettel verloren hatte und ich mich nicht an sie erinnern konnte!«

Margolis' Angst beendete Calebs Wut abrupt. Er beruhigte sich und nickte. »Jetzt muß die Polizei nur noch herausfinden, wer sonst noch von Ihren Geschäften in den letzten zwölf, dreizehn Jahren profitiert hat. Es sind doch etwa dreizehn Jahre her, daß Chris verhaftet worden ist, oder?«

Margolis schien bei der Erwähnung seines Sohnes zu verhärten. »Sie glauben doch nicht, daß ich nicht selbst schon daran gedacht habe! Ich habe nichts herausbekommen, nicht einmal mit den besten Detektiven, die man für Geld bekommen kann.«

»Ah, aber die Polizei hat Quellen, die Privatdetektive nicht haben. Und außerdem braucht *die* ihre eigenen Spuren nicht zu verwischen.«

Margolis' Schweigen zeigte an, daß er Caleb recht gab.

Caleb fuhr fort: »Sie haben diesem Erpresser von dem Zettel erzählt und daß Allan an Ihren Büchern gearbeitet hat.«

»Ich habe ihm nur gesagt, daß es jemand von WR&C war. Ich habe ihm keinen Namen genannt – den wußte ich ja selber nicht ...«

66

Es gab verdammt viele Dinge, die Margolis nicht wußte, dachte Caleb, stützte sich auf die polierte Granitplatte auf der Dienstrezeption des neunzehnten Reviers und wartete darauf, daß der diensthabende Sergeant mit dem Telefonieren fertig wurde.

»Aber Sie können auch mit einem der anderen Detectives reden, wenn Sie wollen.«

Er wollte. Bis er die halbe Treppe zum Einsatzzimmer des sechsten Reviers hochgestiegen war und ihm aufging, daß Finleys Mörder eine Menge über ihn wußte. Und über Thinnes. Und Finleys Tod war das einzige, was sie beide gemeinsam hatten. Und man mußte vorsichtig sein, sich nicht den Finger in der Tür zu klemmen, wenn man herumstocherte. Mit einem der anderen Polizisten zu reden, war wohl doch keine so gute Idee, aber es gab kein Zurück mehr.

Ein Dutzend Leute waren bei der Arbeit. Caleb kam es hier, mit all den verschiedenen Persönlichkeiten, die sich hinter ihrer Polizeibeamtenreserviertheit zurückzogen, wie in einem Katzenasyl vor. Einer der Männer räkelte sich, und Caleb bemerkte die Waffe, die sich wie ein gutgebildeter Muskel unter der Jacke abzeichnete. Und Polizisten waren weder mitleidlos noch grausam, wenn sie gnadenlos darauf warteten, daß sich ihr Opfer bewegte, genau wie Katzen; ihr Jagdinstinkt war einfach nur Ausdruck ihrer Natur. Er fand, daß Hundemenschen diese Männer und Frauen hier verwirrend finden würden. Und wer war der menschenfressende Tiger?

Er ging zum Diensthabenden und fragte nach Thinnes. Der Mann schüttelte den Kopf und zuckte mit den Schultern.

»Sie reden besser mit Lieutenant Evanger«, sagte er und wies auf dessen Büro.

»Danke.« Kaum hatte er sich umgedreht, konnte Caleb hören, wie der Sergeant die Tasten auf seinem Telefon drückte. Von dem normalerweise harmlosen Geräusch bekam er eine Gänsehaut.

Er klopfte an Evangers Tür. Der Lieutenant bat ihn herein und bot ihm einen Platz an. »Thinnes kommt erst Montag wieder«, sagte er. »Kann ich Ihnen irgendwie behilflich sein?«

Er erinnerte sich daran, Evanger im Zoo gesehen zu haben, wie er den Politikern die Hand schüttelte. Und in Chicago hieß das, Geschäfts- und Immobilienleuten. Finley hätte einem Polizisten ebenso bereitwillig die Tür geöffnet wie einem Freund.

Caleb setzte sich nicht. »Es ist persönlich. Ich denke, ich warte besser und spreche mit Thinnes.«

Evanger zuckte mit den Schultern und sagte: »Wie Sie wollen. Er hat Montag Nachtschicht.« Er begleitete Caleb zur Tür.

Während Evanger ihn aus dem Büro führte, bemerkte Caleb, daß Swann, Ferris, Viernes und Karsch ihn mit katzenhafter Neugier beobachteten.

Unten gab er seinen Besucherausweis ab und suchte sich ein Münztelefon. Thinnes' Telefon war besetzt. Caleb fand, es war Zeit für einen weiteren Hausbesuch.

67

Die Haustür war nicht verschlossen, aber das Haus war leer, das wußte Caleb. Er klingelte trotzdem. Und klopfte. Und wartete eine angemessene Zeit, bevor er eintrat. Während er sich umsah, rief er ab und zu: »Thinnes? John?«

Er beendete seine Tour durchs Haus in der Küche. Der Raum war sauber, ordentlich und leer. Auf der Küchenablage befand sich ein leerer Notizblock wie jene, die er gerade auf dem Revier gesehen hatte. Am Kühlschrank klebte ein Zettel, auf dem stand: DAD, BIN MIT GREG ZUM SPIEL GEGANGEN. ES WIRD SPÄTER. TSCHÜS, ROB. PS: MOM ARBEITET BIS SPÄT.

Das Telefon war nicht eingehängt; der Hörer baumelte am Kabel. Er hängte auf.

Er nahm den Notizblock, sah ihn aber eigentlich nicht richtig an, während er überlegte, was zu tun war. Dann fiel ihm auf, daß sich auf dem oberen Blatt die zuvor mit Kugelschreiber geschriebene Notiz durchgedrückt hatte. Mit dem Druckbleistift, den er in der Jackeninnentasche bei sich hatte, legte er eine dünne Bleistiftschicht übers Papier. Die Notiz erschien – eine Adresse: 1287 West Argyle – Thinnes hatte sie geschrieben.

68

Das Büro enthielt einen Stuhl, einen stählernen Schreibtisch und Eimer, eine Autobatterie und allen möglichen in Kartons verpackten Krempel. Und Thinnes, der nur halb bei Bewußtsein war und auf dem Stuhl saß, die Arme an die Lehnen gefesselt und die

Knöchel locker an die Stuhlbeine gebunden. Klebeband bedeckte die untere Hälfte seines Gesichts, das zerkratzt und zerschlagen war. Abgesehen von dem Klebeband war er vollkommen nackt.

Sie hatten den bösartigen Tiger aufgescheucht, dachte er, aber wieso war er der Köder? Er war sehr, sehr müde.

Wasser tropfte ihm auf den Kopf und weckte ihn auf. Er hörte eine vertraute Stimme sagen: »Wachen Sie auf, Thinnes. Sie wollen doch sicher nicht den Ausgang des Stücks verpassen.« Er wußte augenblicklich, wer Finley umgebracht hatte. Und wer in Kürze ihn umbringen würde.

Das Wie war nicht schwer zu erraten. Ein Anruf bei Wilson, Reynolds and Close: *Hier ist Margolis Enterprises. Der junge Mann, der vorhin bei uns war – ich habe seinen Namen vergessen ...* Selbst wenn sich dort jemand an den Anruf erinnerte, so klang ihre Unwissenheit ehrlich – und überzeugend. Sie *wußten* ja auch nicht, wer angerufen hatte. Aber es erinnerte sich niemand daran. Und Finley stand im Telefonbuch. Alles, was er brauchte, war Finleys Namen. Finley würde mit der Polizei zusammenarbeiten. Mit jemandem, der sich als Bulle ausweisen konnte. Er hätte die Tür geöffnet ... Das Wie war einfach. Blieb noch das Warum.

Caleb hatte es gesagt: Macht. Geld war Macht. Absolut korrumpierend. Er mußte Margolis und die anderen Opfer, die Berringer aufgrund seiner guten Informationen reingelegt hatte, sauber erpreßt haben. Aber wahrscheinlich ging es um mehr als Geld. Es lag sicher auch eine große Befriedigung darin, reiche Arschlöcher wie Margolis herumzuschubsen und die Bullen zu verarschen. Und wie er darauf kam, daß er damit durchkommen konnte, das hatte Karsch doch erschöpfend erklärt: Sobald manche Menschen erkennen, daß Gott sie nicht vom Blitz erschlagen läßt, sehen sie Mord – oder irgendeine andere Grausamkeit – nicht als große Sache an. Aber das waren nur Spekulationen. Das Klebeband hinderte ihn daran nachzufragen.

69

Thinnes' Chevy stand in den tiefen Schatten in der Gasse hinter den Geschäften auf dem Broadway und dem niedrigen Lagerhaus an der 1287 West Argyle Street. Caleb parkte hinter dem Chevy und stellte die Alarmanlage an.

Die neue Haspe an der Tür war herausgeschlagen worden; sie hing an einer Schraube am Türrahmen. Das Polizeisiegel aufgebrochen. Die Tür stand leicht offen. Noch ein Hinweis in einer Schnitzeljagd. Noch eine Einladung. Eine Herausforderung.

Caleb nahm sie an.

Er drückte die Tür auf. Horchte nach Lebenszeichen und schlich leise durch das Innere, das nur von der Notbeleuchtung erhellt wurde. Es hatte seine Vorteile, Katze zu sein, klein, unauffällig und mit der Fähigkeit, im Dunkeln zu sehen. Ein Spalt Licht fiel unter der ersten von zwei Türen in einem schlechtbeleuchteten Gang hindurch. Er blieb stehen, lauschte, drehte am Knauf und drückte. Die Tür öffnete sich leise. Caleb trat ein und erstarrte. Er hatte Thinnes gefunden.

Kaltes Entsetzen überkam ihn, dann ein heißer Wutanfall. Wenn er eine Katze gewesen wäre, hätte sich ihm das Fell gesträubt. Er ging auf Thinnes zu, bevor sich die unsichtbaren Dimensionen der Falle vor seinem geistigen Auge materialisierten. Die Angst vor dem Bösen, das Thinnes in diese mißliche Lage gebracht hatte, ließ ihn herumwirbeln. Zu spät. Er erstarrte wieder.

Jeffrey Karsch richtete einen Revolver auf ihn. Caleb wußte nicht sehr viel über Handfeuerwaffen, aber er war sich sicher, daß die, die Karsch in Händen hielt, kein .22er war. Zu groß. Zu häßlich. Sie würde ein viel zu großes Loch hinterlassen, als daß man es wieder stopfen konnte. Er zwang seine Muskeln stillzustehen.

Karsch sagte: »Guten Abend, Dr. Caleb. Ich bin froh, daß Sie meine Einladung gefunden haben. Ich hatte mir schon Sorgen gemacht, ich müßte anrufen. Haben Sie eine Waffe mitgebracht?«

Caleb schüttelte den Kopf.

»Es macht Ihnen doch nichts aus, wenn ich nachsehe? Halten Sie Ihre Hände so, daß ich sie sehen kann.« Caleb spreizte die

Arme sorgfältig ab. »Nun gehen Sie zu dem Stuhl, und legen Sie Ihre Hände auf Thinnes' Schultern.«

Caleb konnte an Thinnes' Gesicht nicht erkennen, was er fühlte, aber der Detective zitterte, als Caleb nach seinen bloßen Schultern griff. Kälte oder Wut, entschied Caleb. Keine Angst. Rasende Wut. Caleb sah absichtlich zur Wand über Thinnes' Kopf. Er konnte fühlen, wie sich die Augen des Detectives in seinen Schritt bohrten. Er spürte, wie ihm das Blut ins Gesicht stieg.

»Spreizen Sie die Beine noch etwas breiter«, fuhr Karsch fort. Er rammte die Waffe in Calebs rechte Niere, während er die linke Seite abtastete, dann kehrte er die Prozedur um, suchte um Calebs Gürtellinie herum und tastete seine Socken ab. »Daß Sie hier sind, ist ein Tribut an Ihre Intelligenz. Zu schade.« Er machte einen Schritt zurück. »Rühren.«

Caleb holte tief Luft, als er Thinnes losließ, und trat schnell zurück. Es klickte laut und erschreckend, als Karsch die Waffe spannte.

»Keine schnellen Bewegungen mehr!«

Caleb atmete langsam aus und hörte, wie Thinnes dasselbe tat.

Karsch sagte: »Im Augenblick überlegen Sie, ob Sie es schaffen, mich anzuspringen. Versuchen Sie es gar nicht erst.« Er winkte mit der Waffe zu Thinnes. »Er wäre vielleicht in der Lage, es zu probieren – deshalb ist er ja auch gefesselt. Aber Sie nicht, Doktor. Sie sind nicht gewalttätig genug. Oder selbstmörderisch.«

Caleb antwortete nicht. Karsch fuhr fort. »Ich möchte Sie nicht beleidigen und Ihnen Märchen erzählen, aber ob Sie durch eine Kugel in den Bauch oder durch den Kopf sterben, liegt ganz bei Ihnen. Ziehen Sie die Jacke aus.«

Caleb zog die Jacke mit übertriebener Sorgfalt aus und legte sie über Thinnes' nackten Schoß. Thinnes warf ihm einen dankbaren Blick zu, fand er. Karsch lachte. Caleb drehte sich halb um, damit Karsch sehen konnte, was er tat, und griff absichtlich nach dem Klebeband in Thinnes' Gesicht.

Karsch sagte: »Nur zu. Und dann Flossen auf den Kopf.«

Caleb legte eine Hand auf Thinnes' Stirn und zog das Klebeband abrupt ab, während Thinnes die Zähne zusammenbiß.

Thinnes gab keinen Laut von sich, obwohl das Klebeband Hautfetzen abriß und er zu bluten begann. Seine Aufmerksamkeit war zielgerichtet wie bei einer Katze. Caleb ließ das Klebeband fallen, faltete seine Finger zusammen und legte sich die Hände auf den Kopf.

Karsch entspannte den Hahn langsam wieder, hielt die Waffe aber auf Caleb gerichtet.

»Ich muß wissen, was er mit den Papieren gemacht hat, die Sie ihm heute geschickt haben.« Karsch sprach so, als sei Thinnes nicht anwesend oder ohnmächtig.

Oder bereits tot, dachte Caleb. Und ich komme als nächster dran.

»Leck mich am Arsch«, sagte Thinnes.

»Ich habe nicht erwartet, daß Sie sich kooperativ zeigen«, sagte Karsch zu ihm. Er sah Caleb an. »Sie werden mir dabei helfen, ihn zu überzeugen.«

»Und falls nicht?«

Karsch ging hinüber zu der Autobatterie und dem Eimer, die auf dem Boden standen, und stieß mit dem Fuß dagegen. »Dann werden Sie zusehen müssen, wie ich es tue.«

Er hielt die Waffe auf Caleb gerichtet und warf den Inhalt eines der Kartons auf den Boden. Da fanden sich ein paar Gummihandschuhe, ein Starterkabel und ein Autowaschschwamm mit Metallgriff. Karsch ließ den Schwamm in den Eimer fallen; Wasser spritzte auf den Boden. Er fuchtelte mit der Waffe und bedeutete Caleb, daß er zur Tür gehen solle. Als Caleb gehorchte, nahm Karsch den Eimer und übergoß Thinnes mit Wasser. Er knallte den Eimer auf den Tisch. Wasser spritzte heraus. Er stellte die Batterie auf einen trockenen Fleck auf dem Tisch und hielt die Waffe weiter auf Caleb gerichtet, auch als er seine Waffenhand benutzte, um die Batterie hochzuheben.

»Das ist etwas grob und schmerzhaft, aber effektiv. EST ohne Betäubungsmittel. Die Idee habe ich aus einem Film.«

Caleb sah Thinnes an und schauderte.

Der Detective zeigte keinerlei Anzeichen von Angst – obwohl er Karschs Intention mit Sicherheit begriff –, auch keine Wut, die ihn wohl beinahe übermannte; er war so angespannt wie eine Katze vor dem Mauseloch, und jede einzelne Nervenzelle war darauf gerichtet. »EST?« fragte er.

»Elektroschocktherapie«, sagte Caleb. »Eine Behandlungsmethode gegen Depressionen aus der Steinzeit der Psychiatrie. Ohne muskelentspannende Mittel kann man sich dabei die Knochen brechen.«

Karsch wechselte die Waffe zur linken Hand, zog mit den Zähnen einen Gummihandschuh über die rechte Hand und verband dann die schwarzen Klemmen des Starterkabels mit dem negativen Pol der Batterie und der Kante des Schreibtischs. Nachdem er den positiven Pol mit den roten Klemmen an dem Schwammgriff befestigt hatte, berührte er damit den Tisch. Der Kurzschluß, den er dabei auslöste, zischelte bedrohlich. »Natürlich könnten Sie sich entschließen, mir zu helfen, Doktor.«

Thinnes sagte: »Nein!« Zu Caleb sagte er: »Jack, er hat Finley nur umgebracht, weil er vielleicht herausgefunden hätte, was es mit dem Zettel auf sich hat. Und wir sind als nächste dran.«

Caleb erinnerte sich daran, einmal einen epileptischen Anfall miterlebt zu haben, bei dem die verkrampften Muskeln die Sehnen von den Knochen gerissen hatten. Und das war nur eines der weniger schmerzhaften Dinge, die man einem nackten Menschen mit Elektrizität antun konnte. Einem nassen nackten Menschen. Er fragte Karsch: »Wie?«

Karsch nahm eine Papiertüte vom Fußboden neben dem Tisch und stellte sie vor Caleb auf den Tisch. »Na los. Sehen Sie nach.«

Caleb trat an den Tisch und zog eine Fünfzehn-Kubikzentimeter-Spritze, Wattebäusche und eine kleine Flasche Alkohol aus der Tüte, zusammen mit einer schwarzen Aderpresse und einer Ampulle mit der Aufschrift PENTOTHAL. Seine Finger hinterließen feuchte Flecken auf dem Etikett, und er merkte, daß er schneller atmete. Ihm wurde schwindlig. Hyperventilation.

»Das haben Sie doch bei Ihrer Arbeit sicher schon verwendet«, sagte Karsch.

Caleb sagte nichts.

»Tut mir leid, daß ich keine Anticholinergika mehr auftreiben konnte«, fügte Karsch hinzu, »aber unter diesen Umständen ...« Er schüttelte den Kopf. »Ich finde, Sie sollten sich entspannen, Doktor. Wir wollen doch nicht, daß Ihnen die Ampulle in der Hand zerbricht.«

Caleb zwang seine Hand stillzuhalten. Er griff nach der Aderpresse. Als er sie um Thinnes' Arm legte, verlor Thinnes zum ersten Mal die Kontrolle.

»Jack, *helfen* Sie ihm etwa, mich umzubringen?«

»Tut mir leid. Er hat recht, was die Wirkung von Elektrizität angeht. Aber das ist Pentothal – ›Wahrheitsserum‹. Es tut Ihnen nicht weh, und er wird glauben, was Sie sagen.«

»Der Zettel ist auf dem Weg zum Staatsanwalt. Er begeht zwei weitere Morde für nichts«, sagte Thinnes.

»Und ich bin der Kaiser von China! Doktor, Sie haben fünfzehn Sekunden.«

Caleb sah Thinnes an. »Tut mir leid, ich kann das nicht mit ansehen ...«

Karsch machte ein Geräusch, das fast wie Lachen klang, und sagte zu Thinnes: »Und Sie dachten, *er* hätte Crowne und Finley umgebracht!«

Thinnes erwiderte nichts darauf. Er starrte Karsch an, während ihm Caleb die Aderpresse oberhalb des rechten Ellbogens anlegte und die Spritze aufzog. »Mein Fehler«, sagte Thinnes zu Caleb, als dieser seinen Oberarm mit Alkohol abtupfte.

Caleb spürte, wie ihm der Schweiß den Nacken herunterrann. Er keuchte so schwer, als hätte er gerade acht Stockwerke erklommen. Seine Hände zitterten. »Was?«

»Ich habe ihn auf Sie angesetzt. Als ich herausfand, daß Ray umgebracht worden ist, habe ich ihm alles erzählt, was ich über den Fall wußte.«

Caleb schüttelte den Kopf. Er sah Karsch nicht an. »Er wäre sowieso hinter mir her gewesen. Er ist klug genug zu wissen, wenn man Sie tot gefunden hätte, dann hätte ich nicht an Unfall oder Selbstmord geglaubt. Und Sie auch nicht, wenn ich verschwunden wäre.«

Ein kleiner Schock schien Thinnes' Gesicht zu erhellen. »Wenn wir uns gegenseitig umbringen, dann gibt es einen toten Verdächtigen und einen toten Helden, und niemand wird sich noch einen Dreck um Finley scheren. Und Karsch bleibt übrig, um weitere Nachforschungen umzudirigieren.«

Karsch sagte: »Glückwunsch. Weiter geht's, Doktor.«

»Noch eine Frage, Karsch«, sagte Thinnes.

Karsch antwortete nicht. Es sollte wohl nicht ablaufen wie im Film, dachte Caleb, wo der Held seinen Gegner dazu bringt, die ganze Geschichte auszuplaudern, und so dem Helden Gelegenheit gibt zu entkommen. Karsch spielte nicht mit.

Thinnes fragte dennoch: »War Evanger daran beteiligt?«

»Dieser Pferdearsch?«

Thinnes sah erleichtert aus. Caleb ließ seinen Blick auf Thinnes' Oberarm fallen, auf die hervortretenden Adern, die sich wie stilisierte Schlangen unter der Haut schlängelten. Er legte seinen Daumen auf die Schlagader und ließ sie noch stärker hervortreten. Er hatte begonnen, die Nadel in die Ader zu stechen, als ihm deren Ähnlichkeit mit einem Reptil eine Zeile aus der *Aeneas* über die Schlangen ins Gedächtnis rief, die Laokoon erwürgten, um ihn daran zu hindern, die Wahrheit zu sagen! Das Bild schreckte ihn auf.

»Sehen Sie«, sagte Karsch, »Skinner hatte recht. Man muß nur den richtigen Reizauslöser finden.«

Caleb zog die Nadel mit zitternder Hand heraus. Er drehte die Spritze in der Hand, bis er sie mit der Nadel nach außen zeigend in der nach oben gedrehten Handfläche hielt. Er fing am ganzen Körper an zu zittern.

»Was gibt's?« wollte Thinnes wissen.

Caleb sagte: »Das ist *kein* Pentothal.« Er holte tief Luft, atmete langsam aus und hielt seine Wut unter Kontrolle. »Ich schätze, es handelt sich um ein hochkonzentriertes Barbiturat.« Er wandte sich um, sah Karsch an und sagte zu Thinnes: »Wenn Sie tot sind, wird er mich ausziehen und erschießen, damit es so aussieht, als hätte ich Sie unter Drogen gesetzt, um es mit Ihnen zu treiben, und als wären Sie bei dem Versuch, sich zu wehren, ums Leben gekommen.«

Es schien alles gesagt zu sein. Thinnes schloß die Augen und ließ den Kopf nach hinten sinken.

Caleb sagte leise zu Karsch: »Ich werde ihn nicht für Sie töten.« Seine Augen weiteten sich, während er Karsch anstarrte. Sein Atem ging schneller, und ein heftiges Schütteln ließ ihn schwanken. Seine Hand schloß sich um die Spritze, bis er sie, mit der Nadel nach oben, wie ein Messer hielt.

Karsch sagte: »Schade.«

Plötzlich sprang Caleb, stach mit der Nadel nach Karsch und griff nach der Waffe. Karsch feuerte, aber Caleb stürmte weiter vorwärts. Die Seite seines Hemdes blähte sich auf und verfärbte sich, als die Kugel ihn streifte.

Thinnes klappte zusammen, als er einen Schlag im Bauch spürte wie eine Faust. Ein kleiner dunkler Fleck tauchte rechts von seinem Bauchnabel auf. Thinnes sah nach unten und war von dem Blut, das auf Calebs Jacke zu tropfen begann, wie hypnotisiert. Wird mich wohl nicht umbringen, dachte er. Wahrscheinlich nur ein paar Wochen im Krankenhaus am Tropf und noch ein Grund für Ronnie, mich zu verlassen. Und Caleb wird sich eine neue Jacke kaufen müssen. Komisch, wie der Verstand unter Schock arbeitet.

Karsch versuchte wieder zu zielen und streckte die freie Hand aus, um die Spritze abzuwehren, aber Caleb führte die Nadel unterhalb vorbei und drückte sie Karsch mit aller Macht in den Unterleib. Karsch gebärdete sich wie wahnsinnig und trat und schlug um sich. Seine rechte Hand zuckte. Die Waffe feuerte dreimal.

Drei Kugeln schlugen in der Wand hinter Thinnes ein. Karsch griff mit seiner linken Hand nach der Calebs, und Caleb ließ die Spritze los, um mit seiner rechten nach der Waffe zu greifen. Die Ringer standen einen Herzschlag lang unbeweglich da.

Dann gewann die Schwerkraft die Oberhand. Die ineinander verkrallten Körper schlugen mit einem doppelten dumpfen Geräusch zu Boden und rollten in dem klaustrophobisch engen Raum herum, bis sie mit blechernem Krachen gegen den Metalltisch knallten. Sie rollten wieder auf Thinnes zu, und die Batterie stürzte vom Tisch und zersplitterte unter elektrischem Knistern. Sengender Dampf stieg auf, als die Batteriesäure austrat.

Die Waffe feuerte erneut.

Thinnes stöhnte.

Und Karsch verließ mit einem Fluch dieses Leben.

Sein Körper trennte sich mit einer Art Seufzer von Calebs. Caleb drückte sich vom Boden hoch, bleich, keuchend. Er zerrte den Leichnam aus der Säure heraus und kroch auf Händen und Knien zu Thinnes.

Thinnes bemerkte den schlaffen Ausdruck von Schock im Gesicht seines Freundes. *»Jack!«*, rief er verzweifelt. »Laß mich ja nicht hängen!«

Caleb schien wieder zu sich zu kommen.

»Jack, hat er dich getroffen?«

Caleb setzte sich hin und klopfte geistesabwesend seine Seiten ab, so als habe er wieder vergessen, wonach er suchte. »Ich glaube, ich habe ihn getötet.«

»Hoffentlich!« Caleb fummelte an dem Seil herum, mit dem Thinnes' Füße festgebunden waren. »Hat er *dich* getroffen?«

Caleb schüttelte den Kopf, eine Geste, bei der sein Körper leicht schwankte. Er sagte: »Wo sind deine Klamotten?«

»Ich weiß nicht. Schau mal in den Kartons.«

Caleb hielt sich am Tisch fest, zog sich hoch und beugte sich über Thinnes, um ihm die Arme loszubinden. Er besah sich Thinnes' Wunde. Der Blutfluß hatte sich zu einem Tröpfeln verlangsamt. »Tut's sehr weh?«

»Ich werd's überleben.«

»Gut. Bleib eine Minute hier sitzen.«

Er suchte in den Kartons, schwankte ein wenig dabei, und blieb stehen, um an der Leiche von Karsch nach Lebenszeichen zu suchen. Im zweiten Karton fand er Thinnes' Kleidung, und benutzte Thinnes' Unterhemd, um die Wunde zu verarzten. »Mehr kann ich hier nicht tun.«

»Danke«, sagte Thinnes. Er deutete auf Karschs Leiche. »Er hat Ray Crowne umgebracht, damit ich glaube, daß Ray Finley ermordet hat, und Rays Tod die Untersuchung beendet.« Als Caleb ihm in Hose und Schuhe half, fügte er hinzu: »Er hat an meinem Auto herumgepfuscht, nur weil ich *annahm*, daß Finley ermordet worden war.«

»Er hat Margolis erpreßt«, sagte Caleb. »Es hätte Margolis ruiniert und Karschs goldene Gans geschlachtet, wenn es irgend jemand herausgefunden hätte.«

»Damals, als der junge Margolis verhaftet wurde, hatte die Abteilung ein paar Leute zu ihm geschickt. So muß er wohl davon erfahren haben. So hat er auch wahrscheinlich Wind von Berringer gekriegt – von den Polizisten, die er behandelte.« Thinnes schüttelte den Kopf und stöhnte, weil diese Bewegung Schmerz verursachte. »Er sagte mal, bei der Polizei zu arbeiten hat seine Vorteile. Ich dachte, er rede von einer befriedigenden Arbeit. Er hatte nie wie irgendein arrogantes Arschloch gewirkt, das für Geld mordet – schien immer sehr hilfsbereit.«

»Die meisten von uns werden Therapeuten, um Lösungen für unsere eigenen Probleme zu finden, aber ein paar wenige tun es der Macht wegen, die sie haben, andere zu manipulieren.« Caleb sah sich um. »Ich denke, wir sollten die Bullen rufen.«

»Kein Telefon.«

»Na toll.«

»Schaff mich hier raus.«

Caleb nickte und bot ihm eine Hand an. Thinnes stöhnte, als er stand. Er legte einen Arm um Calebs Schulter.

Caleb griff nach dem Türknauf und fragte: »Bist du sicher, du kennst mich dafür gut genug?«

»Also, jeder, der sich einfach von einem anderen vollbluten läßt ...« Thinnes schwieg, während sie sich umdrehten, um sich seitwärts durch die Tür zu drücken. Dann sagte er: »Viel intimer kann man kaum werden.«

»Da hast du recht.« Caleb blieb stehen, um Thinnes zu tragen, und hob ihn leise stöhnend hoch.

»Sieht so aus, als hätten wir eine freie Stelle für einen Irrenarzt in der Abteilung. Interessiert?«

»Vielleicht.« Calebs Stimme wurde leiser, als er Thinnes raustrug. »Und vielleicht hast du Interesse an einer Katze ...«

Danksagung

Der Autor möchte Carol Fitzsimmons, M.S.W., A.C.S.W., für die Beantwortung psychologischer Fragen danken; dem Literaturagenten Ray Powers für Hinweise zum Aufbau der Geschichte; Oakton-Community-College-Tutor Garry Deters, M.S., für die allgemeinen Informationen über den Justizvollzug; U.S. Customs Public Affairs Officer Cherise Mayberry für die Beantwortung meiner Fragen bezüglich Zollbestimmungen; N. Craig Lutting, CPA, für die Beantwortung von Fragen zum Finanzwesen; und den folgenden Mitgliedern und ehemaligen Mitgliedern der Chicagoer Polizei für die Beantwortung von Fragen bezüglich ihrer Arbeit: Sergeant Philip Derrig, dem für Nachbarschaftsarbeit zuständigen Officer Michael Barone, Commander Hugh Holton und der für die Medien zuständigen Direktorin, Tina Vacini. Ich habe mir gewisse Freiheiten im Umgang mit den mir gegebenen Informationen erlaubt. Eventuelle Fehler sind mir zuzuschreiben.

Mein Dank gilt auch den Bibliothekaren der Northbrook Public Library; Janine Irvine, The Book Bin, Northbrook, Illinois; Judy Duhl, Scotland Yard Books, Winnetka, Illinois; Nancy von der Post in Northbrook, Illinois; Megan T. Blake und den Lesern Doug Cummings, Barb D'Amato, Morton Hartman, Hugh Holton, Ron Levitsky, Marilee Luttig, Mary Ann Rosberg und den Red Herrings.

EDMUND CRISPIN
Der wandernde Spielzeugladen
Kriminalroman. Aus dem Englischen von Andreas Vollstädt. Umschlagbild von Nikolaus Heidelbach. Deutsche Erstausgabe.

MICHAEL ALLEN DYMMOCH
Der Mann, der Katzen versteht
Kriminalroman. Aus dem Amerikanischen von Peter Torberg. Umschlagbild von Ernst Kahl. Deutsche Erstausgabe.

JÜRGEN EBERTOWSKI
Maltagold
Kriminalroman. Klassisches Umschlagbild. Erstausgabe.

AARON ELKINS
Fluch!
Ein Gideon-Oliver-Krimi. Aus dem Amerikanischen von Jürgen Bürger. Umschlagbild von Nikolaus Heidelbach. Deutsche Erstausgabe.

KINKY FRIEDMAN
Lone Star
Ein Kinky-Krimi. Aus dem Amerikanischen von Hans-Michael Bock. Umschlagbild von Nikolaus Heidelbach. Deutsche Erstausgabe.

Wenn die Katze weg ist ...
Ein Kinky-Krimi. Aus dem Amerikanischen von Hen Hermanns. Umschlagbild von Nikolaus Heidelbach. Deutsche Erstausgabe.

Frequent Flyer
Ein Kinky-Krimi. Aus dem Amerikanischen von Georg Deggerich. Umschlagbild von Nikolaus Heidelbach. Deutsche Erstausgabe.

Nie wieder Tequila
Ein Kinky-Krimi. Aus dem Amerikanischen von Hen Hermanns. Umschlagbild von Nikolaus Heidelbach. Deutsche Erstausgabe.

Elvis, Jesus & Coca-Cola
Ein Kinky-Krimi. Aus dem Amerikanischen von Hans-Michael Bock. Umschlagbild von Nikolaus Heidelbach. Deutsche Erstausgabe.

Kinkys Krimi-Kiste:
Lone Star/Wenn die Katze weg ist .../
Frequent Flyer/Nie wieder Tequila

4 Bände in Kassette.

SUSAN GEASON
Fish im Trüben

Syd-Fish-Kriminalgeschichten. Aus dem australischen Englisch von Hen Hermanns und Henner Löffler. Umschlagbild von Nikolaus Heidelbach. Deutsche Erstausgabe.

STEPHEN GREENLEAF
Blutgruppe

Ein John-Marshall-Tanner-Krimi. Aus dem Amerikanischen von Sepp Leeb. Umschlagbild von Nikolaus Heidelbach. Deutsche Erstausgabe.

HEN HERMANNS
Maximum Trouble

Ein Max-Reinartz-Krimi. Umschlagbild von Nikolaus Heidelbach. Erstausgabe.

H. P. KARR & WALTER WEHNER
Geierfrühling

Ein Gonzo-Krimi. Umschlagbild von Nikolaus Heidelbach. Erstausgabe.

DAN KAVANAGH
Schieber-City

Ein Duffy-Krimi. Aus dem Englischen von Michel Bodmer. Umschlagbild von Nikolaus Heidelbach. Neuübersetzung.

CONNY LENS
Verliebt in den Tod

Ein erotischer Kriminalroman. Umschlagbild von Nikolaus Heidelbach. Neuausgabe.

Die Kattowitz-Connexion

Ein Steeler-Straße-Krimi. Umschlagbild von Gerd Bauer. Erstausgabe.

BOB LEUCI

Captain Butterfly

Kriminalroman. Aus dem Amerikanischen von Peter Torberg. Umschlagbild von Nikolaus Heidelbach. Deutsche Erstausgabe.

Auf der Kippe

Kriminalroman. Aus dem Amerikanischen von Jürgen Bürger. Umschlagbild von Nikolaus Heidelbach. Deutsche Erstausgabe.

ELLIOT PAUL

Mickey Finn

Ein Homer-Evans-Krimi. Aus dem Amerikanischen von Michael Schulte. Umschlagbild von Nikolaus Heidelbach. Deutsche Erstausgabe.

DAVID M. PIERCE

Rosen lieben Sonne

Ein Vic-Daniel-Krimi. Aus dem Amerikanischen von Ulrich Hoffmann. Umschlagbild von Nikolaus Heidelbach. Deutsche Erstausgabe.

Hear the Wind Blow

Ein Vic-Daniel-Krimi. Aus dem Amerikanischen von Ruth Keen. Umschlagbild von Nikolaus Heidelbach. Deutsche Erstausgabe.

Angels in Heaven

Ein Vic-Daniel-Krimi. Aus dem Amerikanischen von Ulrich Hoffmann. Umschlagbild von Nikolaus Heidelbach. Deutsche Erstausgabe.

WALTER SATTERTHWAIT

Wand aus Glas

Ein Joshua-Croft-Krimi. Aus dem Amerikanischen von Cornelia Philipp. Umschlagbild von Nikolaus Heidelbach. Deutsche Erstausgabe.

Mit den Toten in Frieden

Ein Joshua-Croft-Krimi. Aus dem Amerikanischen von Christa Krüger. Umschlagbild von Nikolaus Heidelbach. Deutsche Erstausgabe.

Miss Lizzie

Kriminalroman. Aus dem Amerikanischen von Ursula-Maria Mössner. Umschlagbild von Nikolaus Heidelbach. Deutsche Erstausgabe.